**성공을 부르는
용기는 다르다**

STOP PLAYING SAFE

성공을 부르는
용기는 다르다

마지 워렐 지음
손미향 옮김
이우용 감수

일, 리더십과
삶에서 더욱
용감해지는 법

도서 더로드
출판
The Road Books

STOP
PLAYING
SAFE

추천사

오늘날과 같은 안주하는 문화 속에서 이 책은 자신이나 다른 사람을 더 높은 경지로 끌어올리기 위해 위험을 마다하지 않고 멋지게 다루고 싶은 사람의 필독서이다. 실패나 낙오에 대한 두려움이 당신을 주춤하게 한다면, 이 책이 바로 당신을 위한 것이다. 구입해서, 읽고, 도약하라!

—마샬 골드스미스(Marshall Goldsmith), Thinkers 50 World #1 이그제큐티브 코치 및 리더십 사상가

더 나은 세상을 창조하기 위해서는 용기가 필요하다.
《성공을 부르는 용기는 다르다》는 불확실성과 가열한 전진이 공존하는 세상에서 앞으로 나아가는 데 필요한 과감한 행동을 하게 도와주는 로드맵이 될 것이다. 만약 당신이 리더십과 삶에 있어 영감을 받아 한발 더 나아가려고 한다면, 이 책이 바로 찾아 읽어야 할 책이다!

—마야 하리(Maya Hari), 부사장, 글로벌 전략과 실행, 트위터

마지는 성공의 과학에 대한 진정한 전문가이다. 그녀의 신간은 영감을 불러일으키면서도 실질적이다. 당신이 꿈꾸는 삶을 만들어 줄 강력한 매뉴얼이 될 것이다.

—사이먼 레이놀즈(Simon Raynolds), 베스트셀러 작가, 《사람들이 실패하는 이유 (Why People Fail)》

마지 워렐은 위험과 취약성에 대한 타고난 두려움을 극복할 수 있도록, 강력하고 실제적인 조언을 제공한다. 스스로 최고가 되려고 애쓰는 이들이라면 읽고 또 읽어 볼 일이다.

—고든 리빙스톤(Gordon Livingston) 박사, 《너무 빨리 지나가버린, 너무 늦게 깨달아버린(Too Soon Old, Too Late Smart)》의 저자

변화에 적응하고 기회를 잡는 것이 당신의 성공에 결정적으로 중요하다. 이 책은 그 두 가지에 모두 도움이 될 것이다. 일단 찾아서 읽고, 그 결과를 누리길 바란다.

—존 고든(Jon Gordon), 베스트셀러 작가, 《에너지 버스와 씨앗(The Energy Bus and The Seed)》

《성공을 부르는 용기는 다르다》는 불확실성을 헤치고 나아가 일터, 직업적 경력, 그리고 삶에 있어 의미 있는 변화를 생성시킬 용기에 이르는 로드맵을 제공한다.

—레베카 헤이노(Rebecca Heino), 경영학 교수, 맥도너우 비즈니스 스쿨, 조지타운 대학

내 마지막 책의 제목을 보고 이 책을 보면, 내가 왜 이 책을 좋아하는지 알게 될 것이다! 《성공을 부르는 용기는 다르다》는 의미 있는 위험을 감수할 용기를 얻고 그것을 활용할 수 있도록 도울 것이다. 그리고 당신이 원하던 성공을 가져다줄 것이다.

—랜디 게이지(Randy Gage), 뉴욕타임즈 베스트셀러 작가, 《위험한 것이 새로운 안전이다(Risky is The New Safe)》

《성공을 부르는 용기는 다르다》는 단순히 책 그 이상이다. 충만하고 용기로 가득한 삶을 살아가는 데 참조가 될 가이드이다. 독창적이고 영감을 주며 무엇보다 유용한, 보기 드문 책 중 하나. 마지 워렐은 용기를 구축하는 움직임에 주도적인 목소리를 내는 사람이며, 《성공을 부르는 용기는 다르다》는 너무 안전한 것이 오히려 위험한 일임을 입증해 줄 것이다.

—빌 트레져러(Bill Treasurer), 자이언트 립 컨설팅 회장이자 《용기가 작동한다
 (Courage Goes To Work)》의 저자

실질적이고 강력하며 영감을 불러일으킨다. 불확실성의 시대에, 이 책은 절대적으로 읽어야 할 가이드북이다. 도전을 다루고, 소신을 말할 수 있는 자신감을 찾으며, 새로운 경제 상황에서 앞으로 나아갈 방법을 정확히 설명한다. 당신 회사의 모든 사람이 읽어야 한다!

—수지 포머란츠(Suzi Pomerantz), 베스트셀러 작가, 이노베이티브 리더십 인터내셔
 널의 대표이자 마스터 코치

우리가 가장 후회할 대상은 우리가 감수하지 않은 위험이다. 《성공을 부르는 용기는 다르다》는 더 많이 일하고, 더 많이 경험하며, 덜 후회하게 할 용기를 줄 것이다. 읽어 보라. 적용해 보라. 그리고 더 용기 있는 삶에 대한 보상을 수확하라.

—체스터 엘튼(Chester Elton), 베스트셀러 작가, 《캐럿 원칙(The Carrot Principle)》,
 《감사와 염려의 리더십(Leading With Gratitude and Anxiety at Work)》

서문

　이 책의 초판은 미국에서 십여 년을 살다가 호주로 다시 돌아와 살게 된 첫해, 그러니까 거의 10년 전에 쓰여졌다. 그 당시는 안정감에 대한 기존 생각을 뒤흔들어버린 2008년의 글로벌 금융위기로부터 사람들이 삶의 발판을 새로이 회복해 가는 중이었다. 사람들의 두려움이 치솟을수록, 나는 '위험에 대해 다시 생각하고' 불확실성 속에서도 과감하게 나아갈 수 있게 돕고 싶었다. 그리고 나 자신의 연구 결과뿐 아니라 함께 일해 온 리더들의 통찰력을 끌어냈다.

　두 번째 개정판은 싱가포르에서 살다가 미국으로 이주했을 때, 그리고 더 심각한 글로벌 위기에서 썼다. 코로나19 팬데믹은 우리가 안전하다는 생각을 뒤흔들었고, 완전히 새로운 수준의 '불안 요인'으로 떠올랐다고 말하는 게 정확할 것이다.

　사람들이 두려움 때문에 비합리적 결정을 하는 것을 목도했기에(내 지인은 지구 종말이 가까워졌다는 공포감으로 퇴직금 전액을 현금화했다.) 나는 이 책을 업데이트하고 다시 정리해야 한다는 압박감을 받았다.

물론, 가장 안전한 것을 선택할 때는 합리적인 이유가 항상 있다. 그러나 불확실성이 거대하게 다가올수록, 우리의 삶을 이끄는 작업에 도움이 되는 두려움과 지나치게 신중한 결정을 내리게 하는 두려움을 분간하기 위해, 한층 더 경각심을 가져야 한다. 왜냐하면 지나치게 안전을 추구하는 것이 당장은 안정감을 주지만, 궁극적으로는 우리가 - 개인적으로나 그리고 집단적으로나 - 장기적 관점에서 더 큰 안전성을 확보하는 바로 그 행동들을 취하지 못하게 막는다.

오늘날의 세상이 더 위험한 장소처럼 느껴질 수도 있지만, 사실 그런 위험은 언제든 존재해 왔다. 과거와의 차이점이 있다면 오늘날과 같은 하루 24시간 주 7일의 디지털 세상에서 넘쳐나는 정보의 홍수로 우리의 삶이 점점 더 위험하게 보인다는 것뿐이다. 우리가 과감하게 '위험을 무릅쓰고' 새로운 땅을 개척할 때만, 우리의 좌절은 도약의 발판으로 승화한다. 그리고 이때 우리는 더 높고 더 안전한(덜 안전한 것이 아니라) 세상으로 이끄는 도전에 숨겨진 기회를 낚아챌 수 있게 될 것이다.

그래서 이 책의 제목이 당신에게 의미 있게 다가온다면, 그것은 우연이 아니다. 이제 계속 이어지는 글에서 불확실성을 받아들이

길 바란다. 그리고 당신과 주변 사람들을 위한 새로운 가능성을 여는 데 필요한 불확실성을 포용하고 위험을 감수하도록 격려받 길 바란다.

오늘날과 같은 두려움의 문화 속에서는 안주하려는 본능적 욕구를 넘어 위험을 무릅쓰는 용기 있는 행동이 더 절실히 요구 된다.

도입

잠시만 '믿어 봐(make believe)'라는 작은 게임을 시작하려 한다.

지금부터 '미래의 나'로 가 보자. 그리고 이 책을 읽으며 알 수 없는 미래를 마주하면서 최선을 다하려고 애썼던 10년 전의 자신을 떠올려 보자.

당신의 일, 경력 그것에서 벗어나 삶에서 무엇을 경험해 보고 싶었나? 다른 사람들의 삶에 어떤 영향을 주고 싶었나? 어떤 능력과 전문성을 얻고 싶었던가? 어떤 사람이 되고 싶었나?

아마도 지금 당장은 십 년이 아주 긴 시간으로 느껴질 것이다. 하지만 당신은 십 년 전에도 그렇게 생각했었다. 보라! 이 시점에서.

그러니 다음 십 년은 이런저런 방식으로 또 지나갈 것이다. 문제는 이것이다. 당신은 그 십 년으로 무엇을 할 것인가?

삶이란 수많은 선택의 집약체다. 그렇지만 우리의 그 선택들은 자주 두려움에 끌려가곤 한다. 잘못될까 걱정하는 두려움, 무능함에 대한 두려움, 혹은 스스로를 바보로 만들 것 같은 두려움, 이런 것들은 결국 가치가 없거나 부적절한 것으로 '판명될까'에 대한 두려움이다. 매일매일 일상적인 결정을 할 때 두려움은 우리를 무의식적으로 잡아당기고 있다. 하지만 미래를 떠올리며 각성하지 않는다면 우리는 확실히 끌려가게 될 것이다.

생존에 대한 위험요인이 훨씬 더 적어진 탓에, 인류는 역사상 그 어떤 시점보다도 더 오래 살게 되었다. 그럼에도 불구하고 두려움의 문화 속에 잠식된 탓에, 오늘날 수백만 명의 사람들은 자신을 고무하는 일을 하기보다는 그들이 두려워는 것을 피하면서 공포의 그늘에서 인생을 낭비하고 있다. 이런 것은 조금도 놀라운 일이 아니다.

뷰카(VUCA)라는 단어는 변덕스럽고(volatile), 불확실하고(uncertain), 복잡하고(comples), 애매모호한(ambiguous) 현대인의 삶의 본성을 묘사하고자 만들어졌다. 하지만 여기서 솔직해지자. 우리는 그 어느 때도 확실성을 가진 적이 없었다! 하지만 지나치게 네트워크에 잘 연결된 우리의 생활 속에서, 뉴스는 손톱을 물어뜯으며 화장지를 비축하고 안주해야 하는 이유를 쏟아내고 있다. 얼마나 많은 결정이 두려움에 의해 좌우되고 있는지 인지할 수 없을 정도로 두려움은 일상적이다.

하지만 두려움이 만연할 때, 용감한 행동이 위대한 보상을 얻게 한다는 것을 역사는 여러 번 되풀이해서 보여준다. 그것이 바로 두려움이 우리 삶을 이끌지 않도록 신중해야 하는 이유이다. 일하고, 하루를 살아가며, 사람들을 이끌 때 우리는 더 용감해야 한다.

호주의 시골 작은 낙농 농가에서의 제한적이었던 나의 어린 시절로부터, 파푸아뉴기니에서 싱가포르까지 세계를 누비며 성인의 삶을 살게 되기까지 나는 수도 없이 두려움을 앞에 두고 결정해야 했다. 그때마다 안주하지 않도록, 나를 붙잡고 있는 두려움의 힘을 약화시키고 내 내면의 힘을 증폭시켰다.

이 책의 초판을 쓴 이래로 세상은 한차례의 폭풍을 이겨냈다. 코로나19 팬데믹이 오기 전에 나는 몇몇 사람들이 죽음의 바이러스를 얼마나 두려워하는지, 그리고 그런 팬데믹이 실제 일어나지는 않을 것이라는 글을 쓰곤 했다. 그런데 그 일어날 것 같지 않던 상황이 벌어졌고, 우리의 대부분은 무방비 상태였다. 가정, 지역사회, 학교, 단체 그리고 전 세계 모든 의사결정을 하는 책상에서, 코로나19 팬데믹은 불안 요인을 고조시키며, 연쇄적인 위기를 촉발하고 있었다.

제대로 보려 하지 않는다면 두려움은 우리의 사고를 좁히며, 의사결정을 좌초시킨다. 또, 혼란 속에도 항상 존재하는 기회들을 포착하기는커녕, 평범한 눈으로도 볼 수 있는 기회를 보지 못하게 막는다. 두려움은 두려움이 주는 것보다 더 많이 고통받게 함으로써, 위기를 과대평가하게 만든다.

우리가 살고 있는 뷰카(VUCA)의 세상에서는 지금 당신이 있는 곳으로 데려다준 당신의 생각과 행동이, 십 년 후 당신이 머물고 싶은 곳으로 이끌어주지 못하는 이유이다. 세상은 변하고 있기에, 당신도 세상에 몸을 담그는 방식을 바꾸어야 한다.

모든 인류는 의미 있는 삶을 원하고 좀 더 높은 수준으로 오르려 한다는 잠재력에 관한 확신 때문에, 나는 이 책을 쓰게 되었다. 하지만 수많은 국가와 문화와 대륙을 아우르는 업무를 진행하면서 자신이 만들어 놓은 틀 속에 갇히고, 스스로가 만든 상상의 경계에 싸인 채, 공포의 긴 그림자 아래에서 살고 있는 사람들을 끊임없이 만났다.

진실은, 당신이 전에 무엇을 성취했든(혹은 하지 못했건), 혹은 당장 어떤 일이 일어날지에 상관없이, 당신은 의미 있고 보상이 풍부한 삶을 만들 잠재력을 가지고 있다는 것이다! 때로 그렇지 않다고 의심할 수도 있지만, 당신만 그런 것은 아니다. 직장인에 대한 조사에 의하면, 수백만의 사람들이 매일 자신이 하는 일이 중요하지 않고, 주변 환경을 바꿀 힘이 없다고 생각하고 있다고 한다. 상업적 손익으로 따지면 수십억의 손해가 된다. 인간의 영성에 끼치는 손해는 헤아릴 수도 없다. 실패, 성공, 거절, 노출, 충분히 갖지 못한 것, 충분한 존재가 되지 못한 것 등, 우리는 다방면에 대한 두려움에서 해방되어야 한다.

수많은 비즈니스 저서들은 유능한 인맥 관리자, 전략가, 세일즈맨, 협상가, 잠재성이 높은(hi-po) 직원이나 리더가 되는 전략으로 채워져 있다. 하지만 인간의 조건을 형성하고 그 전략들을 적용할 수 없게 만드는 마음 깊이 자리한 두려움과 무의식적인 인지장애의 복잡한 상호작용을 이야기하는 사람은 거의 없다.

이 책은 당신과 같은 개인을 위해 쓰였지만 팀, 기업 혹은 조직에도 도움이 될 것이다. 결국 조직은 사람으로 구성되어 있다. 당연히 사람은 최고의 자원이다. 반면에 창의력, 협업 그리고 집단적인 독창성이라는 인간의 잠재력에 대한 최고의 위험 요인은 두려움이다. 구성원이 가능성의 '한계를 뛰어넘기 위해' 대담해지지 않는 한, 그 어떤 조직도 오늘날의 세계에서 경쟁할 수 없다. 이런 행위에는 위기가 뒤따르며 동시에 용기가 요구된다.

이 책은 8장으로 구성되어 있고, 세 부문으로 나누어져 있다.

1부: '핵심 용기'(1-3장)는 훌륭한 의사결정과 전향적 행동을 하기 위한 기반을 형성한다.

2부: '용기의 작용'(4-7장)은 도전과제를 다루고 일과 삶에서 기회를 포착할 때, 더 용기를 내며 효율성을 높이는 개념과 실제적인 전략을 제공한다.

3부: '용기를 내어라'(8장)는 당신이 처음 이 책을 집어 드는 변화가 일어난 것처럼, 실제로 적용해 보는 내용이다. 당신이 더 영리하게 위기를 관리하고, 더 큰 미래와 더 나은 세상을 향한 새로운 길을 닦도록 하며, 당신을 담대하게 만드는 환경을 조성한다. 이로써 3부에서는 성공을 향해 당신이 만반의 태세를 갖추도록 할 것이다.

2019년으로 돌아가 보자. 우리 가운데 그 누구도, 2020년에 코로나19 팬데믹의 연쇄적 위기로 세계가 궤도에서 추락할 것이라는 허망한 생각을 하지 못했다. 아니, 가장 엉뚱한 꿈속에서조차 상상하지 않았을 것이다. 하지만 우리는 예상한 적도 없고, 계획되지도 않은 채로 도전과제를 다루어야 하는 상황에 들어갔다. 그리고 많은 사람이 자신의 내면에서 더 많은 용기, 끈기 그리고 회복력이 있음을 발견하게 되었다.

그 누구도 우리 앞으로 다가올 도전과제들이 무엇인지 모른다. 세상은 너무 빠르게 변화되고 있어서, 20년은 커녕 지금으로부터 2년 후가 어떤 모습일지도 상상하기 힘들다. 이 모든 것에는 질문이 뒤따른다. 다가올 불확실성을 다루기 위해 어떤 마음가짐을 선택해야 할까? 왜냐하면 결국에는 당신이 직면한 도전보다도, 당신이 그것들에 적용할 마음가짐(mindset)이 훨씬 더 중요하기 때문이다.

인간의 역사 속에서 이 시기는 불확실하지만, 한 가지만은 확실하다. 인간 경험의 모든 스펙트럼을 잡을 정도로 기꺼이 자신의 팔을 활짝 펼치는 사람들만이, 매일 우리를 둘러싼 기회를 붙잡을 수 있다는 것이다. 실패 가능성이 없는 성공은 없다. 헬렌 켈러 (Helen Keller)가 말했듯이 "인생은 둘 중 하나다. 대담한 모험이거나 아무것도 아니거나."

Part 1

핵심 용기

당신의 기반을 구축하라

Part 2

용기의 작용

잠자고 있는 가능성을 펼쳐라

Part 3
용기를 내어라
성공을 위해 자신을 준비시켜라!

Part 1
핵심 용기
당신의 기반을 구축하라

삶이 평화를 얻기 위해 요구하는 대가가 용기이다.

-아멜리아 이어하트(Amelia Earhart)-

STOP
PLAYING
SAFE

1

이유를 파악하라
성공을 어떻게 측정할 것인지 결정하라

내면에 우리 자신보다 더 높은 무엇인가가
깊게 뿌리박혀 있다는 느낌을 믿지 않는다면,
우리는 결코 더 높은 존재로 진화하는 힘을 갖지 못할 것이다.

-루돌프 스타이너(Rudolf Steiner)-

당신은 이미 이런 이야기들을 읽었을 것이다. 전혀 모르는 이방인을 구하려고 얼어붙은 강에 다이빙하거나, 사람 몸무게보다 몇 배 무거운 차를 들어 올리는 사고현장의 영웅에 관한 이야기. 그리고 아이를 구하고자 지독히 더운 날 햇빛 아래 수백 마일을 필사적으로 걸어가는 어머니의 이야기.

불가능한 상황에 직면했을 때, 사람들은 비축해 둔 초인적인 힘, 끄집어 올린 강인함, 용기 그리고 강철같은 결정력을 발휘한다. 물론 이런 상황이 아니라면 그런 것들은 봉인된 채로 있었을 것이다. 그것도 대부분은 자신을 위해서가 아니라 다른 사람을 위해서, 때로는 완전히 낯선 사람을 위해서 말이다.

아마 당신도 스스로 놀랐을, 당신 내면의 깊은 곳에 있던 힘과 용기의 원천이 드러난 순간을 삶 속에서 경험했을 것이다. '해결 불가능한' 곤경 속에 자신이 놓여있다는 것을 발견했지만, 아무것도 당신을 막을 수 없다는 것을 확인했을지도 모른다.

개인적인 위기. 꼭 '달성해야 할' 목표. 꼭 해내야 할 '불가능한 임무'.

당신은 꼭 해야 한다. 당신은 레이저처럼 집중한다. 잠재력이 불붙는다.

목표가 그렇게 한다. 그것은 마치 돋보기를 통해 빛의 에너지가 집중되는 것과 같다. 산란하며 초점이 맞춰지지 않은 빛은 거의 쓸모없고 힘도 덜하다. 하지만, 돋보기에서처럼 그 에너지가 집중하게 되면 똑같은 빛이 종이를 태운다.

레이저 빔이 그런 것처럼 에너지를 더 집중하라. 그러면 그 힘은 쇠를 잘라낼 만큼 극대화될 것이다.

명백하고 강력한 목적의식이 당신 내면의 자원들을 활용하게 한다. 그래서 주변의 장벽을 뚫어버리고 비범한 일들을 달성하게 할 것이다. 목표가 당신의 신체적, 지적, 정서적 그리고 영적인 에너지를 집중하게 만든다. 결국 그것은 안전지대로부터 당신이 나오게 하고 장애물에 상관없이 앞으로 나아가게 하는 최종목표를 향해서 이루어진다.

물론, 불타는 야심을 매일의 일상에서 느끼는 사람은 거의 없다. 하지만 우리가 삶을 그 다음 수준으로 이끌고 정상 궤도에 있는 것보다 더 많은 보상을 받는 미래를 형성하고자 한다면, 우리 내면의 불꽃을 점화하는 것과의 연계는 필수적이다.

인류 역사상 그 어느 때보다 우리는 더 부유하지만 '부유함'과 '평안' 사이에는 명백한 차이가 있다. 생존 본능에만 이끌리는 동물과 달리, 우리 인간은 단순한 생존 그 이상을 열망한다. "무엇을 위한 생존?"이라는 질문에 답도 하지 못한 채 우리는 환멸과 혼란에 빠질 수 있고, 우리의 소중한 삶을 절망감에 빠져 낭비할 수도 있다. 아담 그랜트(Adam Grant)는 이렇게 쇠약한 상태를 '정신 건강의 소외된 중아'로 묘사하기도 했다. 그것은 절망과 화려함 사이의 공허함이며 충실할 수 없는 삶이다.

항우울제에 대한 의존도 증가와 더불어 약물남용, 우울증, 자살의 비율이 놀랄 만큼 증가하는 것은 많은 이들이 그렇게 하고 있다는 것을 보여준다. 피고용인 관련 통계자료는 전례 없는 규모로 삶의 목적이 위기에 있다는 것을 가리키고 있다.

도대체 무엇을 위해서?

당신은 영감을 주는 일을 이루거나, 자신을 빛나게 하고, 주변을 격려하고, 그에 대한 보상이 많은 삶을 살 능력이 충분하다. 하지만 안전에 대한 본능적 욕구가 - 수렵 및 채집 사회로부터 뇌의 뒤쪽 오목한 부분과 연결된 - 다른 모든 것에 대한 욕망을 항상 강하게 억누를 것이다. 정면으로 맞서보자. 자신을 '저쪽 어딘가'에 두고 충성스럽게 바보짓을 감수하는 위험을 무릅쓰기보다는 최소한 단기적으로는 현 상황에 자신을 묶어두는 것이 훨씬 쉬울 것이다.

우리의 뇌는 위험을 피하기 위해 아주 단단하게 구성되어 있다. 우리는 현 상황을(비참한 상황일지라도) 방해할 잠재적 위협에 대해 항상 안테나를 세워 경계하고 있다. 그것이 바로 우리가 여기에 아직도 존재할 수 있는 이유이고, 십만 년 전 아프리카 초원에서 거닐던 수많은 종은 여기에 존재하지 않는 이유이다. 하지만 지금 신체적 안전만을 얘기하고 있는 것은 아니다. 정서적 안정도 얘기하는 것이다. 사회적 거부나 굴욕을 피하고, 우리의 자존심을 꺾거나 자아(ego)에 상처 주는 상황들을 잘 피하려는 깊고 본능적인 욕구가 심리적 DNA로 내장된 것이다. 우리의 자아는 연약한 만큼 목마르기도 하다.

그것이 바로 많은 사람이 자신의 삶에서 원하지 않는 부분을 변화시키려는 어떤 행동도 하지 않으면서, 수많은 시간을 흘려보내는 이유이다. 그것이 그들을 자신이 싫어하는 직업에 머물러 있게 하고, 자신을 외롭게 만드는 이유이기도 하다. 또한 어떤 리더가 지나치게 소심하게 의사결정을 하고, 자신의 권력을 강화하여 자존심을 보호하는 이유이기도 하다. 당신도 자주 이런 일들을 보았을 것이다.

또한 이것이 이 책에 더 들어가기 전, 당신이 자아나 단기적 안락함을 유지하는 것보다 무엇에 더 신경쓰는지 확인해야 하는 이유이기도 하다. 그런 작업을 하지 않는다면, 당신은 결코 위험을 감수하지 않을 것이다.

도대체 무엇을 위해 용감해야 할까?

당신이 왜 귀찮게 도전과제를 해야 하는가? 왜 위험을 자초하여 그런 용감한 대화를 하거나 터무니없는 요구를 해야 하는가? 왜 몸에 익은 삶의 안락함을 잃는 위험을 감수해야 하는가?

이 질문에 답을 하기 위해서는 직업적 경력에서 무엇을 원하는가가 아니라, 당신이 매일 하는 일로 당신이 어떤 사람이 되고 싶은가를 생각해볼 필요가 있다.

오늘날의 피상적인 문화 속에서 많은 이들이 버려지거나 뒤에 남겨질 것이라는 두려움과 레슬링을 하듯, 매일의 삶 속에 휘말려 들어가고 있다. 이런 때 사소하고 단편적인 것을 초월하는 더 깊은 목적과의 연결이 '중요한 임무'가 된다. 그리고 현상에 대한 자아의 욕구를 초월하는 신념과 연결될 때만, 우리는 더 높은 것으로 진화할 수 있다.

삶의 목적은 목적이 있는 삶이다
당신의 삶이 무엇을 나타내기를 원하는가?

정신과 의사인 빅터 프랭클(Viktor Frankl)은 그의 가족 중 나치 포로수용소에서 유일하게 생존한 인물이며, 목적의 힘과 의미에 대한 인간의 욕구를 이해하기 위해 생애를 바쳤다.

프랭클은 자신의 가족들이 살해당하는 것뿐만 아니라, 말로 표현할 수 없는 야만적 상황에서 수천 명의 죽음까지 지켜보았다. 그런데 그는 또한 살겠다는 의지 하나로 절망과 싸우고, 죽음을 견뎌내며, 그들에게 강요된 잔인함과 상실을 지켜볼 정도로 오래 살아남은 사람들도 보았다.

2차 세계대전을 겪으면서 우리 삶의 목적이 단순한 생존을 초월할 때, 인간 정신의 힘이 완전히 발휘된다는 것을 그는 믿게 되었다.

목적에 대한 명백한 인식으로, 영혼을 살찌우지 않는 사업과 무가치하며 이기적인 활동에서 벗어나, 영혼을 고양하는 활동에 집중한다. 자신의 능력, 재능 그리고 시간을 일터에서 쓰는 것보다 더 중요한 것은 없다. 그러니 인생에서는 더 말할 것도 없다.

당신은 모든 것을 가지고 있다. 말 그대로 모든 것이다. 의미 있는 삶은 새로운 수준의 성취를 얻게 하며, 당신 주변 모두의 삶에 직접, 간접적으로 긍정적인 영향을 미친다. 하지만 그렇게 하기 위해서는 두려움이 드리워진 힘에 굴복하기를 거부하는 커다란 헌신을 해야 한다. 더구나 두려움은 영리하고 창의적이며 능력 있는 사람들을 평범한 사람의 혼잡한 대열 속으로 밀어 넣는다.

더 고결한 대의를 위해, 자존심과 취약성을 내려두고 대담하게 위험을 감수하는 것은 당신의 몫이다. 당신의 열망, 당신의 말 그리고 매일의 활동에서 두려움에 고삐를 잡히지 않으려면, 개별적인 서약이라도 해야 한다.

직책, 권력, 직위, 능력 등 당신이 지금 갖지 못한 것은 당신이 가지고 있는 것과 비교할 대상이 아니다. 당신 자신의 가치 앞에 당당하게 서라. 그리고 세상에 하나뿐인 자신의 빛나는 브랜드를 가져라. 당신이 하지 않으면 결코 이루어질 수 없는 일들이 있다. 지금이 아니라면, 그럼 언제? 그리고 당신이 아니라면, 누가? 이 지점에서 제때 시작한 여정이 당신만의 남다른 차이를 만들어낼 완벽한 곳으로, 당신을 인도한다.

다시 1960년대로 가보자. 빅터 프랭글은 당시의 많은 사람이 살아나갈 방법들은 갖고 있지만 삶을 지탱할 의미는 갖지 못했다고 말했다. 그런 경향은 바뀌지 않고 있다. 연구 결과는 이렇다. 일단 우리가 기본 욕구를 충족시키고 나면, 여분의 돈은 우리의 행복을 점진적으로 증가시킬 뿐이라고 한다. 그들이 이루고자 하는 목표보다는 행위에 매달리면서, 너무도 많은 사람이 인생의 많은 부분을 낭비한다는 것은 비극이다.

일터에서 더 나은 의미를 찾기 위해, 90% 이상의 직장인이 생애 임금의 1%를 기꺼이 할애하겠다는 연구 결과가 하버드 비즈니스 리뷰에 기사화되었다. 이것은 조금도 놀라운 일이 아니다. 좀 더 구체적으로 들어가 보자. 나이와 연봉에 상관없이 2,000명 이상의 응답자들이 은퇴할 때까지 의미 있는 일을 보장받기 위해, 생애 임금의 평균 23%를 포기하겠다고 말한 것이다.

우리는 모두 피상적인 것을 넘어 이 시대 이 곳을 조금 더 나은 세상으로 만들려는 깊은 열망과 연결된 '존재 이유'가 필요하다. 우리의 이름이 결코 빛을 보지 못하고, 우리의 이야기가 결코 역사 속에 새겨지지 못하더라도, 의미 있는 삶을 살아 내기 위해서.

나의 아버지는 소년일 때, 호주의 남동부 해안가 근방에 있는 함석지붕 헛간에서 몇 년간 살았다. 그곳은 예뻤지만 알려지지 않은 장소여서 우편번호도 없었다. 그곳을 찾는 데 관심이 있다면,

넌거너(Nungurner)라고 불리는 곳이다. 아버지는 육지와 호수에서 맨발로 근근이 살아가던 그 시절을, 그의 삶 중에서 가장 행복한 때였다고 애정을 듬뿍 담아 회상한다. 매일 나의 할머니는 헛간 근처 모래밭의 캠프용 오븐으로 잡은 물고기를 요리해 주곤 했다. 매일 밤 밀물이 들어와서 모래사장이 호수로 변하면, 그분들은 뗏목 위에서 잠을 잤다.

아버지가 13세가 되던 때 할아버지가 작은 농장을 사들였고, 몇 년이 지난 후 16세가 되었을 때는 낙농 일 때문에 학교를 그만두었다. 아버지는 이후 50년간 아침저녁으로 우유를 짜며 대부분의 시간을 보냈으며, 겨우 먹고 살 만큼 벌어서 7명의 아이를 키웠다(나는 두 번째 아이다). 깊은 신앙심을 지닌 아버지는 종종 하나님께, 스스로 지칭하는 소박한 '작은 낙농가'를 넘어 그의 삶에 더 깊은 목적이 있는지 발견하게 해달라고 기도했다. 그는 50대가 되어서야 비로소 - 사랑스러운 남편이자 아버지로, 그리고 지역교회와 시골 공동체의 순박한 일원으로 - 그의 목표대로 잘 살아왔다는 것을 깨달았다고 말했다.

이제 80대인 아버지는 소년일 때 살았던 '빨간 헛간'으로부터 몇 걸음 떨어진 물가에서 다시 살아가고 있다. 내가 부모님을 방문할 때마다 아버지는 내가 머무는 동안 어느 시점에 - 우리가 차를 나누어 마시거나 혹은 그의 오래된 보트에서 낚시하면서 - 자신이 세상에서 가장 부유한 사람처럼 느낀다고 언제나 말한다. 아버지는 물질적 측면에서의 부자하고는 거리가 멀었지만, 자신의 삶과 가족에 대한 감사와 사랑으로, 돈으로는 살 수 없는 진정한 의미의 부유함과 연결되어 있다.

우리 대부분은 우리의 조부모 세대는 물론이고 부모 세대가 상상하지 못한 안락한 삶을 누리고 있다. 이런 점을 염두에 둘 때, 더 많이 보상을 받는 삶에 대한 답은 더 많은 돈을 좇을 때가 아니라 더 큰 의미를 찾을 때 발견될 수 있을 것이다. 《돈의 정신(The Soul of Money)》이라는 책의 저자인 린 트위스트(Lynne Twist)는 나의 '리브 브레이브(Live Brave)' 팟캐스트에서 이렇게 공유해주었다. "더 많은 것이 더 좋다고 하는 공간에서 살아간다는 것은 우리를 끝이 없는 추격전과 승자 없는 경주에 팽개친다." 의미가 무엇인가에 대한 답이 돈이라고 생각한다면, 아무리 많은 액수라도 결코 충분하지 않을 것이다. 더 큰 요트를 가진 사람은 늘 존재해 왔으니까.

우리의 '존재에 대한 이유'를 찾으려 한다면, 깊은 성찰과 진지한 영혼 탐색이 필요하다. 하지만 우리 대부분은 그것들을 피하는 데 선수들이다. 여러 해 동안 카네기 기업을 운영한 존 가드너(John W Gardner)가 말한 적이 있다. "인간은 스스로에게서 벗어나기 위해, 엄청나게 다양하며 교묘한 장치를 이용해 왔다."

혼란스러운 삶 속에서, 우리는 인생 자체를 놓치는 위험을 무릅쓰고 있다. 그것이 바로, 인생의 가장 풍요로운 배당금을 대가로, 유한하고 부서지기 쉬우며, 무언가를 하기 원하는 삶이라는 선물에, 현존하는 시간제한을 부여한 까닭이다. 그리고 영혼 깊은 곳에서 그것이 문제가 되는 까닭이다. 일단 우리가 두려움을 퇴색시킬 수 있는 삶의 목표와 연결될 수 있다면, 재능에 영예를 주며 영혼의 소리에 귀를 기울이는 용기를 불러올 수 있다.

아마 이 말이 깊은 울림을 줄지도 모르겠다. 나는 당신이 성공적이지만 표면적인 삶을 살아가도록 이 책을 쓴 것은 아니다. 더구나 당신의 경력에 변화를 주거나, 현재의 직업을 그만두거나, 부업을 시작하도록(아마도 하고 있겠지만) 하기 위해서 이 책을 쓴 것도 아니다. 오히려 당신이 무엇을 원하는지, 어떤 사람이 되고자 하는지, 그리고 가장 높은 목표의 삶을 살기 위해서 어떤 행동을 취해야 하는지 명확하게 하도록 돕고자 쓴 것이다. 당신을 빛나게 하는 것은 더 많이 하고, 그렇지 않은 것은 더 적게 하도록 쓴 것이다. 삶이 고단하게 느껴질 때 – 아버지가 매일 아침 동이 트기 전에 일어났을 때, 혹은 아주 적은 수입으로 오랜 가뭄을 견딜 때 여러 번 그랬다 – 우리의 깊은 가치와 고귀한 의도를 영예롭게 하는 방식으로 삶을 살아야 한다. 그래서 무엇을 얻을까가 아니라 그 과정에서 어떤 사람이 되어 가는가를 확실히 인식하며 앞으로 나아가야 한나.

철학자 프리드리히 니체(Friedrich Nietzche)는 "이유(why)를 알고 있는 사람은 어떤 상황도 견딘다."라고 말한 적이 있다. 빠른 검색만으로도 당신의 '왜(why)?' 즉, '존재 이유'에 대한 수백 가지 답을 찾아낼 수 있다. 하지만 그것이 정말로 맞지는 않는다. 앱도, 그리고 최고 전문가 그룹도 당신 내면에 자리 잡은 답을 제시하지 못한다. 제대로 된 질문을 던질 때만 당신의 존재 이유가 드러날 수 있다. 그리고 그렇게 해야만 하는 필수적인 이유가 있다.

케네디 대통령은 언젠가 "노력과 용기는 목적과 방향이 없이는 충분하지 않다."라고 글을 쓴 적이 있다. 사실 핵심 가치와 원칙 그리고 목표에 뿌리박지 않는다면, 노력과 용기는 당신을 온갖 곤경에 빠뜨릴 수 있다.

| 왜? | 누가? | 무엇을? | 갖는다 |

〈표1〉 'Why'로 시작

'왜(Why)'로 삶을 살아가고 이끌어갈 때 당신 삶의 나침반이 장착된다. 위의 표1에서처럼 당신이 하는 일이 '왜' 중요한지가 명확할 때만 자신이 꼭 되어야 하는 사람이 되기 위한 용기를 끌어낼 수 있다. 또 그때 원하는 것을 성취하고, 원하지 않는 것을 바꾸는 데 필요한 일이 무엇인지 알게 된다. 그때만이 당신이 삶에서 가장 갈망하는 것을 얻을 수 있다. 그것이 결국 내면의 가장 깊숙한 곳에서의 평온이다.

의심이나 냉소주의는 당신의 정신적 책장 안에 넣어두고, 나에게 잠시 집중해 주길 바란다. 열린 공간에서, 당신 자신이 하지 않는다면(최소한 같은 방식으로는 하지 않는) 결코 누구도 이루지 못하는 일이 있다는 가능성을 갖고 앉길 바란다. 당신이 뒤처진 것은 기회가 부족해서가 아니라 당신의 삶이 진심으로 나타내기를 원하는 것이 명확하지 않아서였음을 잠시만 깊이 생각해보자. 현재까지는 그랬다는 것이다.

우리 인간들은 대부분 사실 최대치의 잠재력 중 제한된 부분만 활용해서 살아간다. 비교적 보수적으로 추정해도, 신경생리학자들은 인간의 뇌에는 대략 100조의 뉴런 연결 지점이 있다고 평가한다. 좀 더 쉽게 말해서, 우리의 두뇌 세포가 우주 전체 원자의 숫자를 넘어선다는 것을 의미한다. 수많은 잠재력이 그냥 버려지고 있다는 뜻이다.

잠재력을 분출하려면, 해가 뜨기 전으로 알람을 맞추고(알래스카에서 사는 경우를 제외하고), 팔을 걷어붙인 다음, 가장 중요한 순간들에 신념으로 용감하게 도약할 충분한 이유를 갖추고, 당신 내면의 '레이저 빔'을 집중시킬 필요가 있다. 할 일이 많이 있을 것이

다. 바로 그때 당신은 순박하고 평범한 삶으로 많은 사람을 제한
하는 끊임없는 자존심의 유혹에 굴복하지 않게 될 것이다. 또 바
로 그때, 때로는 엉망일지라도, 좀 더 큰 삶을 위해 '용기의 근육'
을 만들어 낼 것이다.

당신의 인생을 어떻게 측정할 것인가?

코로나19 팬데믹의 복합적 위기는 전혀 예측하지 못했고, 전
혀 예상치 않은 방식으로 우리의 삶을 흔들었다. 그래서, 우리 대
부분이 가슴 졸이며 안전지대로부터 나오게 되었다. 그러나 당신
이 아는 세상이 무너져 완전히 새로운 방식으로 다시 조립해야 할
때, 당신에게 진정으로 중요한 것이 무엇인지 드러나게 된다.

삶에 불이 지펴졌다고 느껴지지 않거나, 진짜로는 삶이 쇠퇴하
는 때가 있다. 이때는 당신 삶의 이야기책에서 스스로가 어떤 존
재가 되고 있는지 재평가하기 위해서, 바쁘게 움직이고 있는 일에
서 벗어나길 바란다. 그다음 스스로 물어보라. 이것이 언젠가 읽
어 보고 싶을 이야기인가? 현재 당신의 삶은 당신이 원하던 삶의
방식과 일치하는가?

결혼하고 일 년이 지난 후 남편 앤드류와 나는 국제적으로 일하

고 살아가는 비전을 추구하기로 결정했다. 당시 우리 부부는 각각 호주 멜버른에 있는 다국적 기업에서 일하고 있었다. 어느 날 저녁 와인을 마시면서 우리는 장난스럽게 내기했다. 우리 중 누가 첫 해외 파견 임무를 맡을 것인가를.

우리는 젊은 부부로서 뉴욕, 런던, 파리, 그리고 어딘가 이국적인… 상해, 홍콩, 로마, 베를린 등지에서 상류사회의 생활 방식을 즐기고 있는 모습을 상상해 보았다.

몇 달이 지난 어느 날 저녁, 앤드류가 흥분했지만 약간 긴장한 모습으로 집에 왔다. 그는 기회가 생겼다고 생각했지만 '하지만 우리가 생각한 곳이 아니야' 하고 약간 우려하며 말했다.

내 마음이 뛰기 시작했다. 리오? 멕시코? 델리? 쿠알라룸푸르?

아니었다. 포트모르즈비.

파푸아뉴기니. 600개 원주민 부족(사용언어가 850개!)이 현대 문명을 만난 이래로 문화 인류학자들의 성지가 된 곳이다.

실은 포트모르즈비, 파푸아뉴기니의 세련되어지지 않은 도시는 내 상위 500개 리스트에는 없었다. 하지만 우리는 모험을 할 준비가 되어 있었고, 한 도시(한 나라)에서만 우리의 삶을 보내길 원하지 않기에 즉시 수락했다.

사람들은 우리가 미쳤다고 생각했다. 당시 그곳은 전쟁지역을 빼고는 가장 위험한 나라중 하나였다. 하지만 우리는 그것을 모험이라고 생각했다.

그렇게 우리는 떠났다. 최고의 컨설팅 회사에서 '상승세를 타고 있던' 생활에서 벗어나, 나는 파푸아뉴기니의 아주 작은 마케팅 회사에서 일하기 위해 경력을 바꾸었다. 매우 흥미로운 직책이었으며, 맥주에서 인스턴트 국수까지 판매하는 글로벌 기업을 위해 TV 광고 연출부터 시장조사까지 진행하게 되었다.

그 당시 아직도 외진 곳에서는 식인풍습이 있는 부족들이 살고 있던 파푸아뉴기니의 모험 이야기로 책 한 권을 채우는 것은 쉬운 일이었다. 오지를 여행하는 모험들과(오세아니아에서 가장 높은 4,509 미터의 윌헬름산 등반하기처럼) 무시무시한 순간(예를 들면, 정치 쿠데타로 최루가스 속에서 피난하거나 총부리 속에서 서 있기)들이 들어있다. 반면에 매우 심오한 경험도 있다. 그중 하나는 단순하게 말하자면 '자신만의 방식에서 벗어나며' 좀 더 용감하도록 돕는 나의 재능을 발견한 것이었다.

'사람들이 좀 더 용감하도록 돕는 것'으로 커다란 보답을 받은 반면, 내가 어렵게 얻은 지혜를 넘어서기에는 나의 '도구 상자'는 한정적이었다. 그래서 다시 공부를 시작했고, 심리학과 대학원 원격수업에 등록하였다. 그 당시, 나는 한 번도 코칭이라는 말을 들어본 적이 없었다. 심지어 연단에 서서 연설하고 돈을 버는 사람이 있다는 것도 몰랐다. 그저 사람들이 두려움을 드러내고 좀 더 용기 있게 행동하도록 돕는 것이 나를 빛나게 하고 나에게 자연스러운 일이라는 것만 알고 있었다.

파푸아뉴기니를 떠날 때 첫 아이 라클란을 임신한 지 7개월이었다. 그리고 거의 3년 전 그곳에 도착했을 때보다는 좀 더 목표 중심의 삶을 살고 있었다. 물론 모험도 여전히 중요했지만, 내 재능을 끌어내어 다른 사람들을 위해 의미 있는 방법으로 봉사하는 것이 훨씬 더 중요해졌다.

내 삶의 더 깊은 목적의식을 발견한 것이 내 모든 두려움을 사라지게 했을까? 전혀 그렇지 않았다! 해야 할 일을 찾지 못하거나, 실패하거나, 혹은 어리석어 보이거나, 거절당하거나, 혹은 부적절함을 노출하거나, 사람들이 내가 잘난체하거나 야망이 지나치다고 생각하는 등 시간이 갈수록 두려움이 커졌고 나를 위축시키고 안주하도록 유혹했다. 하지만 용기를 낸 바로 그 순간에, 일에 대한 열정이 그 두려움을 이겨내고 나를 일으켜 세웠다. 사람들이 용기를 내도록, 본래의 목적대로 살고 스스로의 잠재력을 충족시키도록 돕는 그것이 이제는 나의 삶의 기준이 되었다.

박수갈채가 아니라
목표를 위해서 일하라

힘이 부족한 보트를 파도에 수직으로 위치시키면 어떤 크기의 파도가 밀려와도 대처할 수 있듯이, 당신의 신념이 서린 목표가 있다면 하지 못할 것이 없다. 삶의 목적을 찾아내는 통로가 한 가지만 있는 게 아닌 것처럼, 당신 내면의 더 깊은 통찰력과 세상에 던질 더 커다란 시각을 얻는 방법에는 여러 가지가 있다. 앞으로 살아갈 삶에서 당신이 하고 싶은 일을 생각해 보는 것만으로 엄청난 차이가 만들어짐을 알 수 있다.

1990년대 후반 파푸아뉴기니를 떠나면서, 나의 경력은 단절되었다. 우리가 전 세계를 돌아다니게 됨으로써, 다양한 대륙에서 직업적 경력/소명/비즈니스를(결국 한 묶음이지만) 늘 다시 시작해야 했다. 포트모르즈비로부터 다시 멜버른으로 돌아갔으며, 애들레이드로 넘어간 후 텍사스의 댈러스로, 9·11 이후 몇 주 후에는 워싱턴 DC로, 그리고 다시 호주로, 그리고 싱가포르까지 간 다음, 우리가 계약한 지금의 미국으로.

때때로 일이 힘들게 진행될 때가 있다. 하지만 '직장 구하기'를 깊이 고민할 때마다 나는 늘 제자리로 되돌아갔다. 일은 늘 의도한 것을 벗어나고 그게 나를 더 부정적인 상황으로 빠뜨리기도 했지만 나는 일을 멈추지 않았다. 이것이 내 소명의 매력이다.

(표2에서 설명된 것처럼) 아래의 4개 질문은 당신이 관심을 두고 있는 것, 당신이 공헌할 수 있는 것, 그리고 당신에게 가장 가치 있는 것의 교차 지점에 자리한, '가장 적합한 지점(sweet spot)'을 발견토록 도와준다.

열정- 당신을 살아있게 하는 것은 무엇인가?

강점- 당신의 타고난 재능과 능력은 무엇인가?

전문성- 당신은 어디에서 가장 큰 영향력을 만들어내는가?

가치- 당신은 어떻게 성공을 측정할 것인가?

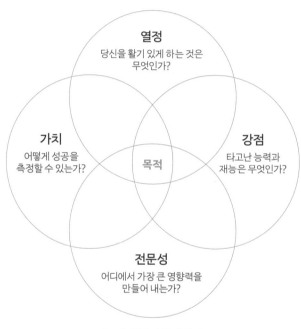

〈표2〉일에서 목적 찾기

무엇이 당신에게 에너지를 주고 당신을 살아있게 하는가?

나의 두 어린 아들, 매튜와 벤은 운 좋게도 유치원에서 에미 보식(Emmy Bocek)에게 가르침을 받게 되었다. 에미는 30여 년간이나 제멋대로 날뛰는 유치원생들을 가르쳐왔다. 시끄러운 꼬마들이 들어찬 교실에서도 그녀의 에너지와 열정은 넘쳤다. 자신이 '세상에서 가장 멋진 직업'을 가졌다고 말하기도 했다. 그것은 그녀의 열정과 인내로부터 나온 자기 확신이었다. 내가 매일 아이들로 가득한 교실을 관리하지 않아도 되는 것은 그녀의 열정 덕분이다. 이 얼마나 감사한 일인가! 사실 나에겐 네 명의 내 아이들도 많았다!

자기들의 일에 열정을 쏟고 있는 각계각층의 사람들을 나는 여러 해에 걸쳐서 만나보았다. 양치기부터 요리사, 과학자 그리고 미용사까지. 그들이 자신의 하루를 보내는 방법은 범위가 매우 넓었다. 그렇지만, 그들 모두는 그들의 인생에 의미를 가져다준, 그들의 일에 열정을 갖고 있었다. 또 연구 결과가 말하듯이, 그렇기에 그들의 수명이 몇 년 더 늘어날 수도 있다.

그럼, 무엇이 당신을 살아있다고 느끼게 하는가? 꿈꾸었던 휴가를 가거나 당신이 응원하는 팀이 게임에서 이기는 것을 의미하는 것은 아니다. 먹이 사슬에서 지금보다 더 큰 단계로 나를 올려주는 'why'에 대해 말하는 것이다. 타고난 재능을 끌어내어, 야망을 불러일으키는 그 무엇인가에 모든 것을 집중할 때, 당신이 사람들에게 매우 특별한 영향력을 끼치게 되었다는 것을 알게 된다.

겁먹을 필요가 전혀 없다. 암을 치료하고, 차세대 아이폰을 발명하고, 혹은 세상의 에너지 문제를 해결하길 원한다고(그럴 수도 있지만) 할 필요는 없다. 이것은 내면의 불꽃을 일으키고 당신을 각성시키는(inspire) 몇 가지 방식에 관한 것이다. 사실상 'inspire'라는 단어는 '숨을 쉬다 혹은 입김을 불어 넣다'를 의미하는 라틴어인 'inspirare'에서 왔다. 그래서 당신의 내면을 밝힐 무언가를 생각할 때, 당신 내면에서 일종의 '새 삶'이 숨쉬고 깨어나는 감각을 느끼게 될 것이다.

예를 들어, 내 친구 론 카프만(Ron Kaufman)은 기운을 북돋워 주는 서비스에 대한 열정이 있다. 사실 그는 그런 제목으로 책도 썼다. 하지만 그 서비스에 대한 그의 열정은 상업적인 기업 그 이상이다. 론은 말 그대로 세상에 서비스를 제공함으로써 살아가며 숨 쉬고 있다. 그것이 그의 삶 모든 부분에 스며들어 있는 것이다. 당신도 그의 앞에 있으면, 틀림없이 기력이 회복되고 배려받는 느낌을 받을 것이다. 론이 나의 팟 캐스트에서도 공유했듯이, 그의 삶 전체는 그가 하는 일의 중심에 사람의 마음을 두는 것과 관계가 있다.

그러면 당신은 어떤가? 당신은 무엇을 좋아하는가? 만약 불타는 열정을 느끼지 못한다면 그것도 그대로 좋다. 그런 경우, 다른 것보다 당신을 좀 더 살아있다고 느끼게 하는 것이 무엇인지 한번 생각해보라. 그것이 무엇이든 그것을 향해서 전진해라. 열정은 말 뿐만 아니라 당신이 느끼는 바로 그 에너지이다.

20대 후반에 심리학을 공부하려고 다시 학교로 돌아왔을 때, 코칭, 기조연설 하기, 책 쓰기, 그리고 '미디어 해설'로 통찰을 공유하는 일 등 현재 하는 일로 진화하리라고는 전혀 생각하지 않았다. 그러나 내가 발견한 바와 같이, 당신의 소명이 있는 방향으로 나아갈 때 - 그것이 당신의 에너지를 뽑아내는 것보다는 에너지를 주겠지만 - 당신이 있던 곳에 그대로 머물렀다면 상상조차 하지 못했을 새로운 지평의 가능성이 열린다. 마틴 루터 킹 주니어(Martin Luther King Jr)가 말했듯이, "모든 계단을 볼 필요는 없다. 그냥 첫 계단에 걸음을 내딛어라."

당신의 타고난 강점은 무엇인가?

켄 로빈슨(Ken Robinson)은 그의 저서 《성분(The Element)》에서, 우리의 성분은 타고난 재능과 기량이 개인의 열정과 만나는 지점이라고 썼다. 사람들이 그들의 '성분' 안에 있을 때, 그들은 더 생산적이고 성공적이라고 한다.

여기서 해야 할 일은 당신이 항상 잘했던 것, 때로 다른 사람들은 왜 그렇게 어려워하는지 의아하게 생각했던 것, 그것이 무엇인지 확인하는 것이다. 다른 이들은 할 수 없는 복잡성과 불확실성 속에 있는 패턴이나 기회들을 볼 수 있는가? 당신은 다른 관점에서 보고, 더 나아가 통합할 줄 아는가? 당신은 타고나길 창의적이어서 '틀을 깨는 해결책'을 찾아내는 데 능숙한가? 파괴가 필요한 상황인지 기가 막히게 알아차리는 타고난 반항아인가? 당신은 빈틈없고 꼼꼼해서, 남들이 지루하다고 생각하는 것을 문제없이 잘 해낼 수 있는가? 해결사, 과학기술 분야 전문가, 외교관 혹은 기업가로서 당신은 타고난 사람인가?

물론 당신의 담대한 목표를 이룰수 있을 정도로 당신의 강점을 갈고 닦지 못했을 수도 있다. 그것이 연습 외에 모든 것이 부족했다는 뜻은 아니다. 여기서 좋은 소식은 사람들은 대부분 재능이 없을 때는 그 야망을 품지도 않는다는 것이다. (텔레비전 장기자랑에 끌리는 경향이 있는 사람도 그렇다.)

그 반대로 뛰어난 재능이 있어도 야망이 없을 수도 있다.

나는 항상 암산을 잘했다. 고기파이를 서빙하고 쉐이크를 만들던 상점에서 수년 동안 일하면서 그리고 나중에는 맥주를 파는 펍에서, 내 머릿속에서는 계산기보다 더 빠르게 덧셈이 이루어졌다. 하지만 결코 숫자에 연관된 직업을 갖는 데는 흥미가 전혀 없었다. 짐작하겠지만 내 열정의 대상은 사람이다. 가수의 꿈을 가질 수도 있었다. 바바라 스트라이샌드(Babara Streisand)나 레이디 가가(Lady Gaga)를 만나는 것을 생각해보라. 하지만 바바라나 가가 같은 재능이 확실히 없기 때문에 그렇게 되지 못했다. 결혼식에서 깜짝 선물로 남편 앤드류를 향해 노래를 부르긴 했다. 우리

아이들이 들었다면 엄마는 '스타탄생(A Star is Born)'의 최종 후보자 명단에 오를 운명이 아니라고 확신했을 것이다.

이런 완벽주의의 시대에, 당신은 '최고'가 되어야 한다는 거짓에 쉽게 현혹될 것이다. 최고의 컨설턴트, 최고의 영업 담당자, 최고의 기술자, 최고의 디자이너, 최고의 작가. 전혀 그렇지 않다! 당신은 모두에게서 최고가 되는 것이 아니라, 당신 안에서 최고가 되어야 한다. 당신이 더 나아지기를 바라고 있음을 의미하기도 한다. 하지만 비교는 버려두자. 그리고 좋은 날 또 좋지 않은 날에도 끊임없이 최선을 다하자. 그러면 마침내 당신의 일터와 세상에서, 당신의 유일한 가치를 의심할 이유가 전혀 없다는 것을 깨닫게 될 것이다.

당신의 전문성은 어디에서 가장 큰 영향을 미칠까?

자신의 강점과 가장 많은 가치를 얻을 곳을 알면, 교육, 기량, 지식 그리고 경험을 적용함으로써 기회, 직책 그리고 경력 쌓기에 집중할 수 있다. 그곳이 성공할 가능성이 가장 크고, 결과적으로 가장 큰 성취감과 공헌도를 발견하는 지점이다.

우리는 너무도 자주, 세월과 더불어 자연스럽게 습득해 온 전문성을 과소평가한다. '문제 해결'이라는 렌즈를 통해 가치를 증진하는 개념을 재구성하면, 다른 이들에게 가장 큰 영향을 주는 곳으로 다다른다. 문제에 대한 해법을 제공하거나 채워지지 않은 욕구를 충족시키는 더 나은 방법을 찾거나, 또는 스티브 잡스(Steve Jobs)가 그랬듯이, 사람들이 가지고 있었다는 것조차도 모르는 욕구를 충족시켜주는 기술을 발명하는 등, 개념을 재구성해야 한다.

'리브 브레이브(Live Brave)' 프로그램과 여성들의 리트릿(춤과 샴페인이 있지만 사실 'retreat'이라는 단어가 이것만 의미하는 것은 아니다)을 시작하도록 나에게 영감을 준 것이 바로 그것의 적용이었다. 전 세계 사람들이 참여할 수 있는 여성 리더십과 자기 계발에 관한 훌륭한 프로그램들이 많겠지만, 나는 몰입형 프로그램에서 의미 있는 영향을 줄 수 있음을 알게 되었다. 시장조사를 한 것은 아니고, 그저 그 안으로 깊이 들어갔을 뿐이었다. 결국 나의 직관을 따랐던 것은 잘한 결정이었다. 당신도 직관을 따른다면 그럴 것이다.

당신은 성공의 척도로
무엇에 가치를 두는가?

누군가는 돈이 되지 않는(또는 최소한 충분치 않거나 곧 충분하게 되는) 열정을 추구하기 위해 보장된 월급을 포기하는 여유가 있을 수도 있다. 많은 이들은 그러지 못한다. 하지만 돈을 추구하는 것과 마음을 따르는 것이 상호 간에 배타적일 필요는 없다.

기회란 당신에게 고려해야 할 다른 가치가 있다는 뜻이다. 그 다른 가치라는 것이, 아이들에게 최고의 교육을 해주거나 주택할 부금을 갚는 것과 같은 일이라면, 결국은 당신의 일에 전적으로 열정을 느끼지 못하게 막는다. 그렇다고 해서 여전히 당신의 삶에 어떤 식으로든 열정을 주입할 수 없다는 뜻은 아니다. 또는 필요한 자금을 충당하기 위해 주택금융을 얻을 동안 풀타임으로 바꾸려 한다면, 그 일이 더 이상 단기적인 '부업'으로 취급될 수 없다는 뜻도 아니다.

그런 동안에도, 지금 당장 당신이 하는 일에 더 많은 열정을 부여하지 못하게 막는 것은 아무것도 없다. 현재의 직업이 '목표에 도달하는 수단'이 될 수도 있지만, 모든 일은 고유의 가치를 지닌다. 그래서 만약에 현재 하는 일을 곧 바꿀 수 없다면, 그것을 수행하는 방법을 바꾸어라. 현재 수행 중인 직무를 바라보는 틀을 이동함으로써, 그에 대한 경험을 심대하게 바꿀 수 있다. 그렇게 함으로써 당신은 주변의 다른 사람들이 본받고 싶어 하는 사람이 될 수 있다. 그 자체만으로도 의미 있는 일이 된다.

고상한 삶을 살고자 노벨상 수상자가 되는 과정을 밟을 필요는 없다. 당신이 매일 무엇을 하느냐가, 당신의 태도와 당신이 퍼뜨리는 에너지가 그렇듯이, 어떻게 하느냐 만큼 중요하지는 않다. 어떻게 하면 더 큰 차이를 만들어 낼 것인가를 생각할 때, 시간이 지나면 큰 차이로 자라날 매일매일의 작은 차이를 소홀히 하지 마라.

SAP의 최고 마케팅 책임자인 알리샤 틸먼((Alicia Tillman)과 진행한 나의 팟캐스트 대화에서, 그녀가 의사결정을 해야 할 때의 경험을 나누었다. 그녀는 '미래의 자신'의 입장에서 스스로 질문한다고 했다. '미래의 나라면 지금 당장 내가 무엇을 하기 원할까?' 그에 대한 답변은 자신의 가장 깊숙한 내면의 가치관을 반영하지만, 또한 그녀의 용기와도 연결되어 있다. 이러한 기법으로 결코 실패함 없이 자신을 앞으로 나아가게 했다고 그녀는 말했다.

대담한 행동은 당신의 삶을 재구성하게 한다. 하지만, 명확한 목적의식에 의해서 인도되지 않는 한, 뭔가 원하는 것이 더 남아 있는 미진한 상태로 당신의 삶을 끌고 간다. 그것도 훨씬 더 많이 끌고 간다. 단순히 질문을 심사숙고하게만 해도, '도대체 무엇을 위한 것인가?'라는 질문은 지금까지 해온 것보다 더 많은 일을 하도록 당신을 북돋아 준다. 그뿐 아니라 그 과정에서 나타나는 도전과제로부터, 당신이 더 강하게 떨치고 일어나도록 도울 것이다. (만약 최근까지 도전과제가 없었대도, 곧 올 테니까.)

당신이 하는 대로
당신의 목표는 펼쳐지고 진화한다

"모든 것에는 때가 있으며, 하늘 아래의 모든 목적에도 때가 있다" 성경에는 이렇게 나와 있다. 모든 것에는 목적이 있고 그 목적에는 때가 있다는 생각은 수년을 두고 나의 목표가 펼쳐지고 점차 진화해가는 동안 인내심을 갖게 해주었다.

당신에게도 마찬가지다. 새로운 기회와 가능성은 당신이 현재 지각하는 지평선 너머로부터 일어난다. 그때 당신의 삶에 대한 더 높은 목표는 당신이 주인공으로 여행하는 여정을 따라, 저절로 드러나며 진화한다. 그렇지만 당신도 움직여서 자신이 맡은 역할을 해내야 한다. 당신 내면의 불꽃을 꺼버리는 것이 아니라, 불꽃을 일으키는 작업을 하면서. 그렇게 하지 않는다면, 당신이 다른 곳에 초점을 둠으로써, 기회를 놓쳐버릴 위험에 봉착한다.

우리가 연결하고 소통하며 함께 하는 방법을, 무엇이 변화시킬 수 있는가에 대한 비전이 있었던 지혜로운 사람, 스티브 잡스로 이 장을 마치려고 한다. 2005년 스탠포드 대학의 졸업 연설에서 그는 말했다. "당신의 마음과 직관을 따르는 용기를 가지십시오. 그것들은 당신이 진정으로 되고자 원하는 모습이 무엇인지 이미 알고 있습니다. 그 외의 것은 부수적입니다."

2

위험을 즐겨라

확률은 당신이 생각하는 것보다 더 낮다

지금부터 20년 후, 자신이 한 것보다 하지 않은 것들에 대해
당신은 더 많이 후회하게 될 것이다.
그러니 밧줄을 풀고 안전한 항구에서 벗어나,
당신의 돛으로 무역풍을 맞아라. 탐험하라. 꿈꿔라. 발견하라.

-마크 트웨인(Mark Twain)-

나는 스물한 살 때 일 년간 배낭을 메고 전 세계를 여행했다. 대학 졸업 후 부모님의 농장에 들어가 두 가지 일을 하며 5개월을 보냈다. 여행 자금을 만들려고 낮에는 냉동 야채를 분류하고, 밤에는 동네 펍에서 맥주를 따르는 일을 했다. 나는 한 번도 해외를 여행해 본 적이 없었다. 작은 낙농 농가에 어린아이는 7명이었고, 우리 가족의 휴가는 도로 여행뿐이었다. 그러니 해외여행이 매우 신날 것이라고 예상되었지만, 다소 벅찬 것이기도 했다.

나의 첫 도착지는 미국이었다.

여행 중 한 달간은 캘리포니아에 있는 진척 집에 머물렀다. 뉴

욕으로 여행을 가겠다고 친척에게 말하자, 딸을 혼자서 세상 여기 저기를 돌아다니게 할 정도로 나의 부모가 무책임하다고 말했다. 또 내가 너무 순진해서 그렇게 대담하지도 못하며, 나보다 조금 나이 많은 그의 딸이 그렇게 어리석은 일을 하게 놔두지 않는다고도 했다. "세상은 너무나도 위험해." 그의 말이다.

반론은 없었다. 그건 위험한 일이었다. 특히 핸드폰도, 그 당시엔 이메일도 없는 상황이었다. 그래서 도움이 필요한 일이 생겼을 때, 집으로 전화하는 것도 제한이 많았다.

그가 한 말이 옳기는 했다. 내가 강도, 강간을 당하거나, 그리고 마약에 노출될 수도 있었고, 성매매와 인신매매 조직에 팔리거나 살해될 수도 있었다.

하지만 나는 그렇지 않았다.

심지어 뉴욕에 도착한 후 처음으로 지하철을 타서 길을 잃고, 여전히 미국에서 가장 악명 높은 살인의 도시라는 할렘의 번화가에서 잘못 내렸을 때도 괜찮았다. 내가 어떻게 했냐고? 다시 지하철로 내려가서, 내리고자 했던 곳을 향해서 몇 정거장 되돌아갔다. 내가 예상한 것보다 더 위험한 곳에 다다랐을 때, 위험을 분간하고 상황을 통제하는 능력을 찾아내는 방법을 가르쳐 준 수많은 경험 중 하나가 그 경험이었다.

때로는 위험에 대한 우리의 두려움은 실제의 위험과 비례하지 않는다. 그렇다고 우리 자신을 보호하고 염려해야 하는 위협이 없다는 것은 아니다. 그러나 오히려 위험이 발생할 가능성을 과대평가하고, 실제로 그런 일이 발생했을 때 그것을 통제하는 능력을 과소평가하는 우리의 경향성에 대해서도 경계해야 할 것이다.

젊은 여자가 혼자서 전 세계를 배낭여행으로 돌아다닐 때, 위험요인들이 있는 것은 명백하다. 하지만 가던 길을 벗어나서 나를 도와주거나 길을 가르쳐 주려던, 믿을 수 없을 정도로 품격있고 관대한 사람들을 만날 수 있었다. (그땐 구글 지도가 없을 때니까.)

열두 달 후 호주로 다시 돌아왔을 때, 나는 건강했고 진짜 여행광이 되어 있었다. 몇 달이 지나자, 이번에는 사하라를 가로질러 중앙아프리카와 중동을 통과하는 다음 모험을 계획했다.

내가 만약 잘못될 것과 위험에만 집중했었더라면, 나는 내 인생을 구성하는 가장 큰 경험 중 하나를 놓치는 위험을 감수해야 했을 것이다. 그 여행은 호주 밖의 세상에 눈을 뜨게 했을 뿐 아니라, 어리석은 것과 현명한 것을 구별하는 경험을 할 수 있게 해주었고, 나의 내부에 있는 위험 인식 레이더를 미세 조정해서, 삶을 위한 '용기 근육'을 강화했다.

나는 여러 해 동안 수없이 안전지대를 벗어나 모험했고, 여러 나라와 여러 문화권에서 온 사람들을 만나게 되었다. 그리고 우리 인간들은 모두 다른 삶들을 살아가시만, 다른 면보다는 궁극적으로는 비슷한 점이 더 많다는 것을 배우게 되었다. 더욱이, 우리의 삶에서 가장 큰 삶들을 살아갈 때 마주하는 가장 큰 장애물은 감히 시도한다면 잘못될지도 모른다는 두려움이라는 것을 배웠다.

두려움을 일상화할 때는 주의해라
모든 위험이 피할 수 있는 것은 아니다

두려움에 맞서보자. 당신이 매일 두려움을 느낄 이유가 퍼부어질 것이다. 묻지마 폭행, 불경기, 테러, 아동학대자, 보이스 피싱, 신원도용, AI, 저임금 국가들에 아웃소싱하는 일… 그 목록은 길고 새로운 위협은 독버섯처럼 싹 튼다.

시장 개발자들은 두려움으로 먹고산다. 미디어도 두려움을 먹이로 한다. 정치인들은 두려움을 주려고 활동한다.

두려움은 생산물을 판다. 두려움은 잘 들어맞는다. 두려움은 수익을 만든다. 두려움이 힘을 키운다. 그리고 두려움이 두려움을 촉발한다.

사회적 불안감이 고조되면 많은 기업의 수익이 늘어난다. 당신을 무섭게 하는 가운데, 엄청난 투자를 하는 '두려움의 상인'들이 많다는 것은 그리 놀라운 일도 아니다. 그것이 바로 위험에 사로

잡히고, 두려움에 의해 소비하는 문화에서 인질이 되는 것을 거부하는 행위가 점점 더 중요해지는 이유이다. 그 거부의 행위가 극복하지 못할 위험과 극복할 수 있는 위험을 구별하기 때문에 그렇다. 이런 것은 그 어느 곳보다 일터에서 더욱 필요하다. 그리고 거기에서 그 어느 곳에서보다 더 많은 보답을 받게 된다.

두려움은 당신을 피해받지 않게 보호하고 위험을 경고하는 심리적 DNA에 연결된 가장 우선적인 감정이다. 그 유일한 목적은 신체적, 정신적 그리고 정서적 평안을 위협하는 상황을 감지하고, 거기에서 당신을 벗어나게 하는 것이다.

두려움의 역사는 사람의 안전에 대한 잠재된 위협을 찾아내는 것이 생과 사를 가르던, 동굴에 거주하던 시절까지 거슬러 올라간다. 그러니 명확하게 하자. 잠재된 위협을 우리에게 경고해 주는 한, 두려움은 우리가 '준비된 상태로' 그것을 관리하도록 만드는 건설적인 감정이 된다. 그러나 21세기의 위험은 맹수에게 목숨을 잃는 것에 관한 것이라기보다는 깊은 인상을 남기고 싶은 사람들 앞에서 체면을 잃는 것과 더 관계가 있을 것이다.

1980년대로 돌아가 영국 정경대 교수 울리히 벡(Ulrich Beck)은 모든 잠재 위험에 대해 지나치게 예민해져서 항상 두려운 상태에서 살아가는 국가와 문화를 묘사하기 위해서, '위험 사회(risk society)'라는 단어를 만들었다.

점검되지 않은 채 버려진 두려움은 논리적이며 이성적인 사고를 초월한다. 그래서 어떤 잠재 위협에는 과잉 대응하고 다른 것에는 소극 대응하는 등, 위험을 잘못 계산하게 유도한다. 미국인들이 내게 호주의 무서운 뱀과 독거미(또는 상어, 악어, 해파리 혹은 '드롭 베어', 그래, 그것들이 중요하다)가 너무 두려워서 호주를 방문할 수가 없다고 할 때마다 1달러씩 받았더라면 어땠을까? 내가 때때로 지적했듯이, 호주에서 뱀에 물려 죽는 사람은 매년 두 명 이하이며, 1970년 이후로 거미에 의해 죽은 사람은 없었다. 대조적으로 미국에서는 사람들이 총기로 사망할 확률이 3,000배는 더 높다. 정치적 언급이 아니라 사실이다.

우리는 때로 위험에 대해 잘못 계산한다. 그리고 잠재된 위험이 우리의 상상을 사로잡을 때, 부정적 결과의 가능성을 과대평가하는 경향이 있다. 그것이 바로 많은 사람이 비행기 탑승을 두려워하는 이유이다. 실제로는 자신이 운전하는 자동차 사고로 죽을 가능성이 더 크다.

물론 당신은 호주로 가는 15시간의 비행을 하는 동안(혹은 배낭을 메고 세계일주 여행을 위해 호주를 떠나거나), 비행기 타는 것을 두려워하지 않을지도 모른다. 하지만, 당신은 여전히 잘못된 결정을 내릴까 봐 두려워 의사결정을 미루는 함정에 빠질 수도 있다. 그러는 동안 이러지도 저러지도 못하면서 기회를 놓치는 더 큰 위험에 자신을 밀어 넣는다. 혹은 좀 더 진정성 있는 관계를 구축하거나, 더 강한 팀을 구성하거나, 더 많은 기회의 문을 열기 위해서 포부나 평판을 증진하는 데 필요한 인간관계의 작은 위험들을 감수하는 일에 실패한 것일 수도 있다.

두려움이 아니라, 자기 자신을 믿어라

두려움이 외부의 어떤 장애물보다 더 우리의 삶을 더 크게 제한한다. 그것이 어디에서 당신을 제한하고 있는지 의문이 든다면, 잠시 이런 질문들에 대답해 보길 바란다.

당신은 할 수만 있다면 불확실성을 피하고 있는가?

가치 없다고 '판단될까' 두려워 정직하게 행동하지 못하는가?

하고 싶은 일을 더 제대로 하는 것보다, 잘못될 것들에 대한 최악의 시나리오를 생각하는 데 더 많은 시간을 보내고 있는가?

그 누구도 거절이 예상되거나 자신의 지적 능력이 의문시되는 것을 좋아하지 않는다. 그 누구도 솔직한 피드백으로 갈등을 일으키길 원하지 않는다. 그 누구도 최적이 아니라고 드러날만한 의사결정을 좋아하지 않는다. 하지만 당신이 '위의 모든 위험'을 감수하지 않는 한, 결코 당신을 밝혀줄 인생을 창조할 수 없다. 또, 처음 당신이 두렵다고 느꼈던 이유가 얼마나 작았는지 알아낼 수도 없을 것이다.

그것이 간단한 인생의 법칙이다. 당신이 가장 원하는 가능성을 창조하기 위해서는 지금 위치한 곳의 안전성을 벗어나는 위험을 기꺼이 감수해야 한다.

위험을 즐겨라

위험을 즐겨라. 이것은 뉴욕 타임즈 칼럼니스트 데이비드 브룩스(David Brooks)가 70세 이상의 독자에게서 받은 '인생 보고서' 수백 개의 에세이에서 추출한 핵심 교훈이다.

응답자들중 가장 행복해한 사람은 삶의 위험을 피하기보다는 위험을 감수한 사람들이었다고 그는 지적했다.

《죽음을 앞둔 사람들이 남긴 후회 5가지(The Top Five Regrets of the Dying)》의 저자인 브로니 웨어(Bronnie Ware)는 완화 의료 간호사로 일하는 몇 년 동안 그와 유사한 정서를 발견했다. 나의 '리브 브레이브(Live Brave)' 팟캐스트에서 공유했듯이, 사람들이 대부분 가장 후회하는 것 중 하나는 위험은 거의 감수하지 않고 너무 안전하게 살아왔다는 것이다. 그리스 철학자 타키투스(Tacitus)의 말을 다시 살펴보면, 안전에 대한 욕구는 모든 위대하고 고상한 삶의 대척점에 있다.

'위험'이라는 단어는 신체적으로 위험한 활동, 프리다이빙, 나홀로 등반, 카레이서 혹은 공중 곡예와 같이, 신체적으로 위험한 활동에 종사하는 사람들의 이미지를 떠올리게 한다. 혹은 리차드 브랜슨이나 일론 머스크(Elon Musk)와 같은 사업적 이단아나 선구자적 기업가들로, 벤처사업에서 모든 것을 무릅쓸 준비가 된 사람들이다.

하지만 위험은 아드레날린 중독자, 스피드광, 그리고 선구자들의 영역에만 있는 것은 아니다. 위험은 우리 하나하나 모두와 관련 있다. 그리고 매일 그렇다. 때로 우리 인생의 커다란 결정을 할 때 위험을 평가해야 하지만, 맞닥뜨린 위험은 대부분 그보다 평범한 것들이다. 주간 팀 미팅에서 합의된 것에 반발할지 말지, 중요한 고객 설명회나 프로젝트를 위해서 손을 들지 말지, 도를 넘는 동료의 경계선을 정할지 말지 등. 그래서 만약에 위험을 피하는 것이 지금까지의 성공 전략이었다면, 위험의 본질에 대해 다시 생각해 보기를 권한다. 그리고 위험을 감수하지 않으면, 당신이 원하는 더 많은 목표가 어떻게 달성되지 못할지 다시 생각해 보라.

그러나 좀 더 명확히 하자. 위험에 대한 감수가 당신의 뇌를 잠시 쉬게 할 변명이 되지는 않는다. 또 그것이 정치적인 위험, 금융상의 위험, 전략적인 위험, 운영상의 위험 혹은 그 외에의 타당한 위험을 부인하거나 무시하라는 것은 아니다. 오히려 기대에 미치지 못하거나 체면을 잃는 두려움에도 불구하고, 상황이 요구할 때 기꺼이 도전하고 노력하는 것에 관한 것이다. 넬슨 만델라(Nelson

Mandela)는 말했다. "용감한 사람은 두려움을 느끼지 못하는 사람이 아니라, 두려움을 정복하는 사람이다."

이 장에서는 무엇이든 당신을 고무시키고 성취하는 데 필요한, 부분 또는 전체로서의 위험 감수를 포용하는 마음가짐(mindset)을 채택하는 데 초점을 두었다. (또는 적어도 그것을 추구함으로써 살아 있다는 경험을 기하급수적으로 확대하기 위해서!)

'마인드셋'이라는 용어는 당신이 자신의 삶에 적용할 대단히 중요한 접근법을 의미한다. 그것은 스탠포드 대학교의 캐롤 드웩(Carol Dweck) 교수의 작업과 동일선상에 놓여 있다. 그녀의 책 《마인드셋》은 '고정된 마인드셋'과 구별되는 '성장 마인드셋'의 가치와 응용에 관한 연구를 담고 있다. 성장 마인드셋은 자유롭게 새로운 기술을 배우고 새로운 일을 해보게 한다. 고정된 마인드셋은 우리 삶의 전반을 풍성하게 만드는 데 필요한 기술을 배우고, 성장시키며, 적용하는 우리의 능력을 억제한다.

성장 마인드셋을 쉽게 채택할 수 있었다면, 더 많은 사람이 위험의 감수를 성공을 위한 필수적인 요건으로 받아들였을 것이다. 하지만 소유하기, 사람의 눈에 좋게 보이기, 그리고 실패의 결과를 피하기 같은 본능적 욕구에 반하기 때문에 쉬운 일은 아니다.

당신의 일에서 그리고 경력과 삶에 걸쳐, 당신의 잠재력을 발휘하는 것에 관한 나의 연구는 이렇게 결론짓게 되었다. 그들의 직업적 경력, 리더십, 인간관계 그리고 삶에 있어, 발전하는 사람과 그렇지 않은 사람들을 구분하는 두 가지 근원적인 마인드셋이 있다는 것이다.

첫 번째 마인드셋은 두려움에 의해 촉발되어, 지나친 조심성과 위험에 대한 혐오를 끌어낸다. 나는 이것을 위험혐오 마인드셋(Risk-Averse Mindset)으로 부른다. 두 번째는 목표에 의해 유발되며 용기를 길러낸다. 나는 이것을 위험대비 마인드셋(Risk-Ready Mindset)이라고 부른다.

물론, 모든 위험이 똑같이 생기지는 않는다. 이 책은 주로 인간의 잠재력을 억제하고 그 진전을 방해하는 사회 정서적 위험에 초점을 맞추고 있다. 우리와 우리가 사랑하는 사람의 평안을 실제로 보호하게 하는 위험에 대한 것은 아니다. 예를 든다면, 나의 아버지가 관상동맥 우회 수술이 필요했을 때, 나는 의사가 위험을 회피하길 원했다. 그리고 나의 남편이 사람들의 생명에 위협이 될 수 있는 제조공장을 운영할 때, 그는 종업원들과 주변 지역, 그리고 환경에 피해를 주는 위험을 경감시키기 위해 열심히 일했다.

역설적이지만, 책임감을 둘러싼 대화나 상사에의 피드백 등 사람들이 정서적 위험을 감수하지 못했을 때, 그들은 의도치 않게 다른 사람들을 더 큰 위험에 빠뜨릴 수 있다. 예를 들어, BP(브리디시 페트롤리엄)사의 석유굴착장치의 폭발로 기름이 멕시코만으로 흘러간 근본 원인에 대한 수사에서 발견된 것이 그렇다. 부정적인 상향 피드백을 너무도 두려워하는 문화 때문에, 운영상 잘못되었을 때 심각한 위험이 있다는 것을 알고 있던 사람들이, 그것을 지적하는 위험을 무릅쓰지 않았다는 사실이다.

간단히 말하면, 사회-정서적 위험을 좋아하는 법을 배울 때만, 모든 다른 형태의 위험을 다루는 데도 효과적일 수 있다.

당신의 뇌는 당신을 행복하게 만들기 위해서가 아니라, 당신의 안전을 지키기 위해 특화되어있다

당신의 뇌는 신체적, 정서적, 사회적 고통이나 상처로부터 보호되도록 장치되어 있다. 전체적으로 복잡한 신경생물학적 요인들의 상호작용이, 당신이 의사결정에 도달하는 방법과 때때로 명백히 위험을 무릅쓸 가치가 있는데도 - 정서적인 것은 제쳐두고 - 뒤로 물러서는 이유에 영향을 준다. 뇌 영상기술이 발전했듯이, 우리의 두뇌가 어떻게 정보를 처리하고, 잠재적인 위험을 평가하고, 의사결정을 내리는지에 대한 이해도 발전했다.

연구에서 발견된 바로는 사람들은 대부분 잠재적 이득과 비교해서, 잠재적 손실에 두 배로 민감한 경향이 있다. 그 결과 위험혐오에 도달한다. MRI 기술을 사용해, UCLA 심리학자 팀이 뇌가 위험한 의사결정을 할 때, 이득과 손실의 가능성을 어떻게 평가하는지를 연구했다. 이 연구의 참가자들에게는 30불이 주어졌고, 50:50의 승산으로 돈을 딸 수도, 혹은 같은 금액의 돈을 잃을 수도 있는 250개 이상의 노름에 동의하는지를 물어보았다. 예를 들어, 그들이 30불을 얻거나 20불을 잃을 수도 있는 동전 던지기에 동의할 것인가? 연구대상자들의 승패에 대한 반응이 아니라, 무엇을 할지를 결정할 때 뇌의 해당 부분에서 일어나는 신경활동에 연구자들의 관심이 있었다. 참가자들이 따거나 잃는 돈의 액수가 증가할 때, 뇌의 어느 부분이 활성화되는지 연구함으로써, 연구자들은 위험을 싫어하는 사람들이 어떨지 예측할 수 있었다.

신경과학은, 위험을 과대평가하고 그 결과를 다루는 우리의 능력은 과소평가하며, 너무 조심스러워 아무런 행동을 하지 않고 비용을 낮추도록 우리의 뇌가 구성되었다는 것을 입증했다. 하지만 '가장 안전한 선택'이 당신에게 최고의 선을 제공한다는 잘못된 논리는 믿지 말아야 한다. 안주한다고 위험이 없는 것은 아니다. 그것은 당신이 도약할 때보다 더 안전하지 못한 미래 상황에 놓이게 될 수도 있다.

금액이 증가할수록 활성화되는 뇌의 영역을 '보상 센터'라고 한다. 이득과 비교해 손실에 더 많은 신경적 민감성을 보인 사람들은 매우 유리한 확률이 제공되지 않는 한 도박하지 않으려고 했던 사람들과 같은 사람들이었다. 정반대로, 이득과 같은 정도로 손실에 신경학적으로 민감한 사람들은 위험을 더 기꺼이 감수하는 사람이었다.

사람들이 잠재적 이득으로 인해서 뇌가 '켜지는 것'보다는 잠재적 손실로 인해서 뇌가 '꺼지는 경우'가 더 많다는 그 전의 연구 결과를 연구자들은 또한 확인했다. 이 사실은 많은 사람이 더 나쁜 상황에 진입할 위험을 무릅쓰는 대신에, 왜 자신이 싫어하는 (발전성이 없는 직업이나 제대로 기능을 하지 않는 관계) 상황에 집착하는 경향을 보이는지 신경학적으로 설명한다. 그들은 잠재적 이득이 이례적이지 않다고 생각하는 한, '그들이 잘 모르는 악마'인 위험을 무릅쓰기보다는 '자신이 아는 악마'를 고수할 것이다.

그런데 대가는 얼마나 될까?

불행히도, 많은 사람이 위험을 감수하지 않는 대가로 치러야 할 액수에 관해서는 자신을 속이고 있다. 나도 아니고 당신도 아니며, 물론, '다른 사람들'이다. 그런 과정에서, 그들은 좀 더 보상이 있는 미래를 창출할 수 있는 작은 가능성도 포기한다. 하지만 변화를 줄 때 발생하는 위험성에 관해 떠들어 대고, 안주했을 때의 비용을 줄이거나 부인하면서, 그들은 스스로를 불행의 나락으로 떨어뜨린다.

당신이 뇌의 어느 쪽에 주로 의존하는가도, 당신이 위험을 평가하는 방식에 영향을 미친다. 당신 뇌의 왼쪽은 논리적이고 '안주하는' 쪽이다. 가능성보다는 개연성에 더 집중함으로써, 위험에 대한 혐오가 아주 심한 쪽이다. 당신 뇌의 오른편은 '실험적인' 쪽이다. 느낌에 주로 관심을 가지며, 창의적 문제 해결에 연관되고,

기존의 틀을 벗어나서 생각하며, 통계적인 확률보다는 큰 그림에서의 가능성을 고려한다.

그 어느 쪽도 다른 쪽보다 우세한 것은 아니다. 우리가 위험을 평가하고 의사결정을 할 때, '뇌 전체'의 생각이 관여하기에 양쪽 모두를 필요로 한다. 위험을 측정하고 그 경중을 따지게 될 때, 대뇌의 왼쪽을 더 많이 작동시키는 사람들이 더 많이 분석적이다. 그들은 사실을 보거나 계산하고 싶어 한다. 우리는 이런 사람들을 알고 있다. 예를 들면 다중변수 교차분석을 하기 위해서, 정교한 루브릭(rubric)으로 스프레드시트를 만드는 사람이다. 결과는? 분석 때문에 발생한 마비증상이었다.

우뇌를 더 많이 작동시키는 사람들도 있다. 이런 사람들은 의사결정을 하기 위해서 자신의 직관에 의지하는 경향이 있다. 물론, 우리 '내면의 총명'이 도움이 될 수 있겠으나, 때때로 우리는 직관적 느낌과 마음이 강력히 원하는 생각을 서로 혼동한다. 좌뇌를 작동할 때 우유부단함으로 이어지는 것처럼, 우뇌만 작동할 때는 성급한 결정으로 이어질 수 있다.

어느 쪽이든 간에 당신의 자연스러운 경향이니, 양쪽 모두 연관시켜야 한다는 것을 알면 된다. 숙제해라. 계산해라. 계약서를 읽어라. 몇 페이지 후에 나올 간단한 위험/보상 매트릭스를 사용해 위험을 분석해 보라. (40쪽에 있는 표3을 보라). 그러나 조용히 하고 스스로 물어보라. "무엇이 옳게 느껴지는가? 무엇이 나를 가장 각성시키는가?"

용기는 편안한 것이 아니다. 용기가 편안했더라면, 자신의 능력으로 살 수 있는 가장 큰 삶보다 훨씬 더 적은 삶에 정착해서, 주변부에서 시들어가는 사람도 없었을 것이다.

두려움을 다루는 방법을 배워라
그렇지 않으면
두려움이 당신을 다룰 것이다

몇 년 전 공중그네 준비대에서 잔뜩 얼어붙었던 적이 있었는데, 그것으로 두려움의 물리적인 영향력에 대한 아주 작지만 귀중한 교훈을 얻었다. 바닥에서 위를 쳐다볼 때, 그 준비대는 그렇게 높아 보이지 않았다. 하지만 한 걸음 한 걸음 줄사다리를 올라갈수록, 아래의 바닥은 기하급수적으로 멀어 보였다. 내가 꼭대기에 도착해서 잡기로 되어 있던 공중그네의 막대를 쳐다보았을 때, 두려움이 나를 꽉 틀어쥐었다. 그리고 마치 1마일 깊이의 크레바스 위로 뛰어넘으라고 요구받은 것처럼, 나의 몸은 공포로 얼어붙었다. 물론, 상식적으로 보면 다치지 않을 것을 알고 있었다. 안전장치를 완벽히 하고 있었고, 안전로프에 고정되어 있었으며, 아래에는 거대한 안전망이 설치되어 있었다. 하지만 감정적으로는 뇌의 주요 부분이 외치고 있었다. "절대로 하지 마!" 마치 내가 죽음으로 확실히 치달을 K2에 자유등반을 하듯이.

만약에 내 친구들이 바닥에서 나를 올려다보며, "용기를 내. 마지!"라는 내 첫 책의 제목을 외치지 않았더라면, 나는 결코 한 발자국도 뛰지 못했을 것이다. 하지만 직업적 굴욕에 대한 두려움이 튀어 올랐고, 나는 뛰어나갔으며, 아주 큰 비명이 공기를 갈랐다! (설렘과 공포는 종이 한 장 차이다.)

그 사건을 통해 우리가 두려움을 다스리는 방법을 배우지 않으면 두려움이 우리를 다룰 것이라는 사실을 깊이 경험했다. 긍정적으로 생각하면, 내 친구들과 함께한 서커스 학교로의 외출이 내가 소명을 놓치지 않고 있음을 다시 확인시켜 주었다.

우리가 지각한 것들이, 뇌의 생각하는 영역(대뇌 피질)을 우회해서, 뇌의 정서적 처리 영역(편도체)으로 곧장 간다는 것을 신경 과학에서는 발견했다. 우리를 위험으로부터 떨어지게 하고 보호하고 방어하는 등, 코티솔 호르몬은 우리가 취하는 행동을 통제하면서 신경 회로를 적신다. 우리의 대뇌 피질이 상황을 충분히 평가할 기회를 갖기도 전에, 편도체는 자동적이며 반사적인 공포 반응을 유발한다. '신경 납치(neural hijack)'가 일어나는 것이다. 공중그네 준비대에서의 나의 경험은 두려움에 대한 육체적 반응이 생각보다 강력하다는 것을 보여주었다.

그것은 또한, 이것이 여러분 스스로에게 할 수 있는 가장 강력한 질문 중 하나가 되는 이유이다.

내가 원하는 것을 향해 나아가지 못하게 막는 두려움의 지점은 어디인가?

이 질문에 대해 깊이 생각하지 못하게 하고, 더구나 그에 대한 답에 따라 당신이 행동하는 것을 막는 것 또한 두려움일 것이다. 위험에 대한 두려움. 망쳐버리거나 잃어버릴 거라는 두려움. 사람이 어떻게 생각하거나, 말하거나, 행동할까에 대한 두려움. 감정을 손상당할 것 같거나 혹은 부적절한 것으로 평가받는 것에 대한 두려움. 혹은 스스로 굴욕감을 느낄 때의 두려움. 당신이 원하는 대로 이루어지지 않을 때 느낄 감정에 대한 두려움.

위험을 번영의 전제로 받아들이는 것은 - 당신의 경력, 리더십, 인간관계 그리고 삶에 있어서 - 인생의 더 큰 게임에서 성공하기 위한 열쇠이다. 삶의 거대한 구도 속에서 가장 큰 패자는, 위대한 도전을 했지만 목표에 도달하지 못한 사람이 아니다. 너무도 안전하게 살아서 한 번도 진정한 삶을 살지 못한 사람들이다.

하지만 만약에 당신이 원하는 것이 진정 가능하다고 믿었다면 어땠을까? 그렇다면? 실패에 동반될 수 있는 감정적 고통을 피하려는 노력 대신, 더 크고 더 나은 무언가를 위해 당신의 안락함을 던질 위험을 기꺼이 감수했다면 어땠을까? 당신이 지금까지 이끌어 온 삶보다 더 풍부하고, 충만하고, 의미 있는 삶에 상을 주기 원했다면? 위험혐오 마인드셋으로 살아가는 대신, 위험을 성공에 필수적인 것으로, 위험을 수용하는 사람으로 살고자 다짐했다면 어땠을까? 위험대비 마인드셋으로.

당신의 인생을 충실히 살겠다고 다짐하려면, 모든 삶이 위험하다는 것을 인정해야 한다. 그걸 알겠는가?

모든 삶은 위험하다.

당신의 삶 전체가 위험하다는 것을 본질적 진리로 받아들일 때 - 외부의 그 어떤 것도 확실하거나 보장되지 않는다 - 일어날까 봐 두려워하는 '나쁜 일'에 대해 걱정하느라 인생을 허비하는 것으로부터 당신 자신을 자유롭게 할 수 있다. 그리고 '좋은 일'을 더 많이 창출하는 데 필요한 위험을 무릅쓸 수 있게 된다.

용기가 아주 소수의 사람에게 타고난 개인적 속성이라고 믿는 것이 편하겠지만, 궁극적으로 용기는, 타고난 소심증 환자까지 포함해서 누구나 형성할 수 있는 마인드셋이다. 사실, 용기는 하나의 기량이며, 다른 기량들처럼 학습되고 연습으로 강화될 수 있다는 것을 과학이 입증했다.

신경 영상 기술로, 우리의 뇌는 잠재적 이득보다 잠재적 손실에 두 배로 민감하다는 것을 알게 되었다. 다시 말해, 잘 될 것보다는 잘 못 될 것에 더 집중하도록 구성된 것이다. 장기적 이득과 비교하면 단기적 손실에는 더욱더 민감하다. 그러므로 어떤 결정에 직면하든 스스로 물어보라. 위험을 감수하지 않는다면 무엇을 잃을 위험이 있을까?

타고난 부정적 편향성은 발생하지 않기 원하는 것에 더욱 집중하도록 당신을 프로그램한다. 매번 그렇게 하지만, 당신은 낮은 수준의 염려를 최고치의 공포로 증폭시키면서, 심리적으로 상상의 안전망을 뚫어버린다. 내가 그 공중그네 준비대에서 아래를 바라보며 서 있었을 때, 두려움을 딛고 일어나 도약하게 한 것은 오로지 떨어져 죽지 않고 날아오르겠다는 결심 하나였다.

당신이 처한 상황에 상관없이, 당신에게도 똑같이 가능하다.

위험대비 마인드셋의 선택은 한 번이면 되는 결심이 아니다. 자신의 삶에 용감해지는 쪽을 선택한다고, 두려움에 대해 영원한 면역이 생기거나, 비겁함에 굴복하지 않게 되는 것이 아니다. 용기는 스펙트럼처럼 펼쳐져 있다. 용기를 더 내는 것은 분리된 사건이 아니라 하나의 과정이다. 두려움을 거부하고 용기가 부르는 방향으로 나아갈 때마다 당신에게 그 과정이 조금씩 더 수월해질 것이다. 성공하거나 실패하거나.

언젠가는 대박을 친 것 같은 기분이 들 것이다. 당신은 대담하고 당당하다, 미루고 미루었던 그 대화를 나눴다. 프로젝트를 주도하기 위해 손을 들었다. 어려운 부탁을 했다. 위험을 자초했고, 거절로 인한 어려움을 감수하거나, 두려움과 의심의 틈 위로 신뢰의 거대한 도약을 했다. 다른 날들은… 별게 없었다. 다른 사람들에게 당신의 의견이 필요하다고 매우 많이 느꼈음에도, 당신은 아무런 말도 하지 않았다. 그 요청의 위험을 감수하지 않았다. 사실, 당신은 어떤 위험도 감수하지 않았다.

우리가 두려움을 극복해야 함을 지적으로는 알 때도, 때로 두려움에 굴복하는 것은 인간 조건의 일부분이다. 당신의 두려움이 당신의 인생을 통제한다는 사실은 그리 중요하지 않다. 훨씬 더 중요한 것은 두려움이 이기도록 내버려 두었다는 걸 당신이 알았을 때의 행동이다. 그 순간에, 위험을 재구성하고, 위험을 감수하지 않아 발생한 비용을 재평가하고, 더욱 용감한 경로를 걸어갈 것을 다시 다짐하기 위해서 당신이 처한 상황으로부터 한발 물러선다면, 미래에는 당신의 궤적이 변화할 것이다. 그것은 당신의 두려움을 제거하거나 그것에 면역이 생기게 하지도 않는다. 하지만 당신이 두려움 앞에서 행동할 것을 결심할 때마다, 당신은 두려움의 힘을 약화시키고 당신의 힘을 강화할 것이다.

당신이 두려워하고 있다고 생각하는 대상은
당신이 두려움과 연관 짓는 대상이다

사람들의 두려움은 자신을 둘러싼 세상을 지각하는 방식으로부터 형성된다고, 문화인류학자인 어니스트 베커(Ernest Becker)는 말한다. 당신이 두려워한다고 생각하는 것은 거의 대부분 진짜로 두려운 것이 아니다. 그것은 당신이 두려움과 연관 짓는 대상이다. 두렵게 느끼도록 만드는 일이 발생할지도 모른다고 당신이 마음에 만드는 연상이다. 일어날지도 모른다고 생각하는 일은 항상 과거의 사건에 근거한다. 그래서 당신이 행동을 취할지 어떨지 생각하고 있을 때면, 정보를 찾아보고 스스로 물어보라. 내가 여기서 정말 두려워하는 것은 무엇인가?

잠시 시간을 내서, 당신이 고통스럽다고 생각하는 감정을 경험하지 않도록, 두려움이 당신을 구하고 있다는 것을 인정해 보라. 하지만 다시 시간을 내자. 당신이 현재의 장소에 그대로 머문다면 당신은 어떤 고통에 빠질까?

무엇이 당신을 두렵게 하는가

몇 년 전 남편과 나는 당시에 9살에서 14살인 4명의 아이를 네팔에 데려가기로 결정했다. 우리 부부는 항상 우리 아이들이 세상을 더 널리 경험해 보길 원했다. 세계 인구의 대부분이 살아가고 있는 삶의 실체를 직접 경험하고, 자신이 태어난 환경에 대해 더 많은 감사가 우러나기를 바랐다. 네팔에서 우리 가족은 처음으로 급류타기 여행을 예약했다. (그 이후로 더 많이 했다). 처음에는 좀 불안했지만, 우리 모두 안전장비를 장착했기에 걱정할 것이 전혀 없다는 것을 알았다. (비록 네팔의 안전 기준일지라도!)

첫 급류를 무사히 헤쳐나간 후, 급류타기 보트의 앞쪽에 있던 아이들이 흥분해서 외쳤다. 우리 중에 돈을 내지 않은 탑승자가 있다는 것이었다. 뱀이었다. 뱀이 흔한 오스트레일리아 덤불 속에서 자랐음에도, 또는 그 때문인지는 모르겠지만, 나는 뱀을 좋아하지 않았다. 그래서 한 마리가 우리 보트의 바닥에서 미끄러져 가는 것을 발견한 즉시 나는 신경이 곤두섰다.

나는 보트의 뒤편에 앉아 있었기 때문에 뱀이 얼마나 큰 것인지 볼 수 없었다. 그래서 나의 상상력은 즉시 폭주하기 시작했고, 그것을 킹코브라 크기 정도로 뻥튀기했다. 나는 보트 중간의 뱀 가까이 노가 있는 쪽으로 이동한 후, 나를 완전히 집어삼킬 것 같은 무시무시한 급류에 가까워지는 것을 살피기 위해서 강물 하류를 보았다. 나는 선택을 해야만 했다. 뱀이 더 큰 위협인가, 아니면 소용돌이치는 급류나 바위인가? 급류였다.

보트를 강 하류의 백사장으로 끌어올리면서, 우리 가이드들은 간신히 뱀을 잡아 강으로 보내주었다. 안도감과 곤혹감이 교차했다. 그것은 자보다 길지 않았고, 내 검지보다 굵지도 않았다. 뱀은 재빨리 하류로 사라져 버렸고, 그것으로 우리가 얼마나 자주 엉뚱한 대상에 두려움을 부여하고 있는지 깨닫게 했다.

물론 당신이 당연히 조심해야 할 정도의 합당한 위험들이 있다는 것은 확실하다. 하지만 당신이 어떤 도전과 선택에 직면하든지, 두려움을 잘못된 방향으로 돌리고 있을지도 모른다는 것을 명심하라. 2천여 년 전 플라톤이 말했듯이, '용기는 두려워하지 말아야 할 것이 무엇인지 아는 것'이다.

인적 보안 전문가인 가빈 드 베커(Gavin de Becker)는 《공포라는 선물(The Gift of Fear)》에서 이렇게 썼다. "너무도 많은 사람이 끊임없이 경계 상태로 걸어 다닌다. 그들의 직관력은 정말로 위험을 일으키는 것이 무엇인지 잘못 알려주고 있다." 진정한 두려움은 매우 간단명료해지려는 신호이다. 그것은 직관의 하수인이다. 하지만 일어나지 않길 바라는 것에 대한 두려움이, 당신이 추진하고 달성하려는 일을 너무도 자주 방해한다.

그뿐 아니라, 당신이 항상 두려움을 느낀다면, 두려움이 진정으로 필요한 때에는 역량이 전혀 남아있지 않게 될 것이다. 드 베커가 말했듯이, "예방 조치가 건설적이다. 반면에 두려워하는 상태 그대로 남아있는 것은 파괴적이다." 암벽 등반가들은 당신을 죽이는 것은 산이 아니라 공황 상태라고 말한다.

모든 감정처럼, 두려움은 전염성이 있다. 당신이 두려움을 더 자주 느낄수록, 당신의 삶에 더 잘 스며들 것이다. 점검하지 않은 채 버려두면, 당신이 지각하는 모든 것을 오염시키고, 당신을 용기와 차단하면서, 당신의 정신에 영원히 머물러 있을 수 있다. 당신이 두려움에 삶의 통제력을 넘겨주면 줄수록 – 합리적이든 아니든 - 당신이 깨닫지도 못한 사이에, 당신의 정신적 영토를 더 많이 차지한다. 그 결과 두려움이 삶의 정서적 풍경을 지배하고, 당신의 행복을 인질로 붙잡는다. 하지만 다르게 선택하라. 오늘날 두려움의 문화 속에서 그리고 사람들이 매일 위험에 집착하는 곳에서. 이것이 두려움에 결정권을 내어주지 않고, 그 앞에서 행동을 취하도록 깨어있어야 하는 이유다. 또 용감하게 살아가는 것이 잘사는 데에 필수 불가결한 이유다.

후기 스토아학파를 대표하는 세네카는 오래전에 썼다. "우리의 두려움 안에는 확실한 것이 아무것도 없다. 우리가 무서워하는 것의 대부분이 아무것도 아니라는 사실보다 더 확실한 것은 없다."

두려움에 대한 예측을 조련하라

우리 모두 지역 신문에 '조련된 사자 구함' 광고를 낸 사자 조련사가 된 것처럼 생각해 보자. 물론 당신은 결코 두려움을 완벽하게 '조련'할 수 없다. 그러길 원하지도 않는다. 두려움은 중요한 목적을 도와준다. 하지만 오늘날 공포 분위기 속에서는 우리를 돕는 두려움과 우리를 움츠러들게 하고, 스트레스를 주며, 필요 이상으로 무섭게 만드는 두려움은 구별해야 한다. 전 세계가 코로나19 팬데믹에서부터 벗어나던 때, 임상심리학자 필 맥그로(Phil McGraw) 박사가 한 인터뷰에서 '재진입 공포'에 대해 공유했듯이, "괴물들이 어둠 속에서 살고 있다."

당신의 상상력이 이성적인 생각을 가로채고, 당신을 패배시킬 때를 알아채는 것이 두려움을 길들이는 데 중요하다(말 그대로 그리고 비유적으로). 불확실성의 시대에는 마치 내가 그 작은 뱀과 함께 했던 것처럼, 상상 속에 배열된 모든 시나리오를 떠올리면서 우리의 예측은 피해망상으로 쉽게 전환된다.

두려움으로 인해 공중그네 준비대에서 안전망의 구멍들이 점점 크게 보였듯이, 당신이 직업을 바꾸려고 고심할 때, 두려움은 복지혜택으로 물건을 구매하는 당신의 모습을 그려보게 한다. 혹은 어떤 사안에 대해 상사에게 용기를 내어 소신을 말하거나 반대하다가, 건물에서 쫓겨나고 있는 당신의 모습을 상상할 수도 있다. 두려움을 길들인다는 의미는 당신이 떠맡은 어떤 도전과제에 대해서라도 당신의 능력을 키워야 한다는 것은 아니다. 그 생각은 오히려 당신 머리에 들어있는 공포 영화 속에서 혼란만 키우게 될 수 있다.

공포 영화를 끝내는 가장 좋은 방법은 제작하려는 영화에 다시 집중하는 것이다. 그래서 원하던 결과물을 성공적으로 즐기고 있는 당신 자신의 고무적인 모습을 정신적으로 새로이 그리는 것이다. 보스에게 급료를 올려줄 것을 소신 있게 요청하거나 새로운 비즈니스를 시작하는 등, 당신이 뭔가 대담한 일을 하려고 생각할 때마다, 불쑥 나타나는 특정한 이미지가 있을 것이다. 그렇다면 당신이 두려워하는 것과 그 이미지 사이의 연결고리를 관찰해보라. 이러한 연관성을 '연결 해제'하기 시작할 때만 - 그런 연결은 흔히 당신 주위에서 울려 퍼지는 공포로 가득한 과장된 기사 제목에 의해서 강화된다 - 두려움이 당신을 꽉 쥐고 있는 지배력을 느슨하게 하고 다시 복종시켜 길들일 수 있다···. 다음 차례까지는.

위험을 재구성하라 : 두려움과 동맹을 맺어라

우리 인간에게는 쾌락의 추구보다는 고통의 회피에서 더 많은 동기가 부여된다. 그처럼, 강력하고 적극적으로 동기를 유발하는 힘으로, 두려움의 정서적 능력을 우리는 활용할 수 있다. 그렇게 하기 위해서는 위험을 무릅쓴다면 일어날지도 모를 것에 대한 두려움으로부터, 위험을 감수하지 않을 때 두려워해야만 할 것으로 우리의 주의를 이동해야 한다. 따라서 어떤 결정에 직면하고 있든지 단숨에 1년 미래로 가서, 위험을 감수하지 않는 경우 치러야 할 대가를 확인해 보라. 우리의 심리적 면역체계는 과도한 비겁함보다는 과도한 용기를 더 정당화한다. 실패보다는 후회를 더 두려워하라.

위험을 재구성함으로써, 두려움의 힘을 유리하게 활용할 수 있다. 히브리어 'yirah'는 '두려워하다'와 '보다'를 의미한다. 'yirah'는 이렇게 가르친다. 인생에서 필수적으로 선택해야 할 것은 가능한 기회에 눈을 뜨는 것이거나 그 현실을 회피했을 때의 결과를 두려워하는 것이다. 그래서 행동하지 않는 데 따르는 막대한 비용을 당신이 충분히 인식하게 되면, 먼저 원치 않는 결과나 상황에서 벗어나려고 애쓰게 된다. 그런 다음, 원하는 결과나 목표로 향하는 동기를 부여받기 위해서, 두려움의 에너지를 활용하게 된다.

두려움이 우리가 내리는 결정에 미칠 수 있는 영향력을, 우리는 너무 자주 무시하거나 경시한다. 그럴 경우, 다음 단계로 작업을 끌어올리거나 새로운 단계 전체에 영향을 주는 당신의 힘을 사용할 때 요구되는 과감한 조치를 하지 못하게 된다. 당신의 행동이 안전지대의 한계 안에만 국한된다면, 당신이 만들어내는 결과도 한정적일 것이다.

실패보다는 후회를 더 두려워하라. 과도한 비겁보다는 과도한 용기를 정당화하는 게 더 쉽다.

샌디에이고에 있는 해산물 회사에서의 안정적 직장을 그만두고, 더 보람찬 경력을 추구하기 위해 대륙을 가로질러 이동했을 때, 레슬리 사라신(Leslie Sarasin)의 나이는 24살이었다. "어리석음과 용기는 종이 한 장 차이다." 사라신은 말했다. "하지만 보람 있는 경력을 쌓고 싶다면 기꺼이 해내야 하는 때가 있다."

당시 그녀는 자신이 위험을 감수하고 있다는 것을 알고 있었다. 그러나 더 큰 위험은 그녀가 있던 곳에 그대로 머무는 것이라고 느꼈다. 그것은 더 큰 영향을 미칠 수 있는 직책으로 성장할 기회가 거의 없는 직업이었다. 그 후 몇 달 동안 그녀의 아버지가 그녀에게 대화도 나누지 않았다고 회상했지만, 그녀는 후회하며 과거를 뒤돌아보지는 않겠다고 굳게 다짐했다.

그 한 번의 용기는 그녀의 경력을 완전히 새로운 궤적에 올려놓았고, 마침내 그녀는 미국 식품마케팅 협회의 회장직을 맡게 되었다. 전 세계 50개국의 약 1,500개 회사를 대표하는 사라신은 자신의 본능을 신뢰하는 방법을 배웠다: "인기가 없거나 성공을 보장하지 않더라도, 자신에게 맞는 일을 해야 할 때가 있다."

아무것도 하지 않는 데 대한 비용

선택을 하려면 한 행동(종종 아무것도 하지 않는)의 장단점 사이의 균형과 씨름을 해야 한다. 그러나 각각의 선택에 대한 장단점의 목록을 비교할 때도 현재 상황이 똑같이 유지될 것이라는 잘못된 가정에 근거해서, 타당하지 않은 비교를 한다. 케네디 전 대통령은 "행동 프로그램에는 위험과 비용이 있다. 그러나 그것은 장기간에 걸쳐 아무것도 하지 않는 데에 대한 위험이나 비용보다는 훨씬 적다."라고 말했다.

텍사스 대학의 필립 보빗 교수(Philip Bobbit)는 이러한 인간 경향성을 파르메니데스 오류(Parmenides Fallacy)라고 불렀다. 그것은 세계는 정적이며, 모든 변화는 환상이라고 주장한 그리스 철학자의 이름을 따서 명명되었다. 물론 실제로 정적인 것은 아무것도 없다. 현 상태는 진화와 변화가 진행 중인 과정이다. 실패를 초래할 수도 있기 때문에, 행동을 취하는 것이 무행동(아무것도 하지 않는 것)보다 더 위험하다는 것을 스스로 정당화하려고 할 때, 무행동과 관련된 위험을 염두에 두어야 한다. 일반적으로 잘 굴러가지 않는 일은 더 나빠질 뿐이다. 아무것도 하지 않는다고 해서, 현재의 상황이 바뀌지 않는다는 것을 의미하지 않는다. 계속해서 진화할 것이기 때문이다. 더 그럴 법한 것은 악화한다는 것이다. 따라서 위험을 평가할 때는 위험을 감수하지 않으면 어떤 일이 벌어지는지 고려해야 한다.

결코 의식적으로는 선택하지 않았겠지만, 가능한 가장 안전한 경로를 선택하기 위해서 많은 사람이 삶을 끝내고 있다. 당신 주변에서 평생 위험을 피한 사람들을 살펴보고, 그들 삶의 모습을 관찰해보라.

위험을 감수해야 하는지 결정하는 데 도움이 될 수 있도록, 표3의 위험/보상 매트릭스에 있는 4개의 사분면을 살펴보자. 우리는 종종 위험을 감수하는 비용에 과도하게 많은 에너지를 배치하고,

	잠재적 비용	잠재적 이점
도약하라	• 나는 열심히 해야 할 것이다. • 여가나 다른 사람들을 위한 시간이 줄어든다. • 무섭고 감정적으로 편안하지 않고 불편할 것이다. • 실수를 하고 불완전한 결정을 하면서 불확실성을 안고 위험을 감수하고 살아야 할 것이다.	• 새로운 기술을 배우고, 시장성 있는 전문성을 키울 것이다. • 나는 새로운 사람들을 만나고, 명성을 쌓고 의사 결정권자들의 눈에 띌 것이다. • 나는 더 큰 일들에 대한 자신감을 키울 것이고, 내 인생에서 더 많은 것을 느낄 것이다.
가만히 있어라	• 나는 '노력했었다면?'을 안고 살아야 한다. • 나는 성장하지 않고, 배우지 않을 것이고, 새로운 사람들을 만나지 않고, 새로운 기술을 쌓지 않고, 내 평판을 높이지 않을 것이다. • 인생은 지금 나를 좌절시키는 것은 더 악화될 것을 제외하고 아마 계속될 것이다. • 나의 미래는 거의 비슷할 것이다.	• 나는 더 이상 불확실성, 불편함, 스트레스를 처리할 필요가 없다. • 나의 '승리'의 평판이 훼손 될 위험이 없다. • 나는 이미 바쁜 일상이 더 바빠지는 것을 피했다. • 귀찮게 새로 기술을 배우지 않아도 되고 새로운 사람들을 만나지 않아도 된다.

〈표3〉 위험/ 보상 매트릭스

위험을 감수하지 않아서 드는 비용은 할인하려는 경향이 있다는 것을 기억하자. 이렇게 기억하고 있으면, 타고난 편향성을 피해가게 할 수 있다.

성공을 보장하면서 가치가 있는 일은 지금까지 결코 없었다. 앞으로도 그럴 것이다.

우유부단이 아니라 행동에, 삶은 보답한다

용기는 전쟁터나 자연재해 한가운데에서의 영웅심과 관련 있지 않다. 오히려, 인생을 헤쳐 나아갈 때 내리는 일상적인 선택과 관련이 있다. 성공할 수 있는 당신의 능력에 관한 두려움(또는 의심 또는 걱정)이 없는 것이 용기가 아니다. 그것은 실존하는 두려움 앞에서의 행동이다. 존 웨인(John Wayne)의 말에 따르면 "용기란, 죽음에 이르는 것이 무섭지만 어쨌든 안장에 올라타는 것"이다.

위험회피적 사고방식을 통해서 삶에 임할 때는 당신의 결정은 두려움에 의해서 더 많이 좌우된다. 이것은 잠재적 행동의 가짓수를 줄이고, 그런 다음 당신의 경험과 당신이 창출할 기회를 좁히고, 궁극적으로는 인생과 그에 대한 자신감을 줄인다.

요컨대 위험을 덜 감수할수록 위험을 감수하는 것이 덜 편안해진다.

반대로 위험대비 사고방식으로 삶에 접근하면, 자신감이 생기고 안전지대를 벗어나게 된다. 그 결과, 더 큰 도전과 더 큰 시도를 할 수 있는 능력을 확장하는 기회와 결과가 생성된다.

믿거나 말거나, 완벽한 결과를 얻든 말든 이것은 사실이다.

내 말을 잘 듣길 바란다.

내가 버진그룹 회장 리처드 브랜슨과 시간을 보내는 동안, '성공하기 위해 실패'하는 방법을 배우는 것과 위험의 단점을 관리하는 것 사이에서 균형을 이루는 중요성에 대해 그는 많은 이야기를 했다. "당신은 모든 우발적 상황에 대비할 수 있지만, 균형을 무너뜨리는 무언가가 항상 있을 것입니다." 브랜슨은 말한다. "생각과는 다르게, 보람 없는 위험들이 있습니다."

당신이 버진 콜라에 대해 전혀 들어본 적이 없다면, 거기엔 그만한 이유가 있다. 1994년 뉴욕에서 출시되어 큰 환호를 받았지만, 이것이 브랜슨에게 보람을 주지 않은 위험 중 하나였다. 그러나 실패의 와중에서, 할 수 있는 모든 교훈을 거기에서 끌어내야 겠다고 그는 결심했다.

"우리는 경쟁에서 뛰어넘어 우리의 길을 가고 싶었습니다." 그는 말한다. "하지만 우리가 충분히 생각하지는 않았다는 것이 밝혀졌습니다. 코카콜라에 전쟁을 선언하는 것은 미친 짓이었죠."

그 시점까지, 버진은 새로운 시장에 진입하고, 규범을 뒤흔들며, 경쟁자들보다 더 강력한 가치사업을 제공하는 파괴적인 브랜드였다. "하지만 우리는 한 가지를 잊었습니다." 그는 말한다. "우리는 소비자들에게 눈부신 차이를 제공할 수 있는 곳에서만 사업합니다. 버진 콜라에는 충분한 차이가 없었습니다. 비록 사업은 완전히 실패했지만, 엄청나게 배울 수 있는 경험을 했습니다."

위험을 감수해서 원하는 결과에 이르지는 못하더라도, 여전히 위험을 감수하는 것이 더 낫다. 왜냐하면 당신은 행동하고, 배우고, 사람들을 만나고, 무엇이 작동하지 않는가를 찾아내고, 브랜드를 구축하고, 어리석은 위험들로부터 교훈을 주는 위험들을 구별하는 능력을 미세조정했으며, 그 사이에 당신의 삶을 위한 '용기 근육'을 키웠기 때문이다.

확실히, 당신이 위험을 감수할 때는 안락함, 시간 또는 돈을 희생한다. 그러나 그것은 당신이 너무 안주하려고 할 때 희생하는 것에 비해서는 별 게 아니다. 즉 무엇이 효과가 있고, 무엇이 그렇지 않으며 당신이 진정으로 무엇을 할 수 있는지 발견하지 못하게 된다. 현상 유지에 매달리면, 관람석에서 삶의 무대로 용감하게 발을 딛는 데서 오는 배움과 성장, 창출, 성공 그리고 생동감을 경험할 가능성이 차단된다.

당신이 소심한 무행동에 매달린다면 이러한 혜택을 받지 못할 것이다. 다니엘 길버트(Daniel Gilbert)가 그의 책《우연히 마주친 행복(Stumbling on Happiness)》에서 말했듯이, 우리의 심리적 면역

체계는 과도한 비겁보다는 과도한 용기를 더 쉽게 정당화한다.

간단히 말해서, 두려움이 가득 드리워진 변명과 정당화 속에서 사는 것보다, 당신이 하는 일에 대담한 것이, 인생의 장기적인 여정에서 항상 더 나은 위치에 당신을 자리 잡게 할 것이다.

신경과학자들은 함께 활성화되는 세포는 서로 연결되어있다는 것을 발견했다. 용기 있는 활동에 더 자주 참여할수록, 그 행동에 더 숙달될 것이다. 결과를 예측할 수 없을 정도로 용기가 필요한 행동으로 시작할 필요는 없다. 물론, 크게 생각하고 목표는 높여라. 하지만 지금 당장은 눈앞의 선택지에 집중하라. 두려움은 전염되지만, 용기도 역시 전염된다. 그것은 근육과 같다. 용감한 일을 더 자주 선택할수록, 당신은 더욱 용감해진다.

큰 변화를 만들고 싶다면 일련의 작은 변화들로부터 시작하라. 지상에서 공중그네를 시작해서 점차 공중그네 준비대 전체의 높이까지 올라갔다면, 첫 번째 점프를 시도했을 때 그렇게 겁먹지 않았을 것이다. 마찬가지로, 관리자의 자리(또는 더 큰 책임이 있는 자리)에 들어가고 싶다면, 먼저 관리업무에 관한 전반적 기술과 자신감을 형성할 기회를 잡아야 한다.

당신이 닮고자 갈망하는
용기를 간직한 사람을 구현하라

두려움은 육체적이다. 두려움을 느껴보았다면, 그것이 머릿속의 느낌만이 아니라는 것을 알 것이다. 두려움은 당신의 몸 안에 있다. 목이 조이는 느낌, 속이 메스꺼운 느낌, 혹은 이마와 손바닥에 맺힌 땀 등.

뉴욕의 상징인 록펠러 광장이 내려다보이는 NBC 스튜디오에서 있었던 투데이 쇼와의 첫 인터뷰가 생각난다. 캐시 리 기포드(Kathie Lee Gifford) 옆의 의자에 앉았을 때, 내가 너무 긴장한 탓에 이는 딱딱 부딪치고 다리는 덜덜 떨렸다. 내가 얼마나 긴장했는지 아무도 눈치채지 못한 것 같긴 했다. 하지만, 투데이의 수백만 시청자 앞에서 바보처럼 보이지 않으려고, 인터뷰가 생중계되기 몇 초 전에 입술을 꽉 다물었던 것을 생생하게 기억한다. 다행히도 그리고 자주 그렇지만, 카메라가 돌기 시작했을 때, 시청자에게 전달하고 싶었던 내용을 말하는 데 집중해서, 불안함을 떨쳐내고 끝마쳤다. TV에서 생방송을 하거나 무대에서 관객들과 이야기를 하며, 나는 여러 번 비슷한 경험을 했다.

그 순간에 느끼고 싶은 생각과 닮고 싶은 사람에 주의를 집중하여, 두려움의 물리적 징후를 극복하라. 그런 다음, 자세, 표정, 언어 및 행동을 정렬하면 된다. 육체적으로 자신을 진정시키는 방식을 바꾸면, 정신적으로 그리고 정서적으로 느끼는 방식이 바뀐다.

위대한 초현실주의 예술가 살바도르 달리의 전기를 쓴 작가 이안 깁슨(Ian Gibson)에 의하면, 마드리드 예술 아카데미의 동료 학생들은 달리를 '병적으로' 수줍음을 많이 타는 사람으로 묘사하였다. 그는 얼굴이 붉어지는 것을 크게 두려워했고, 부끄러워하는 것에 대한 부끄러움이 그를 고독하게 했다. 주변 사람들과의 관계에서, 배우가 되라는 현명한 조언을 해준 것은 삼촌이었다. 그의 삼촌은 그에게 외향적인 척하고. 가장 가까운 동료를 포함하여 모든 사람에게 외향적인 사람처럼 행동하라고 조언했다. 달리는 자신의 굴욕감을 숨기기 위해 그렇게 했다. 날마다 그는 외향적인 사람이 되는 행동을 실행했다. 마침내 그는 그 시대의 가장 외향적이고, 두려움이 없으며, 자유분방하고, 사교적인 성격의 저명인사가 되었다. 그는 그가 가장한 대로 되었다. 마찬가지로 당신이 닮고자 갈망하는 사람처럼 행동하면, 결국 그런 사람이 될 것이다.

하버드 대학교의 에이미 커디(Amy Cuddy) 교수의 연구는 많은 사람이 오랫동안 직관적으로 알고 있었던 사실을 확인시켜 주었다. 육체적 상태가 감정 및 정신 상태에 직접적이고 즉각적인 영향을 미친다는 것이다. 커디 교수의 연구에 따르면, 그녀가 만든 용어인 '파워포즈(power pose)'로 이동하면, 신체의 호르몬이 방출되어 더 큰 강인성, 자신감 그리고 힘이 생기는 느낌이 든다. 짧게 비언어적으로 힘을 표현해도, 테스토스테론의 분비가 자극된다는 사실을 그녀는 발견했다. 테스토스테론은 동물과 인간 모두의 권력과 지배에 관련되어있으며, '스트레스' 호르몬인 코티솔의 수치를 낮춘다. 코티솔은 침착하고 명료하며 자신감 있게 생각하고, 말하며, 행동하는 능력을 약화하는 '스트레스' 호르몬이다.

커디 교수의 연구에 따르면, 사람들은 개방적이고 활짝 펼친 자세를 통해서 힘을 표현하고, 폐쇄적이고 위축된 자세를 통해 무력감을 표현한다. 간단히 말해서, '파워포즈'를 취하면 강력하게(그리고 용감하게!) 생각하고 느낄 수 있을 뿐만 아니라, 실제의 심리상태 결과적으로는 행동들도 바뀐다. 심지어 얼굴 표정을 바꾸는 것만으로도 정신과 감정 상태가 바뀔 수 있다. 실제로 연구에 따르면, 표정을 흉내 냄으로써 그 표정이 나타내는 감정 상태로 들어간다. 다시 말해서, 웃고 싶지 않을 때도 웃는다면 궁극적으로 더 행복하고 우호적인 느낌이 든다. 이것은 단지 심리적인 것이 아니다. 그것은 생리적인 것이다. 마찬가지로 눈썹을 찌푸리고 인상을 찌푸리면, 결국 더 화나고 쓸쓸하고 우울하다. 다른 연구에서는 질문을 받는 동안 참가자들이 다양한 표정을 짓도록 연구자들이 요청했다. 미소를 지어 달라고 요구받은 사람들은 심각한 표정을 유지하도록 요구받은 사람들보다 요청에 응할 가능성이 더 높았다. 이것이 미소의 힘이다!

패션 디자이너 다이앤 폰 퍼스텐버그(Diane von Furstenberg)는 "내가 무엇을 하고 싶은지는 몰랐지만, 내가 되고 싶었던 사람은 알고 있었습니다."라고 말한 적이 있다. 이것은 코미디언 릴리 톰린(Lily Tomlin)의 말을 반영한다. "나는 항상 '누군가'가 되고 싶었습니다. 그런데 좀 더 구체적이어야 했습니다."

직장, 업계, 인생에서 어떤 사람이 되고 싶은가? 인생의 이 시점에서 더 완벽하게 구현하고 싶은 속성을 생각해보라. 다음은 생각해 볼 몇 가지 요소이다.

용기 있다, 진정성 있다, 집요하다, 회복력 있다, 집중한다, 자신감 있다, 단호하다, 대담하다, 능숙하다, 결단력 있다, 격려한다, 낙관적이다, 가까이하기 쉽다, 친절하다, 자기표현을 잘한다, 모험심 있다, 대담하다, 열정적이다, 목표 의식이 있다, 관대하다, 포용력 있다, 장난스럽다, 몰두한다.

그런 다음, '나는…'이라는 단어 다음에 적어 넣어서, 자주 볼 수 있는 곳에 둔다. 예를 들어 "나는 집중력이 있고, 용감하며, 집요하다." 또는 "나는 회복력 있고, 자신감 있고, 대담하다." 처음에는 다소 어색하게 느껴질 수 있지만, 이렇게 간단한 실행조차도 믿을 수 없을 정도로 강력하다. 그런 다음, 좌절하거나, 불안하거나 또는 어떤 방식으로든 감정이 '촉발'될 때, 당신 자신에게 물어라. 내가 이런(위의 '힘을 실어주는 덕목'을 넣는다) 사람이라면, 나는 지금 당장 무엇을 할까? 당신은 그 질문에 어떤 대답이라도 할 수 있다. 그리고 그 대답은 당신에게 가장 많은 영감을 주는 것을 향해 나아가기 위해, 취해야 할 행동을 가리킬 것이다.

이제 턱을 들어 올리고, 자신감 넘치면서도 단호한 표정을 지으면서, 사람들의 눈을 똑바로 바라보라. 어깨를 뒤로 젖히고 발아래 땅을 단단히 느낀 다음, 자신 있게 목표를 향하여 큰 걸음으로 내디뎌 보라. 연습해 보라. 때로는 정말 '해낼 때까지 자신을 속여야' 한다. 육체적으로 통제하는 방법을 바꾸면, 감정적으로 느끼는 방법도 바꾸게 된다.

당신이 되고자 하는 사람의 행동과 손잡는다는 것은 당신이 되고자 하는 자신감 있고 자기 표현적인 사람으로서 옷을 입는 것이다. 어떤 사람들에게는 피상적으로 들릴지 모르지만, 당신이 입는 옷은 다른 사람들이 당신을 인식하는 방식뿐만 아니라, 실제 성과에도 영향을 미친다. 노스웨스턴 대학의 한 연구에서, 연구자들이 주의력을 측정하는 테스트를 수행하는 동안, 피험자들에게 흰색 코트를 입게 했다. 한 그룹은 의사 가운을 입고, 다른 그룹은 페인트공의 흰색 코트를 입으라고 지시받았다. 첫 번째 그룹의 피험자들은 두 번째 그룹의 피험자들보다 거의 30% 더 우수했다. 이것은 옷이 우리에게 미치는 영향이 생각하는 것보다 훨씬 더 강력할 수 있음을 시사한다. 즉, 성공을 위해 옷을 입는 사람들은 긍정적인 인상을 남길 뿐만 아니라, 더 많은 성공을 창출하는 데 필요한 행동을 할 때 자신감이 더 크다.

물론, 우리는 엄청난 변화와 불확실성의 시대에 살고 있다. 그러나 진실은 늘 변화와 불확실성을 안고 살아왔다는 것이다. 그리고 앞으로도 그럴 것이다.

더 고귀한 대의를 위해, 자신의 약점을 무릅쓰며 용기를 드러내는 것은 궁극의 영웅적 행위이다. 그것은 또한 당신이 매일 할 수 있는 기회가 있는 일이기도 하다.

그래서 당신에게 이런 질문을 던진다.

자신과 내기를 하려고 한다면, 당신은 무엇을 두고 할까?

뭐라고 말할까?

당신은 무엇을 그만할까?

무엇을 놓아 버릴까?

감히 어떤 사람이 되고 싶을까?

내가 한 일 가운데 가장 무섭고 신나는 일은 21살 때 일어났다. 세계일주 티켓을 산 다음, 한 줌의 여행자 수표와 잘 맞지 않는 배낭을 메고, 내가 아는 모든 사람과 모든 것을 남겨두고 떠날 것을 결심한 것이다. 하지만 1년 후 집에 돌아왔을 때, 한때 내가 무서워했던 것이 더는 그렇지 않았다. 나는 더 많은 외국 땅을 향해 날

개를 펼칠 준비가 되었다. 그리고 나는 어리석은 위험과 가치 있는 위험을 구별할 수 있을 만큼 더 똑똑해졌다.

여러 해 동안 나는 60개 이상의 국가를 여행했다. (아직도 늘고 있으며, 다 끝나지 않았다.) 그리고 나쁜 일들이 일어날 수 있었지만, 그런 일은 결코 없었기에 감사하다.

현실에서는 이렇다. 피하려고 애쓰면서 우리의 인생을 낭비한, 대부분의 나쁜 일은 실제로 발생할 확률이 낮다. 소설가 마크 트웨인(Mark Twain)을 인용하자면, "나는 노인이며 매우 많은 골치 아픈 일을 알고 있지만, 결국 대부분은 일어나지 않았다."

일어날지도 모를 '문제들'에 대한 두려움으로, 마음이 가장 끌어당기는 일을 추진하지 못하게 놔두지 마라. 물론, 안주하는 것이 단기적 안정감을 촉발하기는 한다. 하지만 인생의 긴 행진에서, 내면에 내재한 용기를 풀어주고 진정으로 안전하다고 느낄 때는 인생에 깊숙이 뛰어들 때뿐이다.

그러므로 위험을 다시 생각하고 불편을 수용하라. 그리고 과감히 도약하라. 위험의 확률은 생각한 것보다 더 낮다.

3

신뢰할 수 있는 사람이 되어라

과감한 행동과 올바른 행동을 일치시켜라

잘못할까 봐 두려워하는 것보다
과감하게 옳은 일을 하는 데 더 많은 용기가 필요하다.

-에이브러햄 링컨-

나는 보통 선명한 노랑색 리브스트롱(Livestrong) 셔츠를 입고 운동을 했다. '강하게 살아라!'라는 문구가 마음을 울렸고, 랜스 암스트롱 (Lance Armstrong)을 존경했던 탓이다. 그는 리브스트롱 재단을 설립하고, 용감하게 산다는 것의 의미를 한동안 구현했던 '위대한 운동선수'였다. 재단은 여전히 존재하지만, 마약으로 인한 부정행위가 폭로되어 사임해야 했던 암스트롱과는 갈라선 지 오래다. 나는 그 사실이 아직도 슬프다. 그에 대해… 또는 더 정확하게는 그의 진실성과 도덕적 용기의 부족함에 대해서 말이다.

암스트롱의 추락은 갑작스러운 것만큼이나 가파르게 이루어졌다. 그의 타이틀(7연속 투르 드 프랑스 우승을 포함해서)이 박탈되고 기록에서 지워졌다는 소식이 방송을 타자, 나는 그의 용기가 그의 인격과 일치하지 않는다는 것이 슬펐다. 그의 진실성 부족은 우리 모두에게 상처를 주었다. 또한 귀중한 교훈을 주었다. 진실성이 없으면, 아무것도 이루어지지 않는다.

더 용감한 삶을 살 거라고 결정하면, 일상적인 삶의 경험을 변화시키고 그 궤적을 바꿀 수 있다. 그러나 당신의 큰 꿈과 담대한 행동이 진실성의 견고한 기초 위에 세워지지 않는다면, 노력은 끝내 무너질 것이다. 그것은 아름답지 않다. 암스트롱의 산산조각난 유산이 적절한 예이다.

물론, 중요한 방향에서 큰 비용이 들지 않거나 불편하지 않을 때, 옳은 일을 하기는 쉽다. 하지만 시간, 인정, 돈, 권력, 정보, 기회 또는 기타 물질적 또는 심리적 보상과 같이 가치 있는 것을 포기해야 할 때는 쉽지 않다.

인생에서 최고의 비전으로 살겠다는 결심은 가장 깊숙이 자리한 당신의 가치와 일치하는 삶을 살아야 함을 요구한다. 편리하거나 안락한 것에 앞서 옳은 일을 하는 것이다. 아무리 용감하거나 영특해도 부족한 진실성을 보충하지는 못한다.

사리사욕에 자존심을 굽히지 말라

윌리엄 에드워즈 데밍(William Edwards Deming)은 –1950년대 일본 자동차 산업의 제조 공정에 혁명을 일으킨 무결점 공정 그루(guru) – 아주 올바른 일을 가끔 하거나, 옳은 일을 항상 일부만 하는 것은 좋지 않다고 가르쳤다. 무결점 공정의 탁월함은 모든 시간에 걸쳐 모든 옳은 일을 한다는 것을 의미한다. 공정의 결과물이 원하는 기준에 도달하지 못한 경우, 그것을 실행했을 때가 아니라, 그 이전 단계 중 하나에 문제가 있다는 것이 데밍의 믿음이었다.

자신의 경력이나 사업의 어떤 측면에서든 '결과'가 마음에 들지 않을 때가 있다. 이때는 만족스럽지 못한 결과에 기여했을지도 모르는 길을 따라, 어떤 결정과 행동을 취했는지 되돌아보고 확인해야 한다. 노골적으로 부정직한 행동을 하지 않았을 것이다. 하지만, 인격적 강점이 부족한 방식이나, 중요한 이해 관계자의 신뢰를 구축하고 유지하지 못하는 방식으로 행동했을 가능성은 있다.

인격에 따라 행동하는 데 실패했기 때문에, 자신과 다른 사람들 특히 가장 아끼는 사람들에게 막대한 피해를 준 예는 흔히 찾을 수 있다. 뉴스를 보면 권력에 의해 타락한 정치인, 한때 선구자로 칭송받던 기업 지도자들의 파렴치한 이야기가 넘쳐난다. 비윤리적 행동이 폭로되면서 그들의 명성과 경력은 빠르게 퇴색되었다.

이 사람들은 항상 인격이 부족했던 걸까, 아니면 자신의 이익을 위해 자존심을 포기했던 걸까? 나는 후자라고 단언한다. 나는 랜스 암스트롱이 기록을 세우기 위해 시작부터 속이지는 않았다고 확신한다. 아무도 처음부터 부패하고 속이지 않는다. 오히려 그들은 자신의 이익을 위해 자존심을 천 번쯤 포기하고 그렇게 한다. 마침내 그들이 마주하는 모든 선택지는 이전에 선행한 모든 것에 의해 몹시 더럽혀진다. 그리고 옳고 그름, 도덕적이거나 또는 부도덕하다거나 하는 의식 자체가 아예 없어진다. 궁극적으로 인격이 없는 사람은 그들을 사로잡는 것이 무엇이든 그것의 소유물이 된다. 흔히는 더 많은 돈, 지위 또는 권력을 획득하여 얻은 안전에 대한 잘못된 의식을 통해서 그렇게 된다.

요한 볼프강 폰 괴테(Johann Wolfgang von Goethe)는 "인격은 인생의 흐름 속에서 발전한다."라고 말했다. 또한 인격은 지위, 부, 권력을 추구하다가 잃어버린다. 회사 내에서의 경쟁에 승리하고 경력이 발전함에 따라, 성과에 대한 압박은 더 커지고, 흑백의 경계는 모호해지고, 속일 기회는 더 많아지고, 은폐하려는 유혹이 더 매혹적으로 변한다. 이런 일이 일어나면 판돈이 커지고 더 세게 추락한다.

권력은 열렬히 진실을 옹호했던 사람도 시험에 들게 할 수 있다. 인격은 회복하는 것보다 유지하는 것이 훨씬 쉽다. 한번 잃은 평판은 영원히 잃게 된다. 그런 이유로, 자신과 타협하지 않도록 확실히 단속하면서, 매일 매일 일에 전념하는 것이 매우 중요하다.

시어도어 루즈벨트(Theodore Roosevelt)는 "인격은 장기적으로 개인의 삶과 국가에서도 똑같이 중요한 요소입니다."라고 말했다. 그러나 최근 몇 년 동안 우리는 가장 높은 위치에 있는 사람들의 행동을 목격하면서, 인격에 대한 폭력적 공격을 보았다. 그것은 얼마 전까지만 해도 전적으로 용납할 수 없는 일이었다. 천박한 욕부터 노골적인 거짓말까지, 무례하고 노골적인 기만행위가 점점 더 일상이 되면서 판단기준도 낮아졌다. 여전히 다른 사람의 인격을 바꿀 수는 없지만, 우리가 더 보기 원하는 진실성을 본뜰 수는 있다.

에델만 신뢰지수(Edelman Trust Barometer)를 보면, 최근 몇 년 동안 우리를 이끌 책임 있는 사람들에게 부여한 신뢰가 급격히 하락했다. 바로 이런 이유로, 품위에 뿌리를 두고 진실성에 기반을 둔 삶을 산다고 결심한 우리 각각이, 삶의 모든 면에서 스스로 어떻게 행동하는지 세심한 주의를 기울여야 한다. 워렌 버핏(Warren Buffett)의 말을 인용하자면, "신뢰는 우리가 숨 쉬는 공기와 같다. 그것이 존재할 때는 실제로는 아무도 알아채지 못한다. 하지만 그것이 없을 때면, 모두가 알아차린다."

읽어 가면서 전적으로 방어하고 있는 느낌이 든다면, 당신이 괜찮은 사람이 아니라는 것을 내가 암시하고 있다고 생각하지 않길 바란다. 결코, 그렇지 않다. 그러나 당신이 약간의 '자체 감사'를 하고, 인격, 신뢰 그리고 진실성의 렌즈를 통해 세상과 관계를 맺는 방법에 대해서, 조금 더 신경을 쓸 곳이 어딘지 확인하길 바란다.

진실성은 단순한 정직을 초월한다. 그것은 인격, 품위, 진리의 가장 높은 기준을 향해 스스로 통제할 것을 요구한다. 상대적으로 중요하지 않은 약속을 이행하는 것부터, 좋지 못한 결과를 최소화하기 위한 진실의 희석을 거부하는 것까지 – 진실성은 대가를 치르더라도 우리가 옳은 일을 할 것을 요구한다. 그것이 우리가 결코 길을 잃지 않을 수 있는 유일한 길이다.

진실성과 함께 사는 것은 정원의 잡초를 뽑는 것과 같다. 제초가 좋은 것은 알지만, 항상 노력의 결과를 볼 수 있는 것은 아니다. 잡초를 뽑아내지 못하면 정원은 잡초가 차지하게 된다.

결국 당신의 정원은 잡초로 가득 차서, 어떤 꽃도 피우지 못할 것이다.

직업, 사업, 관계, 재정에서의 자신의 행동 방법, 결국 당신의 삶도 전혀 다르지 않다. 점검하지 않고 버려두면, 진실성이 결여된 방식으로 – 아무리 중요하지 않은 것으로 보일지라도 – 행동하게 만들고, 느리지만 점진적으로 깊은 내면에 자리한 가치와 일치하지 않는 삶을 살게 한다. 그런 사고방식과 행동양식에 관심을 두기 위해서 시간을 할애해야 한다.

신뢰의 부족은
숨겨진 세금을 부과한다

신뢰는 관계, 팀, 조직을 하나로 묶는 접착제이다. 그러나 그것은 본질적으로 깨어지기 쉽다. 매우 취약해서 금방 손상된다. 그러나 신뢰감이 없다면, 영향력을 키우거나, 변화를 일으키거나, 갈망하는 성공을 달성하는 것이 불가능하다. 신뢰 또는 신뢰 부족의 중심에는 우리의 내면에 대한, 우리 자신의 진실성에 대한, 다른 사람에 대한, 희생을 치르더라도 그들이 올바른 일을 할 것이라는 그들의 결심에 대한 확신이 자리한다.

당신이 경쟁 우선순위와 기대치의 관리를 잘 조화시키면서 경쟁할 때, 여기에서의 쉬운 길과 저기에서의 악의 없는 거짓말을 정당화하는 것은 너무도 쉽다. '별거 아니야!' 이렇게도 스스로 말할 수 있다. 그러나 시간이 지남에 따라, 겉보기에 작은 타협도 너무 습관적으로 변한다. 그래서 그것이 얼마나 우리의 평판을 손상하고, 인간관계에서 신뢰라는 재화의 가치를 떨어뜨리는지 인식하지 못할 수 있다.

메시지를 신뢰하려면 먼저 전달자(messenger)를 신뢰해야 한다. 이것이 바로 신뢰 부족이 '숨겨진 세금'처럼 작용하는 이유이다. 신뢰 부족은 대화의 질을 떨어뜨리고, 정보의 유통을 차단하고, 협업을 틀어막고, 생산성을 저해하고, 궁극적으로 개인 및 집단 노력의 결과를 제한한다. 신뢰 부족은 어떤 크기의 업무집단이라도, 그 근간을 구성하는 상호작용 및 인간관계의 정교한 네트워크에서 모래처럼 작용한다. 콜롬비아 비즈니스 스쿨의 존 휘트니(John Whitney) 교수가 관찰했듯이, "불신은 비즈니스의 비용을 두 배로 증가시킨다." 그 장기적인 영향은 치명적일 수 있다.

누구든지 신뢰를 어기면, 모두가 더 나빠지게 된다. 조직 단위에서나 대인 관계 단위에서나 마찬가지로 그렇다. 다른 사람들이 당신을 신뢰하지 않을 때, 그들은 배우고, 연결하고, 성장하고, 발전할 수 있도록 당신을 이끌거나 기회를 주지 않는다. 마찬가지로, 다른 사람을 신뢰하지 않으면, 그들에게 가치가 있을 정보를 숨기게 된다. 불신은 싹이 트기도 전에 관계를 죽일 수 있다.

신뢰의 네 가지 영역

수없이 많은 사람들이 함께 일하는 사람을 신뢰하는 능력에 대한 의구심을 공유했는데, 그 사람은 전혀 알지 못한다. 신뢰의 네 가지 핵심 영역인 능력, 성실, 믿음 및 관심에 대한 인식을 구축하면, 모든 업무 관계에서 더 효과적으로 신뢰를 얻고 유지하는 데 도움이 된다. 당신이 다른 사람을 신뢰하길 주저할 때, 그 네가지 영역은 또한 더 많은 분별력이 생기도록 당신을 돕는다.

표4에서 볼 수 있는 것처럼, 네 가지 신뢰 영역은 모두 함께 작용하며, 각각 서로를 강화하고, 좋은 쪽으로든 나쁜 쪽으로든 서로에 대한 인식을 증폭한다. 한 영역이 약해지면, 그것은 다른 모든 영역을 약화한다. 각 영역 내에서 진실성을 가지고 행동하는 데 계속 집중하면, 자신에게 내재한 가치의 수준을 높이는 신뢰를 쌓아 올릴 수 있다.

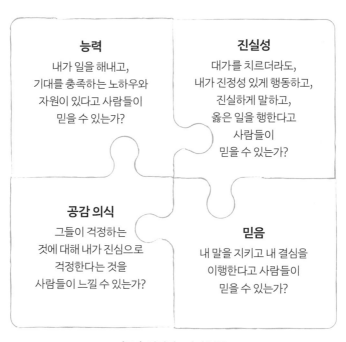

〈표4〉 신뢰의 4가지 영역

당신의 신뢰도를 평가하라

스티븐 코비(Stephen Covey)는 그의 저서 《성공하는 사람들의 7가지 습관》에서 이렇게 썼다. "어떤 사람이 '내가 어제 선택했던 것으로 인해서, 오늘의 내가 있습니다.'라고 마음 깊이 그리고 정직하게 말할 때, 비로소 그 사람은 '나는 다른 것을 선택합니다.'라고 말할 수 있다."

이 과제는 능력, 성실, 믿음 및 관심의 네 가지 신뢰의 영역 각각에서 당신의 '신뢰도'를 평가하는 진술로 구성된다. 당신에게 비교적 사실인 것에 표시하라. 나머지는 선택하지 말라. 또는 안주하지 않는 마음으로, 동료나 친구에게 각 영역에서 당신을 평가해 달라고 요청하라. 당신을 높이 평가할 수 없는 영역에서는 그들이 정직하게 더 많이 말하도록 유도하라. 바로 여기에 가치가 있다.

능력

☐ 나에게 필요한 기술과 지식이 없을 때, 나는 도움을 요청한다.

☐ 나는 나의 능력을 나는 과대평가하지 않는다.

☐ 내가 모르는 것을 인정하는 것이 편안하다.

☐ 나는 배움과 발전에 지속적으로 투자한다.

☐ 나 자신의 이해를 심화하기 위해 정기적으로 질문한다.

성실

☐ 나는 상황이 좋지 않을 때 괜찮은 척하지 않는다.

☐ 반쪽 진실이나 편의를 위한 거짓말을 거부한다.

☐ 나는 모든 행동, 거래 그리고 기록에 정직하다.

☐ 내가 진실을 말하며, 항상 믿을 수 있음을 사람들은 알고 있다.

☐ 나는 비밀을 유지하며 내 것이 아닌 것은 공유하지 않는다.

믿음

☐ 나는 항상 내가 한 말을 지키고 약속을 지킨다. 변명하지 않는다.

☐ 나는 지킬 수 없는 약속보다는 '아니오'라고 말한다.

☐ 나는 일관되게 시간을 잘 지키며, 준비하고 회의에 참석한다.

☐ 내가 하겠다고 말했으면, 사람들에게 정보를 말한다.

☐ 내가 약속을 지킬 수 있다는 확신이 들지 않는 한, '예'라고 말하지 않는다.

공감 의식

☐ 나는 모든 사람을 존중으로 대한다.

☐ 나는 좋은 경청자이며, 사람들이 보살핌을 받는다고 확실히 느끼게 한다.

☐ 내가 사람들의 평안에 진정한 관심이 있다는 것을 그들은 알고 있다.

☐ 나는 내 행동이 주변 사람들에게 어떤 영향을 미칠지 숙고한다.

☐ 나는 친절로 지나친 솔직함을 완화한다.

능력

능력은 확고한 매개변수가 있는 신뢰의 한 요소이다. 그것은 업무에 특화된다. 즉, 당신은 특정 기술이나 전문 분야에는 유능할 수 있지만, 다른 분야에서는 아닐 수 있다. 예를 들어, 나는 암묵적으로 남편을 매우 진실성 있는 사람으로 신뢰한다. 그러나 그가 수플레를 굽는 것은 신뢰하지 않을 것이다. 물론 그는 수플레 만드는 법을 배울 수는 있지만, 지금 당장은 오믈렛에 가까운 것을 만들 뿐이다.

당신이 자신을 내던져 더 큰 도전에 응한다면, 당신이 원하는 것을 할 만큼의 능력을 갖추고 있는지 유의해라. 그렇지 않다면, 부족한 부분을 채울 수 있도록 도움을 받아라. 사람들이 미처 준비하지 못한 직책을 맡았을 때, 그들의 경력이 급격히 추락하는 것을 보았다. 그들이 학습 능력이 없어서 그런 것이 아니다. 핵심 이해 관계자들의 신뢰를 얻고 유지하는 데 필요한 노하우, 기술 및 지원이 주어지지 않았거나, 주도적으로 추구하지 않았기 때문이다.

경력을 쌓는 대부분의 경로에서, 사다리의 처음 몇 단계 위로 사람들을 이동시키는 것은 기술적 능력이다. 그러나 사람들이 앞으로 나아감에 따라, 가장 중요해지는 것은 소위 '대인 관계에서의 역량(soft skill)'이다. 이것은 실제로 가장 어려운 기량이기도

하다. 따라서 어떤 직책을 잘 수행하는 데 필요한 역량이 자신에게 부족하다는 것을 발견했다면, 다른 사람들이 당신에게 부여한 신뢰를 손상하지 않기 위해서, 필요한 교육, 지원 그리고 조언을 적극적으로 찾아내라.

마찬가지로, 새로운 역할, 직업, 산업 또는 경력에 뛰어들 때, 그것을 잘 수행하는 데 필요한 훈련과 지원을 기꺼이 받아야 한다. 통계에 따르면 기업의 50%는 처음 5년 안에 실패한다. 그들의 실패는 흔히, 사업주 자신이 무엇을 하고 있는지 모르며, 수익성 있는 사업을 구축하는 데 필요한 기술과 지식이, 사업주에게 부족했다는 사실로 귀결된다. 열정이 있다는 것은 대단한 것이다. 하지만, 자신이 열정을 품고 있는 대상에 대한 기본적 통찰이 부족하다면, 그것으로는 충분하지 않다.

다른 면을 살피면, 일에 익숙해지는 데 필요한 기술과 지식을 배우는 당신의 능력을 과소평가하지 말아야 한다. 이것은 특히, 새로운 역할에 수반되는 도전에 직면할 때, 자신을 과소평가하는 경향이 있는 여성들과 관련이 있다. 그들의 남성 동료들은 계획 없이 대충하는 것에서 그들보다 훨씬 더 편안함을 느낀다.

성실

당신은 허풍떠는 사람들을 많이 만났을 것이라 확신한다. 그들의 언어는 반쯤의 진실과 허풍, 자신에게 유리한 이야기, 과장으로 점철되어 있어서 마치 영구적으로 자기 자신의 정보 광고를 운영하는 것처럼 보인다. 내용 없는 전문용어, 거짓 아첨, 공허한 약속이 풍부한 다이어트 식단에 너무 익숙해져 있어서, 부정직, 속임수, 불성실이 정상이며 심지어는 용납될 수 있다고 생각하기 쉽다. 그러나 사람이 듣고 싶어 하는 것은 무엇이든 말하길 선호하는 시대에는 진정성 있고 진실하며 성실한 사람들이 주변 사람들에게 훨씬 더 큰 영향을 미친다.

당신의 경력에서 더 큰 게임을 한다고, 진실을 왜곡하거나 당신의 상급자들을 달랠 필요가 있는 것은 아니다. 오히려, 솔직함과 친절함의 균형을 맞추는 가운데, 자신을 성실하게 표현하고, 하고 싶은 말을 하며, 말한 것을 지키는 용기가 필요하다. 그렇게 함으로써 당신이 얻는 신뢰와 궁극적으로는 당신의 경력 전반에 걸쳐 영향력과 긍정적 효과가 미칠 것이다.

당신이 대부분의 사람들과 같다면, 아마도 '보이는 것 그대로인' 사람들과 일하는 것을 좋아할 것이다. 사람들이 듣기 싫어할지라도, 그들은 말하는 것을 그대로 지키며, 의미하는 바를 그대로 말한다는 것을 당신도 안다. 그들은 자신이 한 말을 꼭 지키는 사람들이다. 진실하고, 정직하고, 진정성 있고, 가식이 없으며, 대가를 치르더라도 기꺼이 진실을 말한다. 명백히 보이는 것 외에도, 그들이 정말로 생각하는 것과 말하는 것 사이에 차이가 없다는 것이 직관적으로 감지된다. 즉, 그들은 불친절하거나 무관심하지 않다. 그래서 말을 건넨 상대에게 도움이 될 것이라고 진정으로 믿지 않는 한, 그들은 마음속에 있는 것을 말하지 않는다. 배려(인격의 또 따른 기둥)가 없는 성실은 잔인할 수 있기 때문이다.

당신이 지속적으로 성실할 때, 당신의 리더, 당신의 팀, 동료 그리고 고객의 신뢰를 얻는다. 성실성은 우리가 지도자들에게서 찾는 인성이며, 이것이 결여되면 능력, 관심, 또는 신뢰성의 결여를 합친 것보다 더 심대하게, 그들에 대한 우리의 신뢰를 훼손한다. 이러한 이유로, 사람을 모집할 때는 콘텐츠보다 인격에 집중해야 한다. 또, 그들이 할 수 있는 것이나 할 수 있다고 주장하는 것보다 인간으로서 그들이 누구인지에 집중해야 한다. 기술은 가르칠 수 있어도, 인격을 가르칠 수는 없다.

믿음

언스트앤영(Ernst & Young)의 전 부회장이자 지역 관리 파트너인 데비 키시어(Debbie Kissire)는 유능한 사람들이 경력에서 뒤처지는 한 가지 이유는 후속 조치가 부족한 것이라고 내게 말했다. 그것은 중요한 책무나 지나가는 대화에서 나온, 사소해 보이는 약속 모두에 해당한다. '믿을 사람'으로 누군가에 의지할 수 있다는 것은 주변 사람들을 통해 성과 목표를 달성해야 하는 고위직에 있는 사람 누구에게나 가치가 있다고 2,500명의 직원을 책임졌던 데비는 말했다. 이런 사람은 시간을 잘 관리하고, 일을 완수하기 위해 끈기, 수완 그리고 믿음을 일관되게 보여주는 사람일 것이다. 마찬가지로, 약속을 이행하고 업무 수행 시에 다른 사람들이 의지할 수 있는 사람이 되는 능력은 존재조차 몰랐던 기회를 열어준다.

사람들은 대부분, 자신이 믿을 수 있고 말을 지킬 수 있는 사람이라고 생각하고 싶어 한다. 그러나, 회의를 시작하기 전에, 당신은 얼마나 자주 같은 사람을 몇 번이고 기다려야 했던가? 그리고 얼마나 자주 다른 사람들이 당신을 기다리게 했을까? 약속을 지키지 않을 때(시간 엄수 포함), 다른 사람들이 당신에게 줄 수 있는 믿음이 약화되고, 그 과정에서 당신의 평판도 손상된다. 아마도 엄청난 데서 그런 것은 아닐 것이다. 그러나 작은 약속들이라도, 깨어진 모든 약속은 이전 것을 기반으로 하여, 당신을 의지할 수 없는 사람으로 당신의 정체성(일명 브랜드)을 강화한다.

다른 사람을 행복하게 하고 기분 좋게 하려는 자연스러운 욕망은 많은 사람이 '아니오'라고 말하기를 매우 어렵게 한다. 그러나 필요할 때 '아니오'라고 말하지 못하면 과도한 약속, 과부하, 관계 손상으로 이어질 수 있다. 그 결과 우리는 약속과 기대를 충족시키지 못하게 된다. 따라서 어떤 약속을 하기 전에 스스로 다음과 같은 질문들을 해보자.

이것이 나의 치우선 순위, 목표 그리고 가치와 일치하는가?

내가 이에 대해 '예'라고 대답하면, 그것에 '아니오'라고 말하는 것은 무엇을 의미(기본적으로)하는가?

현실적으로 이 약속을 적절하게 이행할 시간이 있는가?

한 가지에 더 '예'라고 대답하여 다른 약속을 이행할 수 없게 된다면, 거절하는 것은 진실성의 문제가 된다. 가능하면 사람들에게 대안을 제시하라. 그것들을 다른 사람에게도 언급하라. 더 작은 약속으로 협상해라. 그러나 당신이 할 수 있음을 알지 못하는 한, 어떤 것에도 '예'라고 말하지 말아야 한다. 때로는 더 대단한 일을 할 여지를 만들기 위해, 괜찮은 일에도 '아니오'라고 말해야 한다.

약속을 지킬 수 없기 때문에 '아니오'라고 말하는 것보다, '예'라고 말하고 후속 조치를 하지 않는 것을 더 좋아하는 사람을, 나는 아직 만나지 못했다.

공감 의식

공감 의식(compassion)이라는 네 번째 기둥('함께하는 고통'이라는 라틴어에서 파생)은 '다른 사람들이 염려하는 것을 염려하는' 것에 관한 것이다. 그것은 단순히 누군가에게 미안함을 느끼는 것 그 이상이다. 오히려 그들의 성공을 지원하고 고통을 덜어주기 위해 적극적으로 노력하는 것이다.

당신이 얼마나 관심을 두고 있는지 사람들이 알기 전까지는 당신이 얼마나 알고 있는지 신경 쓰지 않는다. 전 세계 천만 명의 피고용인들을 대상으로 한 갤럽 설문조사에서도, 사람들이 좋은 직장을 떠나는 가장 큰 이유는 상사가 자신에게 관심이 없다고 생각하기 때문이라고 밝혀졌다. '상급자 또는 함께 일하는 사람이 인격체로서의 나에게 관심을 둔다.'라는 진술에, 얼마나 강하게 동의하거나 동의하지 않느냐는 질문도 있었다. 거기에 동의한 사람들은 생산성이 더 높고, 수익에 더 많이 기여했으며, 고용주와도 더 오랫동안 함께 일했다. 물론 거기에 동의하지는 않고 직장을 떠나지 않았던 사람들은 생산적인 직원과는 거리가 멀었다.

리처드 브랜슨을 인터뷰했을 때, 사람들을 인간으로 대하면 -그들이 관심을 두는 것에 진정으로 관심을 보이면서- 그들에게서 최고를 끌어낸다고 했다. 누군가를 진심으로 돌본다고 해서, 그들에게 신장을 기증할 필요는 없다. 시간을 내어 그들에게 무슨 일이 일어나고 있는지 생각하고, 공감하는 연습을 하고, 그들의 입장이 되어주면 된다.

경력을 쌓아갈수록, 당신이 사람들에게 - 기본적으로는 그들이 무엇을 하고 있는지에 - 관심을 두고 있다는 것을 얼마나 많은 사람이 감지하는가? 이것이 그들이 당신에게 부여하는 신뢰의 깊이에 영향을 미친다.

로빈 라인버거(Robin Lineberger)의 이야기는 적절한 예시가 된다. 그가 어렸을 때, 비행사인 그의 아버지는 베트남 상공의 전투에서 총에 맞아 사망했다. 로빈은 강한 의무감과 노력의 중요성에 대한 믿음을 가지고 성장했다. 그는 미 공군을 제대하고 베어링포인트(BearingPoint)의 연방 컨설팅 사업에 채용되었다. 그는 승진했고, 결국에는 베어링포인트의 부사장으로 임명되었다.

사업은 매우 성공적이었지만, 그가 일했던 회사는 수많은 이유로 재정적인 불안정 상태에 놓였다. 문제를 해결하기 위해 새로운 경영 팀이 투입되었지만 로빈은 그들이 근시안적이며, 그들의 고객, 그의 컨설턴트 팀 또는 연방 사업 자체적으로도 일을 제대로 하지 않는다고 느꼈다. 그래서 자신의 막대한 개인 재산이 감소하는 것을 감수하면서, 그는 태세를 갖추고 그의 팀을 이끌어 난국을 헤쳐 나아갈 것을 결심했다. 다른 업계 리더들은 조짐을 알아차리고, 다른 경영진 직위에 그를 채용하려고 했다. 몇 번이고 로빈은 다른 회사에서 직위를 받을 – 혼자서만 곤경을 벗어날 - 기회가 있었지만 계속해서 거절했다. 그는 자신의 팀원들을 포기하거나, 20년 이상 함께 쌓아온 비즈니스에서 떠나는 것을 거부했다.

벤처 캐피털 회사들이 사업을 분할하길 원한다는 것이 분명해지면서, 그는 4,000명이 넘는 직원들이 일터에서 떠나야 한다는 것을 깨달았다. 그래서 사람들과 그들이 쌓아온 것을 가치있게 여기는 회사들과의 협상을 이끌었다. 결국, 역사상 최악의 경제 상황과 파산의 고통 속에서 이미 파트너였던 많은 사람을 파트너십 직위로 옮기는 것을 포함해서, 딜로이트에서 4,000명 직원들의 일자리를 모두 얻어낼 수 있었다. 로빈은 압박감 속에서 리더십,

침착함과 우아함, 그리고 대량 해고와 높은 실업률로 특징지어지는 도전적인 비즈니스 환경에서 확고한 의사결정 능력을 보여주었다. 최종적으로 그는 딜로이트 연방 사업부의 CEO로 임명되었다.

겸손한 사람, 로빈은 자신이 특별히 용감한 일을 했다고 생각하지 않는다. 그는 자신이 옳다고 느끼는 일을 했을 뿐, '인격 있는 사람이라면 똑같은 상황에서 누구라도 그렇게 했을 것'이라고 나에게 말했다. 인격을 갖춤으로써 그리고 대담한 행동과 올바른 행동을 일치시킴으로써, 로빈은 많은 사람으로부터 평생 존경과 충성을 얻었다. (그들 중 몇 명을 만나본 결과, 실제로는 그것이 절제된 표현이었다. 한 사람은 로빈이라면 절벽도 함께 뛰어내렸을 것이라고 말했다). 사람들의 성공이 당신의 성공에 미치는 영향을 넘어서, 그들을 향한 진정한 관심이 당신에게 있다는 것을 그들이 알 때, 다른 어떤 것도 할 수 없는 방식으로 신뢰를 구축하고 충성을 얻게 한다. 마크 트웨인을 인용하자면, "항상 옳은 일을 하라. 이것은 몇몇 사람들을 만족시키고 나머지를 놀라게 할 것이다."

공감 의식은 당신이 느끼는 것이 아니라, 당신이 행하는 것이다. 그것은 우리가 관심을 두고 돕고 싶어 한다는 것을 보여줄 수 있는 긍정적 감정이다. 여러 면에서 행동하는 사랑이고, 오늘날의 직장에서 가장 깊은 수준에서 연결고리를 묶는 접착제다. 사람들에 대한 당신의 보살핌이, 그들의 성공이 당신의 성공에 미치는 영향 이상으로 뻗어있다고 직관적으로 느껴질 때, 그 어떤 것도 할 수 없는 방식으로 신뢰를 구축한다.

내 고객인 소피(Sophie)의 어머니가 암 치료를 받고 있을 때, 그녀의 상사가 얼마나 공감 의식을 보여주지 않았는지 말했던 것이 기억난다. 6개월 동안 매주 소피가 어머니와 함께 지내기 위해, 주와 주 사이의 고속도로를 거의 날아다녔지만, 상사는 그녀의 어머니가 어떻게 지내고 있는지 한 번도 묻지 않았다. 그것이 소피가 열심히 일하거나 최선을 다하지 않게 한 것은 아니었지만, 그녀의 상사와 회사에 대한 충성심에는 영향을 미쳤다고 말했다. 그녀는 이후로 경쟁사와 함께 일하기 위해 그 회사를 떠났다. 소피가 그녀의 상사로부터 더 큰 관심을 받았더라면, 그녀는 그 회사에서 지속적으로 재능을 발휘하고 헌신했을 것이다.

당신이 주변 사람들을 얼마나 돌보는지는 모든 대화와 상호 작용 그리고 협상에 스며들 것이다. 그렇게 하면서 - 미묘하고 심대한 방식으로 - 긍정적 변화를 몰고 오며, 시너지를 조성하고, 집단의 잠재력을 만개시키는 당신의 능력에 영향을 미칠 것이다.

뿌리가 깊어지는 만큼
당신도 높이 올라갈 것이다

당신이 가장 상찬하는 사람들을 생각해보면, 그들은 용기와 인격을 겸비했을 것이다. 마찬가지로, 당신 인생의 긴 이야기에서, 당신의 행동이 훨씬 크게 말하는 것은 무엇일까? 당신이 얼마나 높이 올라갔는지보다, 한 인격체로써 당신이 누구였는지에 관해서가 바로 그것이다. 말과 행동에서 일관되게 진실성 있는 행동을 한다면 - 날이면 날마다, 사람에게서 사람으로, 상황에서 상황으로 - 그것이 결코 길을 잃지 않고 바른 경로로 당신을 안내할 것이다.

인생과 리더십의 여정을 헤쳐 나아갈 때, 사다리와 나침반 중 하나를 선택해야 한다면 나침반을 선택하라. 물론 사다리가 도움이 될 수 있지만, 잘못된 벽을 기어오르며 평생을 보내게 할 수도 있다. 그러나 나침반은 당신 자신의 '진짜 북쪽'을 향해 계속 나아가게 할 것이다.

따라서 자신의 신뢰감을 야금야금 무너뜨리는 방식으로 행동하면서, 진실성의 길에서 벗어난 것을 정당화하려는 방법을 찾고 있다면, 반드시 뿌린 대로 거둘 것이라는 필연적인 사실을 기억하

라. 때로는 쉬운 것보다는 옳은 일을 하는 것에 대한 보상이 꽃을 피우는 데 더 오랜 시간이 걸린다. 하지만, 진실성에 깊이 자리할 때, 당신이 인생의 길 위에서 얼마나 높이 치솟을 수 있을지 의심하지 마라.

Part 2
용기의 작용
잠자고 있는 가능성을 펼쳐라

안전에 대한 욕망은 모든 위대하고 고귀한 노력에 맞선다.

-타키투스(Tacitus)-

STOP
PLAYING
SAFE

4

용감하게 말하라

중요한 대화는 불편하다는 것을 기꺼이 수용하라

우리가 사람들에게 줄 수 있는 가장 큰 친절은 결국 진실이다.

-해리엇 비처 스토우(Harriot Beecher Stowe)-

입을 꼭 다물고, 아무 말도 하지 않고, 평온을 유지하며 어색한 대화를 피하고 나중에 후회했던 적은 없었는가?

우리는 대부분 그렇다.

가장 중요한 대화는 가장 덜 편안한 것이 다반사이다.

나는 이것이 불편한 진실이라는 것을 알고 있다. 인정하기는 싫지만, 중요한 대화에서 꽁무니를 뺀 경우가 내 삶에서 한 번 이상 있었기 때문이다. 문제를 해결하는 데 따르는 정서적 불편함 때문에, 그 문제를 제기할 수가 없었다.

매번, 나는 용기가 부족했던 것을 후회하게 된다.

그것이 가장 두드러졌던 때는 내가 커다란 다국적 기업에서 근무하며 전문적인 경력을 시작했던 초창기였다. '고속 출세 잠재력'(내 말이 아니라 그들의 말)이 있고, 많은 사람이 원하던 마케팅 일자리를 나는 1년 만에 사임했다. 우리 팀의 작업 환경은 매우 불량했고, 나이는 많지만 나보다 지위가 낮은 동료들은 첫날부터 나에게 너무 못되게 굴었다. (그래, 돌이켜보면 아주 유치하게 들린다는 것을 안다). 그래서 더는 참지 못하고 그만둘 것을 결심했다. 직장에서의 마지막 날 부서장을 만나라는 요청을 받았을 때, 나는 그게 무엇이든 진실을 말할 수 있는 용기를 되찾았다. 1년 전에 그 지위에 오른 것을 고려해서, 내가 떠나는 이유를 그는 물었다. 그 질문에 답했을 때, '당신이 나에게 와서 이야기했더라면, 내가 그것에 대해 뭔가를 할 수 있었을 것'이라고 그는 말했다.

　아하! 비겁의 대가. 이 경우는 나 자신의 비겁함이다. 실제로도 그랬지만, 내가 어리고 경험이 없었다고 말하면서 스스로 변호할 수도 있었다. 그러나 그렇다고 해서 결과가 바뀌지는 않는다. 어색한 대화에 대한 두려움 때문에 대화 자체가 끊겼고, 상황을 개선할 가능성도 차단되었다. 매서운 교훈이었다.

　당신 또한 힘든 대화를 피하고 나중에 후회했던 때를 생각해볼 수도 있다.

　너무 어색하다. 너무 불편하다. 너무 위험하다.

　그래서 당신은 아무 말도 하지 않았고(글쎄, 그것에 대해 무언가 할 수 있었던 사람에게 직접적으로는 말하지 않았다), 상황은 더 나빠졌다. 어쩌면 훨씬 더 나빠질 수도 있다. 어쩌면 너무 나빠서 만회의 시점이 지나갔을 수도 있다.

내가 했듯이 당신은 아마 그만두거나, 걸어 나갔거나, 화를 냈거나, 궤양이 생겼을 수도 있다. 그런 일은 당연히 발생한다.

우리를 압박하거나 새로운 문을 열 수 있는 문제에 대해 용기 내어 말하는 것을 미루면 미룰수록 점점 더 비용은 커진다.

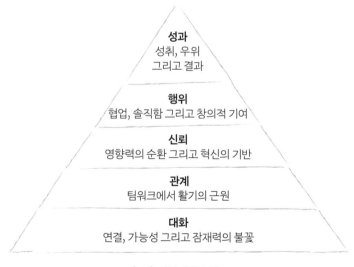

〈표5〉 대화의 중요성

기회의 창은 닫힌다. 긴장이 고조된다. 아파 곪는다. 불신이 깊어진다. 분노가 쌓인다. 관계가 상한다. 우리의 평온이 손상된다.

당신이 생각하기를 멈추면, 우리는 대화하며 살게 된다. 우리 머릿속에서는 '은밀한 대화'. 그리고 다른 사람들과는 '공개적 대화'.

대화는 우리 관계에서 활력의 근원이 된다. (표5 참조). 대화는 모든 관계, 가족, 커뮤니티, 집단 또는 조직에서 영향력이 순환하게 만든다. 이것이 바로, 관계의 질이 우리가 나누는 대화의 질에 의해서 결정되는 이유이다.

가장 중요한 대화는
가장 덜 편안하다

대부분의 경우, 가장 필요한 대화는 가장 적게 하고 싶은 대화이다. 위에 언급한 너무 어색하고, 불편하고, 위험한 이유 때문이다. 적어도 당장은 아무 말도 하지 않는 것이 더 쉽고 안전하게 느껴진다. 그렇지만 현실을 직시해보자. 그것이 우리 대부분이 집중해야 할 일이다.

따라서 더 진행하기 전에, 다음 목록을 살펴보고 해당하는 모든 항목에 표시하라.

- [ ] 나는 직접 말하는 어색함을 피하고자 이메일(또는 메신저 또는 문자)을 사용한다.
- [ ] 나는 마주하는 것이 불편해서 피하려고 노력한다.
- [ ] 나는 거절하기 위해 힘들게 애쓴다. 이는 나에게 종종 너무 무리한 일이다.
- [ ] 사람들이 나를 실망시킬 때, 나는 그들의 신뢰성 부족에 대해서 거의 언급하지 않는다.
- [ ] 나는 과소평가 되었다고 느끼지만, 내 감정을 표현하거나 분명한 경계를 설정하기 싫어한다.
- [ ] 나는 과시하는 것처럼 보일까 봐, 내 성공이나 강점에 관해 얘기하기 싫어한다.
- [ ] 어떤 좋지 못한 결과를 피하려고, 진실을 희석할 때가 있다.
- [ ] 나는 진정으로 내 마음을 전달하기 위해 종종 풍자에 의존한다.
- [ ] 궁상맞아 보이거나, 밀어붙이거나, 거절당하는 것으로 보이는 두려움 때문에, 내가 정말로 원하는 것을 거의 요구하지 않는다.
- [ ] 나는 심기를 건드리거나 바보 같아지는 것을 피하려고, 다른 의견의 제시를 자제한다.

어떤가? 불편함을 피하려는 타고난 본능은 직장에서의 압박감(모든 답을 얻고, 처음부터 일을 바로잡고, 상사의 명령을 실행하는 것)과 결합해서, 흔히 대화 중에 안주할 수 있는 무대를 미리 마련한다. 그러나 대화를 통해서, 당신은 관계를 구축하며, 영향력을 키우고, 충분히 가치 있다고 느끼고, 다른 사람에게 더 많은 가치로 공헌할 수 있다. 다른 말로 하면, 대화를 통해서 자신의 잠재력을 실현하고, 또한 다른 사람의 잠재력도 펼칠 수 있다.

가장 큰 취약성을 동반하는 대화는 흔히 가장 커다란 잠재력을 지닌 대화들이다. 즉, 변화를 불러일으키고, 신뢰를 구축하고, 상처를 치유하며, 중재하고, 가능성을 확장하고, 갈등을 끝내고, 평화를 유지하는 잠재력을 의미한다. 그러니, 당신이 진정으로 하고 싶은 말이 있다면, 누군가 진정으로 들어야 할 필요가 있다는 뜻이다.

지금까지의 대화에서 당신이 얼마나 조심스럽거나 소심했는지에 상관없이, 당신은 용감하게 말할 수 있는 능력이 있다. 그렇게 하는 가운데, 한 번에 하나씩만 용기 있는 대화를 한다면, 자신과 다른 사람의 삶에 긍정적인 변화를 가져올 수 있다.

무슨 일이 일어날지 모른다는 두려움으로, 당신의 생각과 느낌을 입 밖에 내지 않으려고 얼마나 많이 피했던가? 그렇지만, 당신의 내면에는 언제 또는 누구와 어떤 문제라도 소신 있게 말하는 방법을 배울 능력이 있다.

민감한 문제에 관한 대화에 참여하려면, 자기 인식, 감성 지능 그리고 상당한 용기가 필요하다. 그런 용기를 불러올리는 것은 그렇지 않았을 때 당신이 치르는 대가를 현실화시킨다. 그 대가는 스트레스 수준, 관계, 영향력, 원하는 것을 달성하고 원하지 않는 것은 바꾸는 능력에 대한 비용을 의미한다. 당신이 리더의 지위에 있다면, 그 비용은 더욱 증폭된다.

결국 '사람이 곧 프로젝트'다. 사람 문제를 관리하지 않으면, 다른 모든 결과가 기준에 미치지 못하게 된다. 바이탈스마트 (VitalSmarts)의 연구에 따르면, 문제를 식별하는 것과 그것이 팀 성과로 제기되는 것 사이의 시간 간격에는 강한 상관관계가 있다는 것이 밝혀졌다. 사람들이 대부분 매일 사무실에 출근하던 팬데믹 이전에는 평균 시간이 2주였다. 이제는 더 길어질 것이다.

살아가는 과정에 걸쳐, 용감한 대화가 많이 필요할 것이다. 그 누구도 편안하지 않을 것이다. 모든 것은 약간의 위험 요소를 포함하고, 지금까지보다 당신을 조금 더 대담하고 더 모험적으로 만들 것이다. 아마 훨씬 더 그럴지도. 다음은 용기를 내서 할 필요가 있는 7가지 대화이다. 당신이 가장 원하는 것이 무엇인지, 물어볼 수 있는 용기를 불러내는 것부터 시작하라.

당신이 정말로 원하는 것을
대담하게 요구하라

혹시라도 분개하거나, 압도되거나, 과소평가 되거나, 당신이 좋아하지 않는 일을 사람들이 하지 않기를 바란다고 스스로 느끼거나, 당신이 좋아하는 일을 시작하거나, 또는 자신이 더 가치 있다고 느끼도록 한다면.

현실은 이렇다. 다른 사람들은 우리만큼 우리의 필요, 선호 그리고 욕망에 대해 관심을 기울이지 않는다. 게다가 우리의 욕구와 필요가 충족되지 않을 때, 우리는 자주 그것을 다루기 위한 요구를 잘 하지 못한다.

아마도 불합리한 기대를 하는 사람이 당신의 상사거나, 당신의 경계를 넘는 사람이 동료일 수 있다. 파트너에게 가벼운 존재로 여겨진다고 느낄 수도 있다. 어떤 경우이든 압도, 좌절 그리고 분개는 일반적으로 요구하지 않았을 때 나타나는 증상이다. 따라서 그러한 감정과 씨름하고 있는 자신을 발견했다면, 하지 않고 있는 (또는 효과적으로 하지 않고 있는) 요구 사항이 있다는 뜻이다.

한 고객이 동료 때문에 얼마나 좌절감을 느꼈는지 나에게 말했다. 나는 그녀에게 그 사람이 무엇을 하길 원하는지 구체적으로 물었다. 그녀는 "아니요. 그들이 그냥 알아야만 해요."라고 그녀가 대답했다. 그리고 문제는 거기에 있었다. 그들은 몰랐다! 절대로 당신이 무엇을 원하는지 또는 원치 않는지, 사람들이 알고 있다고 가정하지 말라. 당신을 가장 잘 아는 사람들조차도 항상 당신의 마음을 읽을 수는 없다. 그러나 우리는 당신의 가장 깊은 내면의 생각, 욕구, 욕망을 그들이 '그냥 알아야' 한다고 가정하는 함정에 빠진다. 그런 다음, 당신이 원하는 대로 그들이 행동하지 않을 때, 상처받고 화내며 모든 책임을 그들에게 전가한다.

모든 관계가 활짝 피려면, 모든 당사자가 자신의 필요사항을 명확하게 알리고 소통하는 것에 책임을 져야 한다. 가정은 하지 말라. 암시도 하지 말라. 다른 사람들이 당신의 미묘한 암시를 '받아들일' 때까지 기다리지 말라. 따라서 이상적인 결과를 결정한 다음, 나쁜 상황에서도 당당하게 처신하며 그것을 요청하라. 당연한 자격으로 한다는 게 아니다. 공격적인 방식도 아니다. 그러나 당신이 자신의 가치를 알고 있음을 전달하는 방법으로 해야 한다.

거절의 가능성을 최소화하기 위해, 당신의 요청을 희석하지 말라. 마찬가지로 사람들이 그저 '알아보고' 변화를 줄 것이라는 희망으로 힌트를 사용하지 말아야 한다. 당신이 원하는 것에 대해 구체적이어야 하며, 다른 사람들이 당신과 같은 맥락을 공유한다고 가정하지 말라. 다른 사람에게 '곧' 해달라는 것은 온갖 의미로 해석될 수 있다. 그것이 무엇인지 사람들이 명확히 이해하지 못하는 경우, 원하는 것을 얻을 수 있다고 기대한다면 비합리적이다.

항상 원하는 것을 얻지 못할 수도 있겠지만(임금 인상이든, 전망 좋은 고급 사무실이든), 거의 항상 당신이 대담하게 요청하지 않았을 때 받게 되는 것 이상을 결국 갖게 될 것이다.

예를 들어, 야신타(Jacinta)를 보라. 명문대 교수인 야신타는 엄청나게 긴 시간 동안 일하고 있었으며, 자신의 급여 때문에 점점 더 분개하고 있었다. 내가 상사에게 그 문제에 관한 의사소통을 했냐고 물었다. 그녀는 "잘 이해가 되지 않아요. 엄청난 자금 삭감이 있었는데, 그것을 얻을 기회는 거의 없어진 거죠."라고 대답했다. 급여가 얼마나 낮은지 그리고 급여 인상 시기가 지났다는 느낌을 전달하기 위해서, 직속 상사와 대화만이라도 나누라고 그녀를 격려했다. "잃을 것이 무엇인가요?" 나는 주장했다. 그리고 그녀는 그러겠다고 약속했다.

일주일 후에 내 전화기가 울렸다. "예상대로 급여를 인상할 자금이 없다고 들었어요." 실망한 듯 들렸지만, 문제를 실제로 제기한 자신에 대해 만족스러워하며 그녀는 말했다. 그녀는 자신의 주체성으로부터 자신감을 얻었다. 그리고 그녀는 현재 다니는 대학 외부의 기회와 더 폭넓게 연결하기로 결정했다. 그 후 몇 달 동안 다른 직책에 관한 대화가 이어졌다. 그런데 그녀가 다른 직책을 결정하기도 전에, 그녀의 상사가 만나기를 요청했다. 그는 더 많은 자금을 지원받았으며, 그녀에게 15%의 급여 인상과 함께 그녀가 이전에 받았던 것보다 더 많은 연구 보조금을 제안했다. 그것은 믿을 수 없는 일이었고, 그녀는 흥분하여 내게 전화를 걸었다. "다음에 내가 샴페인 살게요."

나는 그것을 받아들였다.

이것이 삶의 규칙이다. 당신은 용납할 수 있는 만큼 얻고, 당신이 기꺼이 요청하는 것보다는 더 많이 얻지 못한다. 거절의 위험을 무릅쓰지 않음으로써, 우리는 그 어떤 다른 사람보다 먼저 우리 자신을 거부한다.

팀 구성원에게 정시에 나타나도록 요구하든지 혹은 동료들의 성차별적인 농담을 멈추라고 요구하든지, 당신의 인생에서 '관용'을 제거하는 데 이런 요구하는 행위는 큰 도움이 될 것이다. 당신이 말하고 행동하는 것을 통해서, 당신을 어떻게 대해야 하는지 다른 사람에게 가르치게 된다. 다른 사람들이 당신을 가볍게 대하거나, 당신의 사적인 경계를 침해하거나, 노골적으로 무례한 것을 허용한다면, 당신도 거기에 동조한 것이다. 다른 사람들에게 당신이 무엇을 기대하는지 뿐만 아니라, 당신이 무엇을 용납하거나 그렇지 않은지 그들이 알게 하라. 그것은 당신의 전문가적인 성공과 개인적인 평안 모두에 결정적인 문제이다.

그러니 스스로 물어보라. 당신은 무엇을 더 용납하지 않을 것인가? 거기에는 당신이 혼자서 설정해야 하는 경계와 당신이 혼자서 만들어야 하는 요구 사항들이 있다.

물론 당신이 요청하는 것을 항상 얻지는 못할 것이다. 적어도 당장은 아니다. 어쩌면 절대로 안 될 수도 있다. 삶은 그런 것이다. 그러나 적어도 사람들은 이제 당신이 원하는 것을 알고 있으며, 상황이 어떤지 알고 있다. 그런 일이 발생하면, 반응을 지나치게 개인화하지 마라. 원하는 것을 소통하며 책임지는 바로 그 행동이, 가치와 주체성에 대한 자신의 감각을 강화할 것이다. 그래서 당신이 당장 '용인하는 것'이 무엇이든, 당신이 진정 원하는 것을 대담하게 요구하라. 누가 아는가? 그것을 얻을 수 있을지!

대담하게, 동의하지 마라

"당신의 경력이 무엇이든, 다른 사람들이 생각하고 있는 것에 동의하지 않을 때는 기꺼이 위험을 감수하고, 소신 있게 말하며, 반박해야 한다." 이것은 유엔 재단의 CEO인 캐시 캘빈(Kathy Calvin)의 경력 내내 그리고 어떤 조직에서 용기가 중요하다는 것을 토론할 때, 그녀가 나에게 했던 말이었다.

짐 론(Jim Rohn)은 말했다. "당신은 시간에 대해서 돈을 받지 않는다. 당신이 시간에 가져온 가치에 대해서 돈을 받는 것이다." 당신이 하는 모든 일이 '사이좋게 지내려고 참는 것' 뿐이라면, 당신의 관점이 보유하고 있는 가치를 다른 사람에게서 박탈하는 것이다. 모두에게 나쁜 일이 된다.

당신은 단어의 전통적인 어감대로 '밀어붙이지' 않고도 반박할수 있다. 그래서 당신이 문제 삼는 것은 그들이 아니라 누군가의 의견이라는 것을 구분토록 주의해야 한다. 여기에 시작을 위한 몇가지 주언들이 있다권장되는 대체 해결책으로 무장하라.

"나는 동의하지 않는다"고 말하기는 쉽다. 따라서 제안할 다른 아이디어가 확실히 있어야 한다. 적절한 경우, 당신이 반대하는 사람이 신뢰하는 '공모자'의 협력을 얻는 것을 고려하라.

당신의 사례를 뒷받침하는 좋은 예를 미리 준비하라.

사람들은 대부분 위험을 회피하는 경향이 있다. 그러므로, 비슷한 상황에서 다른 사람들이 무엇을 했는지 보여주면, 그들의 두려움을 줄일 수 있다.

반대나 의견의 불일치를 상호 관심사나 상업적 기반에 근거를 두라.

의견은 중요하다. 하지만, 사람들이 우려나 의견 불일치가 생기는 정당한 사업상의 이유가 있다고 사람들이 생각하면, 그것 때문에 개인적인 판단과 성격을 배제하고 대화가 내용에 집중된다.

당신의 의견을 옹호하는 것에서 질문하는 것으로 이동하라.

예를 들어, 동의하지 않는 부분이 있으면 이렇게 말해 보라. "당신이 말하고 있는 것을 이해한다고 생각하지만, 이 부분에 대해서는 저를 도와주세요. 내가 여기에서 저기로 어떻게 가는지 알아내는 데 문제가 있습니다." 질문을 함으로써, 대화를 되돌려 승리하는 지점에 더 잘 도달할 수 있다.

'예, 하지만' 대신, '예, 그리고'라고 말하라.
전자는 그 이전의 모든 것을 부정하고 전투적으로 보인다. 후자
는 이미 표현된 아이디어를 기반으로 더 나아간 대화를 창출한다.
그리고, 관점을 확장하기 위해 더 많은 대화를 끌어낸다.

이상적인 결과를 얻지 못한다고 깨달았으면, 그냥 내버려 두고
나아가라. 우아하게.
자신을 소외시키는 방식으로 행동하여 얻을 수 있는 것은 없다.
하지만, 소신을 말하는 용기와 앞으로 나아가는 겸손함을 나타냄
으로써 엄청 많은 것을 얻을 수 있다.

'예스맨'이 많은 환경에서도, 공동의 대의를 위해 목소리를 내
고 명성을 떨칠 용기 있는 사람들을, 사람들이 존경한다는 사실
을 나는 경험으로 배웠다. 그것이 '정치적으로 올바른' 의견이 아
닌 경우에는 더욱 그렇다.

착한 것이 좋다. 나는 친절에 대해 무조건 찬성이다. 하지만, 마
음이 상하거나 자신이 어색할까 봐, 진정으로 하고 싶은 말이 있
을 때 아무 말도 하지 않는다면, 당신은 주변 사람들에게 봉사하

는 것이 아니다. 또, 궁극적으로 누구에게도 진정으로 친절하지 않은 것이다. 친절과 솔직함으로 담대하게 진실을 말하라. 어떤 사람들은 그것을 좋아하지 않을 수도 있다. 하지만, 무뚝뚝한 사람으로 소외되는 것보다는 진실을 말하는 사람으로 존경받는 것이 더 낫다.

당신은 이 위원회에 참여하시겠습니까? 이 패널에 참석하시겠습니까? 점심에 만날까요? 한 시간 정도의 시간을 내주세요… 아니면 3시간? 당신과 커피 마시러 나가서 '머리를 빌려도' 될까요?

나는 '예스'라고 말하는 게 좋다. 적어도 지금 질문을 받고 있을 때라면. 그것은 즉각적으로 사람들을 기쁘게 하는 만족감을 나에게 준다. 왜냐하면 그것이 사람들이 듣고 싶어 하는 말이라는 것을 알고, 사람들을 행복하게 하는 것을 내가 좋아하기 때문이다.

하지만… 더 중요한 것에서부터 벗어나게 하는 무언가에 '예'라고 말하는 것은 누구에게 어떤 호의도 베풀지 않는 것이라고 배웠다. 그들이 그래서는 안 된다. 나도 그렇다.

많은 요청, 제안 그리고 초대가 당신에게도 올 것이라고 확신한다. 그들 중 일부는 당신이 진정으로 하고 싶은 일을 위한 것이다. 하지만 그날 당신에게 하루 24시간 이상이 있다면…

현실은 이렇다. 당신이 만약 다른 사람들이 귀중하다고 느끼게 하고 팀 플레이어가 되길 원하는 사람이라면, 당신은 '아니오'라고 말하는 것을 힘들어할 것이다. 그리고, 종종 당신은 그럴 시간이 없는데도 '매우 좋은 일들'에 지나치게 헌신하게 될 것이다.

현실을 직시해보자. 우리가 질문받는 순간에, '아니오'보다 '예'라고 말하는 것이 더 쉽다. 그러나 사람들을 행복하게 하고 실망하지 않게하기 위한 것 같이, 잘못된 이유로 '예'라고 말할 때, 궁극적으로는 스스로 실망하는 결말을 맞는다. 그렇지 않았다면 장기적으로 더 깊은 의미의 성취와 평안을 가져다주는 일에 사용했을 수도 있는 시간을 자신에게서 박탈했기 때문이다. '예'라고 말하면, 단기적으로는 상대방의 얼굴에 나타난 실망한 표정을 보거나, 혹은 그들이 당신의 이메일을 읽거나, 음성 메일을 듣는 경우를 상상할 때 발생하는 불편함을 해소할 수는 있다. 하지만 그것이 궁극적으로 너무 무리하거나, 당신이 약속한 사람이나 또는 당신 자신을 매우 화나게 만든다면, 당신은 용기를 끌어내어 좋은 일에 대해서라도 '아니오'라고 말할 필요가 있다. 그래서 커다란 일에 대해서 '예'라고 말할 수 있도록, 여유를 만들어야 한다.

그건 그렇고… 당신은 훌륭한 사람이다. 일찍 잠자리에 드는 것도 훌륭하다. 매일 모든 순간에 일정을 갖지 않는 것도 훌륭하다…. 그냥 생각만 하기에는 일정이 없는 시간은 너무도 훌륭하다.

당신의 성취를 자부심 있게 말하고
당신의 가치를 주목받게 하라

낙농 농장에서 여섯 형제자매와 함께 자라면서 어려서부터 겸손은 미덕이라고 주입되었다. 그리고 자랑은 글쎄… 별로 그렇지 않았다. 뼛속까지 겸손한 우리 부모님은 우리에게 이렇게 말씀하셨다. 열심히 일하고 좋은 일을 하면, 우리의 노력을 인정받고 그에 따른 보답도 있다.

대부분, 훌륭한 조언이었다. 그러나 오늘날과 같은 경쟁사회에서 직장에서 앞서 나아가려고 한다면 열심히 일하는 것만으로는 충분하지 않다. 그렇게 할 경우, 당신의 기회를 잡아채려는 당신 주변의 나팔 부는 사람들에 의해 자신이 뒤처져 있다는것을 발견하게 될지도 모른다.

연구에 따르면, 자기 자신을 홍보하는 데 편안함을 느끼는 사람들은 면접을 통해 취업에 성공할 뿐만 아니라, 조직 내부와 외부에서 더 강력한 네트워크를 계속해서 구축하고, 업무와 경력 전반에 걸쳐서 보다 성공적이라고 한다. 그렇다고 겸손이 더는 미덕이 아니라는 말은 아니다. 그러나 거짓 겸손은 당신을 뒤처지게 만들 수 있다. 사실 궁핍하고 불안정한 자아를 쓰다듬기 위해 경적을 울리는 것과(결국 자랑꾼이 자랑하는 이유이다) 당신이 누구인가, 당신이 제공할 가치 그리고 당신이 그 가치에 어떻게 더 추가하고 싶은가 등에 관해서, 관련된 사람들을 교육하는 정보를 공유하는 것 사이에는 확연한 차이가 있다.

"무엇을 아느냐가 아니라, 누구를 아느냐가 중요한 것이다."라는 옛 격언은 더 이상 통하지 않는다. 요즘은 "당신이 아는 것을 누가 아는가?"이다. 자기 홍보는 전략적으로 개인 브랜드를 구축하는 것에 관한 것이다. 그래서 당신의 경력에서 더 많은 것을 성취하도록 도와줄 사람이, 당신이 누구인지 뿐 아니라, 기여하고 또 그러길 원하는 가치를 갖고 있음을 확실히 알게 하는 것이다. 자신만만하게 보이는 것이 두려워서, 적절한 사람들에게 적절한 방식으로 그리고 적절한 때에 자신을 홍보하지 못한다면, 누구에게도 도움 되지 않는다.

자기 홍보를 재구성하라. 그것은 전혀 당신의 '자아'가 아니라, 당신이 주어야 하고 더 주고 싶어 하는 가치에 대한 것이다. 당신의 자아가 아닌, '사례'를 공유하라. 직접적으로 언급하지 않고도 메시지를 공유하는 데는 잘 전달된 이야기만큼 강력한 것이 없다. 그러니, 당신의 성취, 능력과 열망을 전달해주는 해온 일의 사례를 열의에 차서 공유하는 만큼 강력한 것도 없다. 우리는 모두 열정적인 사람들에게 끌린다.

당신이 줄 수 있고 또 그러길 원하는 가치에 대해, 다른 사람들이 알게 하는 것은 자랑하거나 자만하는 것이 아니다. 그것은 매우 중대한 일이다. 따라서 자신의 고유한 가치에 당당하며, 겸손하지만 자신 있게 당신 자신에 대해 이야기하라. 그리고 자신에 대한 신념과 앞으로 더 많은 가치를 추가하려는 열정을 전달하라.

자신을 더 많이 지지할 태세를 갖추고, 두려움으로 미래가 제한되지 않게 하라.

당신에게는 성취할 잠재력과 추가할 가치가 있다. 당신을 위해서 문을 열고, 연결하고, 기회를 창출하도록 당신을 돕는 사람이, 당신 자신이 얼마나 재능 있는 인간이고 귀중한 자원인지 확신케 하는 것은 당신의 책임이다! 그러니 거짓 겸손은 그만하면 되었다. 안주하거나 소심한 것도 이제 충분하다. 당신을 더 잘 알면, 혜택을 줄 수 있는 사람들이 있다. 바로 지금 당신이 있는 곳과 아주 가까이 있는 사람일 수도 있다.

대담하게 자기 자신을 옹호하라

로리 가버(Lori Garver)는 미시간의 시골에서 자랐다. 정치학 학위를 받은 후, 그녀는 워싱턴 DC로 향했다. 학위로 무엇을 할 수 있을지 확신이 서지는 않았지만, 공공 서비스 분야에서 경력을 쌓고 싶었다. "차이를 만들고 싶다는 생각이 강하게 들었다"라고 그녀는 말했다. 그녀는 그전까지 워싱턴 DC에 발을 들인 적이 없었다. 단지 취업에 도움을 줄 수 있다고 생각하는 사람의 전화번호만 가지고, 그녀는 거기에 나타났다.

우주비행사 존 글렌(John Glenn)의 대통령 선거 운동에 잠깐 참여한 후, 그녀는 국립 우주연구소(National Space Institute)에서 접수원 겸 비서로 초급 직책을 맡게 되었다. 비효율적으로 일하고 싶지 않아, 자신이 맡은 행정업무의 간소화에 착수하였고 그 결과 새로운 프로그램과 계획을 시작할 수 있는 여분의 시간을 확보했다. 그녀는 또한 과학기술 및 공공 정책 석사학위를 받기 위해 야간 대학에 다시 다녔다. 그녀의 계획과 '할 수 있다는 자세'는 이 사회의 주목을 받았다. 그리고 NSI에서 5년 동안 근무한 후, 27세의 나이에 상무이사 직위에 지원하라는 요청을 받았다. 그녀의 상사였으며 사무실을 같이 쓰던 40대의 남자가 실제로 그 역할에 가까웠지만, 그녀는 똑같이 지원하라는 권유를 받았다. 결국 그녀는 그 직책을 받았다.

그녀가 상무이사로 새로운 직책을 시작하는 날 아침, 그녀의 이전 상사는 그녀의 사무실 의자에 그녀 밑에서는 절대 일하지 않을 것이며, 그녀와 똑같은 급여를 기대한다는 메모를 남겼다. 그녀는 그를 사무실로 불러 그의 해고를 진행했다. 그가 그녀에게 순종적이지 않았기 때문이다. 그리고 그녀 자신이 새로운 업무를 잘 수행하기 위해서는 그것이 유일한 선택이라고 생각했다. 그는 27세의 '어린 여자'가 자신을 해고할 것이라고는 예상하지 못했기에 아연실색했다. 특히 새로운 직책에 근무하는 첫날에는 그렇지 않을 것이기에 더욱 그랬다. 가버(Garver)가 메시지를 보내기 위해 그렇게 한 것이 아니지만, 다른 사람이 부당하게 대우할 수 있는 사람이 아님을 분명히 전달했다. 우리를 대하는 방법을 사람들에게 가르쳐야 한다는 것을 그녀는 알고 있었다. 그리고 그녀가 마땅히 받아야 하는 존경심 외에 다른 대우를 받는 것을 용납하려고 하지 않았다. 그것은 그녀에게 큰 도움이 되는 원칙이었다.

남성이 지배하는 항공 우주 분야에서, 가버는 혼자의 힘으로 선구자가 되었다. 그리고 모성과 경력을 결합하여, 자신의 분야에서 다른 여성들을 위한 새로운 지평을 열었다. 그리고 마침내 가버는 '항공우주의 여성(Women in Aerospace)'이라는 단체의 회장이 되었다. 자신의 입장을 고수하고, 현상에 도전하며, 자신의 능력을 신뢰하려는 그녀의 의지로 인해서, 그녀는 결국 버락 오바마 대통령에 의해 NASA의 부국장으로 임명되었다. 그녀는 이후 항공 조종사협회(Air Line Pilots Association)와 어스라이즈 얼라이언스(Earthrise Alliance, 환경단체)를 이끌게 되었다.

누군가 스스로 더 나은 사람이 될 수 있도록
대담하게 피드백을 제공하라

우리는 모두 비판적인 피드백이 과도하게 개인화되지 않는 게 중요하다는 것을 알고 있다. 하지만, 만약 당신이 '건설적인 피드백'을 받아보았다면, 최고의 의도를 지닌 가장 부드러운 방법이었다고 해도, 말하기는 쉬우나 행하기는 어렵다는 것을 알 것이다. 비판적인 피드백을 듣는 것은 인간의 두 가지 핵심 요구, 즉 배우고 성장해야 할 요구와 우리가 누구로 받아들여져야 하는지의 요구를 심각하게 저해하기 때문이다. 결과적으로, 뭔가 다르게 하라는 부드러운 제안조차도 상처를 줄 수 있다. "개인적으로 받아들이지 말라!"는 격려는 충격을 완화하는 데 거의 도움 되지 않는다.

그러나 당신의 정신을 영구적으로 위축시키지 않으면서, 가치를 끌어내는 비판적인 피드백 처리법을 배울 필요가 있다. 그처럼, 다른 사람들이 배우고 성장하는 데 도움이 되는 피드백을 제공하는 용기를 갖는 것도 중요하다. 그들에게 좋다. 당신에게 좋다. 그리고 당신이 팀이나 비즈니스에 있다면, 거기에도 좋다. 실제로 연구에 따르면, 직원에게 정기적으로 피드백을 제공하는 조직은 이직률이 14.9% 낮고 더 경쟁력이 있었다.

그러나 직시해야 한다. 누군가의 감정을 상하게 하거나 형편없이 반응하는 사람에 대한 두려움 때문에, 우리는 자주 피드백을 공유하지 못한다. 그 전에, 피드백이 주는 장점을 위해서, 당신의 취약성이 바로 그 경우라는 게 왜 중요한지 당신이 명확하게 이해할 필요가 있다.

피드백은 반발을 일으켜서는 안 되며, 그것을 받을 사람에게 최선의 의도와 함께 사려 깊게 제공되어야 한다. 따라서 피드백을 제공하기 위해 입을 열기 전에, 그것을 제공하는 이유 또 그렇게 하는 방법이, 피드백을 제공받는 사람에게 진정으로 도움이 된다는 것을 명확히 정리하는 시간을 가져라.

마찬가지로, 두려움 혹은 불안, 방어, 걱정, 분노, 질투, 자존심과 같은 두려움과 관련된 감정을 초래하는 비판이 있다면, 잘 된다는 보장이 없으며 방어할 가능성만 증폭된다. 물론, 당신은 걱정하는 것을 털어놓으며, 당신의 좌절감을 분출하고, 누군가를 제자리로 되돌릴 수는 있다. 그렇다고 신뢰가 금이 가더라도?

당신이 어디에서 어떻게 시작할지 확실치 않다면, 여기에, '한 번에 끝내도록' 당신을 돕는 간단한 ACED 4단계 해결책이 있다.

허락을 구하라. Ask for permission.
"도움이 된다고 생각하는 몇 가지 피드백을 당신과 공유해도 될까요?" 이 간단한 질문은 도움을 주려는 당신을 판단하도록 당신의 말을 재구성할 수 있다.

현재의 행동. Current behaviour.
피드백을 주고 싶어 하는 현재의 행동을 구체적으로 설명하라.
당신이 언급하는 최근 상황의 장소와 시점을 정의하여 맥락을 제공하라.
미적거리지 말아야 한다. 명확하고 간결하게, 최근의 예를 들어 말하려는 내용을 설명한다. 예를 들어, '오늘 아침 회의 중에, 설명회를 했을 때…'

행동의 영향. Effect of behaviour
사람들은 대부분 자신이 다른 사람들에게 어떻게 '보이는지' 알지 못한다.

당신이 다른 사람들에게 갑작스럽거나, 초점이 맞지 않거나, 까다롭거나, 무질서하다는 말을 들으면 자신감에 상처를 주는 것처럼 느껴질 수 있다.

누군가의 행동이 당신과 다른 사람들에게 미치는 영향과, 그것이 그들의 미래에서 어떻게 성공을 제한할 수 있는지 공유하면서 부드럽게 진행하라.

당신의 피드백을 듣고 그에 따라 행동하는 것이 가장 좋은 이유에 관해 그들을 확실히 이해시켜라. 그들의 행동이 실제로 자신에게 어떤 해를 입히는지 알지 못하면, 그들이 행동을 바꾸도록 동기를 부여하기는 어려울 것이다.

원하는 행동. Desired behaviour

마지막으로, 더 목격하고 싶은 행동을 언급하라. 더 구체적일수록 더 좋다!

예를 들면 "당신이 회의에서 내 말을 자를 때(맥락 및 현재 행동), 나는 손상당한 느낌입니다(당신에게 미치는 영향). 나는 또한 그것이 다른 사람들에게도 거슬리게 느껴집니다(다른 사람들에게 미치는 영향). 앞으로는 제가 말을 마친 후에 당신의 의견을 공유해주시면(원하는 행동) 감사하겠습니다."

사람들은 여러분이 말하는 것을 항상 좋아하지 않을 수 있다. 그들은 당신에게 동의하지 않을지도 모른다. 그러나 당신의 마음 속에 있는 것과 그들의 행동이, 당신, 다른 사람, 그리고 그들 자신 의 미래에 어떤 영향을 미치는지에 대해서 들을 기회를 그들에게 주지 않는다면, 당신은 모두에게 심각하게 피해를 주는 것이다. 행 동 과학자인 윌리엄 슈츠(William Schutz) 박사의 말을 인용한다. "사업에 종사하는 사람들이 진실을 말하면, 그들이 안고 있는 문 제의 80~90%가 사라질 것이다.

대담하게 사람들에게 책임을 지게 하라

아마도 당신은 누군가가 자신이 말한 대로 하지 않거나, 너무 늦 게 했거나, 또는 당신 자신이 해야만 하는 상황에 놓였던 적이 있 을 것이다.

물론, 급한 마감일에 직면했을 때, 때로는 스스로 하는 것 외에 는 선택의 여지가 거의 없기도 하다.

하지만, 다른 사람이 하는 일이 만족스럽지 못해서, 끊임없이 다 시 작업하거나 개선해야 한다고 사람들이 불평하는 것을 몇 번이 나 반복해서 들었다.

관계자와 문제를 해결했냐고 물으면, 그들은 자주 아니라고 대 답한다. 그들은 문제를 제기하는 이유를 찾지 못한다고 고백한다. 대부분의 경우, 그들은 그러한 대화가 동반하는 불편함을 겪게 되는 것을 원하지 않았을 뿐이었다. 그냥 혼자 하는 것이, 더 쉽고 번거롭지도 않았다. 그러나 거의 모든 경우에, 사람들이 누군가에게 책임을 지우지 않는 이유는 화나게 할까 봐 두려워하기 때문이다. 그냥 무시하는 게 더 쉽다. 쉬운 건 좋지만 용기를 내는 건 그렇지 않다.

당신의 말을 지키고, 다른 사람들에게도 그들의 말에 책임을 지워라. 형편없는 직원을 용인하는 상사를 지켜보는 것보다 더 빨리 훌륭한 직원의 사기를 꺾는 일은 없다. 사람들이 핵심 가치의 명예를 손상하고 진실성 없는 방식으로 행동하게 내버려두면, 그것은 당신 자신을 훼손하고 모든 사람을 무너뜨린다.

당신이 용인하는 대로 얻는 것은 인생의 경험칙이다. 비천한 행동을 용인하면, 당신은 비참한 꼴을 당하게 된다. 사람들에게 당신을 대하는 방법을 가르치고, 약속이 존중받기를 기대하는 사람이라는 것을 가르쳐라. 그것은 당신 또는 당신이 속한 집단이 할 수 있는 일에 큰 영향을 미친다.

과감하게 더 적게 쓰고 더 많이 말하라

물론, 용감하게 대처할 필요가 있는 대화만이 중요한 것은 아니다. 당신이 어떻게 대화를 하는가 또한 중요하다. 이메일을 보내거나, 전화기를 들거나… 화상 통화를 설정해야 할까?

실험심리학저널(Journal of Experimental Psychology)에 발표된 연구에 따르면, 사람들이 대면 대화의 어색함을 두려워하여, 종종 문자 기반 의사소통을 선택하는 오류를 범한다. 반면에, 용기를 내서 구두로 의사소통하는 사람은 훨씬 더 나은 결과를 얻는다. 연구원들은 구두로 하는 상호작용이 더 강한 사회적 유대를 형성한다는 것을 알아냈다. 하지만, 그것이 이메일을 보내거나 실시간 메시지를 주고받는 것처럼 그다지 어색하지 않았다. 이게 결정타다! 연구자들은 사람들 대부분이 서면 의사소통과 비교해서, 구두 의사소통이 인간관계에 긍정적 영향을 미친다는 사실을 과소평가하고 있다는 것도 알아냈다.

따라서 용기있는 대화를 미루거나 글로 남기고 싶다면, 잠시 시간을 내어 대화 상대의 입장이 되어 보라. 우리가 기기를 사용하는 데 너무 많은 시간을 소비하는 시대에, 진정한 인간 대 인간의 구두 대화는 - 누군가의 목소리 톤을 듣고 그들의 보디랭귀지를 볼 수 있는 - 기하급수적으로 더 나은 결과를 낳고, 대인 관계에서 담력을 기르고, 훨씬 더 강한 유대를 형성할 수 있다. 서면으로 된 의사소통의 잠재적 함정을 피하는 것은 덤이다. 음성 억양, 미묘한 뉘앙스, 표정과 보디랭귀지로 전달할 수 있는 감정을 특성화하기 위해 이모티콘을 사용하더라도, 사람들이 당신이 의미하는 바를 쉽게 곡해하기 때문에 잘못된 의사소통의 위험이 발생한다.

그리고 문제가 더 민감할수록, 사람들은 글로 쓴 말을 부정적으로 해석하는 경향이 더 커진다.

진정한 인간관계를 구축하는 데 있어, 양은 질에 필적하지 못한다. 그 어느 때보다 더 많이 연결됐는데도 불구하고, 많은 사람이 이렇게 외로웠던 적은 없다. 그리고 가장 많이 외로움을 느낀다고 보고된 사람들은 가장 예상치 않았던 사람들이다. 35세 미만의 가장 왕성한 소셜 네트워크 사용자이다.

기술은 거리를 유지하면서도 더 쉽게 접촉하게 만든다. 결과는? 많은 사람이 점점 멀어지고, 결코 감성이 움직이지 않는다는 느낌을 받는다. 또는 충분하지 않을 정도로 감성이 무디다. 오늘날과 같이 과도하게 연결된 세상에서, 우리 인간들은 그 어느 때보다 정서적 친밀감을 갈망한다. 그러나 진정한 친밀감은 취약성을 요구하며, 그리고 취약성은 우리가 온라인에서 쉽게 숨길 수 있는 디지털 방식으로 준비한 가면을 내려놓고, 우리 삶의 순수한 진실을 드러낼 것을 요구한다.

그러니 더 많이 담대하게 말하고, 문자는 더 적게 하라… 그리고 화면 뒤에 숨고, 의미있는 의사소통의 취약성을 피하고 싶은 유혹에 굴복하지 말아라. 아무리 빨리 문자를 찍어도, 간단하게 말하는 것의 가치를 대체할 수 없다.

전화, 영상 또는 직접 대면을 통한 실제 대화에 추가 시간을 할애하여, 당신은 '손상통제(damage control)'에 쓰는 시간을 절약하고 감정 혼란을 줄일 수 있다. 그렇게 하는 것이 당신에게 관심을 전달하고, 당신의 관련 계좌에 많은 신뢰를 예치하는 것이다. 따라서 행동상의 문제를 다루든, 스스로 사과를 하든, 단순히 결과에 영향을 미치려고 하든, 말하는 것뿐 아니라 의사소통 방법에서도, 어떻게 하면 더 용감할 수 있는지 생각하라.

이메일은 거래를 위한 의사소통에 효율적인 도구이지만, 그것은 감정이 고조될 수 있는 혁신적인 의사소통에서는 완전히 역효과가 나지는 않더라도 매우 무뚝뚝한 것일 수 있다. 하버드 비즈니스 리뷰(Harvard Business Review)의 연구에 따르면, 팀이 더 많은 사회활동을 하고 이메일은 운영상의 문제로만 제한했을 때, 팀 성과가 50% 향상되었다고 밝혀졌다.

용기 있는 대화를 피하면서 치르는 대가는 항상 그 불편함을 초과한다. 그러니, 잘못될 수도 있다는 두려움 때문에, 상황을 바로잡기 위한 목소리를 내지 못하면 안 된다.

진심으로 하고 싶은 말이 있다면, 누군가는 들을 필요가 있다는 뜻이다. '부드러운 앞모습, 강인한 뒷모습'이라는 불교의 원리를 채택해 당신의 진실을 굳게 지켜라… 친절을 솔직과 용기에 결합하면서.

용감하게 말하라.

5

배우고, 잊고, 그리고 다시 배워라

당신을 여기까지 오게 한 생각이, 거기에 가게 하지는 못한다

살아남은 종은 가장 강하지도 않고, 가장 똑똑하지도 않다.
그것은 변화에 가장 잘 적응하는 종이다.

-찰스 다윈(Charles Darwin)-

1946년, 20세기폭스의 수장인 대릴 자눅(Darryl F Zanuck)은 말했다. "텔레비전은 처음 6개월이 지난 후에는 공략한 어떤 시장도 붙잡지 못할 것이다. 사람들은 곧 매일 밤 합판 상자를 쳐다보는 것에 질리게 될 것이다." 60년 후인 2007년에 아이폰이 출시되었을 때, 마이크로소프트 CEO인 스티브 발머(Steve Ballmer)는 휴대폰 시장에서 한 푼도 벌지 못할 것이라고 예상했다. "아이폰이 상당한 시장 점유율을 차지할 가능성은 없다." 그는 자신 있게 예측했다. "기회는 없다."

당시이 존경받는 비즈니스 리더였던 이 사람들이 얼마나 틀렸

는지 쉽게 비웃을 수 있다. 그러나, 2000년대 후반에 애플에 투자하지 않았다면, 당신의 생각 또한 약간은 이해가 부족한 것이다. 그리고 스티브 잡스의 새로운 '스마트 폰' 기술이 우리 삶을 얼마나 포괄적으로 혁신할지 상상할 수도 없었을 것이다. 애플의 주식이 그 과정에서 얼마나 가치가 상승했는지!

자눅과 발머는 그들 이전의 많은 명석한 두뇌들이 해왔던 일을 했으며, 여러분도 지금 하고 있을지도 모른다. 더 이상 진실이 아닌(또는 아마도 한 번도 그런 적이 없었던) 가정들로 구성된 심상지도를 운영하면서.

눈을 가린 채
미래로 나아가지 마라

오늘날처럼 속도가 빠른 일터와 세상에서 성공하기 위해서는 당신 자신이 최선이라고 생각하는 것을 끊임없이 그리고 신중하게 의심해야 한다. 또, 당신 주변의 변화와 그러한 변화가 – 거의 감지할 수 없는 변화를 포함해 - 지금부터 5년 또는 25년 후에 세상을 어떻게 재구성할지, 열린 마음을 지녀야 한다. 당신 주변의 변화에 더 주의를 기울일수록, 내일의 도전에 더 빨리 적응하고, 변화에 항상 수반하는(종종 가려져서 명확하게 보지는 못하지만) 기회를 포착할 수 있다.

우리 아이들은 틱톡, 인스타그램 이전의 네안데르탈 시대에 내가 사회생활을 어떻게 영위했는지 이해하기 위해 항상 고심했다. 아이들의 '디지털로 연결된' 두뇌들은 어떻게 디지털 장치 없이 작업을 수행한 사람이 있었는지 애써 상상하기 위해 머뭇거린다.

"우리는 연기로 신호를 보냈어." 나는 그들에게 잔소리한다.

아이들이 디지털 세계에서 지구 반대편에 있는 친구들과 영상 채팅을 하듯이, 그것 또한 우리가 소통하는 방식일 수 있다. 아이들이 아직 이해하지 못하는 것은 이것이다. 그들이 부모가 되었을 때, 그들이 오늘날 사용하는 기술이 얼마 전까지만 해도 내가 의존했던 다이얼 유선 전화만큼 구식이라고, 그들의 자녀들이 생각할 것이라는 사실이다.

성인교육 전문가들은 고등교육 학생들이 배우고 있는 것의 40%가 10년 후에는 쓸모없게 될 것이며, 그들은 아직 나타나지도 않은 직업군에서 일하게 될 것이라고 추정한다. 정말로, 오늘날 상위 10위 안의 수요가 많은 일자리는 10년 전에는 존재하지도 않았다. 우리가 변화하는 세상에 살고 있다고 말하는 것은 그 속도와 광대한 범위를 절제하며 표현하는 것이다.

물론, 세상을 변화시키는 것은 기술만이 아니다. 지속적인 기술 혁신과 함께 코로나19 팬데믹 상황에서 빠르게 진행되었던 가상 세계에 종사하는 인력뿐 아니라, 인구 통계 및 수명의 중대한 변화를 고려해보라. 그러면 지금부터 20년 후의 세상과 인력이 어떤 모습일지는 상상하기 어렵다. 안주하거나 변화에 저항해서는 아무것도 할 수 없다. 뉴욕타임즈의 칼럼니스트인 토마스 프리드면(Thomas Friedman)은 썼다. "가만히 있는 행위는 치명적이다."

누구든지 어디에서나 일할 수 있게 되면, 모든 곳에서 일의 본질이 바뀐다. 기존의 경계가 사라지고, 글로벌 인재 풀이 더욱 숙련되고 유동적인 것이 된다. 그리고 선진국 사람들에게는 단순히 경쟁력을 유지하기 위해 더 빨리 적응해야 하는 도전과제가 제시된다.

그에 대한 두 가지 방법은 없다. 변화에 적응하는 당신의 능력이, 지금부터 단 5년 뒤 당신이 자리한 곳에서 중대한 차이를 만들 것이다.

어쩔 수 없이 해야 하기 전에 먼저 변화하라

호주 빅토리아 시골의 작은 낙농 농장에서 성장한 내 인생의 처음 18년은 상대적으로 거의 변화가 없었다. 그것은 그 이후로도 같았다. 비록 초조하게 걱정하는 순간도 있었지만, 그것의 일부를 열심히 추구했다. 어색하지만 공개적으로, 그것의 일부를 통해서 여행했다. 압도되고 분개하면서, 그것의 일부와 고군분투 했다. 그 모든 것으로부터 나는 성장했다. 같은 침대에서 며칠도 지내지 못한 채 1년 동안 배낭여행으로 전 세계를 다니거나, 5년 동안 3개국 7개의 집에서 4명의 자녀를 낳거나, 혹은 그런 모든 이동과 육아를 병행하면서 새로운 경력을 시작할 때, 변화는 늘 나에게 친밀하고 익숙했다.

말할 필요도 없이, 적응과 관련하여 – 배우고 잊어버리고 다시 배우는 것 – 시행착오를 통해 많은 것을 배웠다. 남편과 내가 서로를 지지하면서 각자의 소명을 추구하고, 아이들이 그들의 것을 탐구하고 추구하기 위해서 세상 속으로 모험을 떠났을 때, 더 많은 배움이 기다리고 있다는 것을 나는 확신한다.

불확실성을 규범으로 간주하라

우리의 두뇌는 일정한 형태를 찾기 때문에, 우리는 모두 확실성과 예측 가능성을 원한다. 그러나, 삶은 있는 그대로이기 때문에, 삶은 결코 있는 그대로 머무르지 않는다. 계획의 변화하는 형태든지 또는 마음의 변화든지, 변화는 불안하고 불편할 수 있다. 왜냐하면 당신은 직장을 떠나고, 새로운 일로 옮겨가고, 더 큰 직책을 맡고, 또는 새로운 경력을 쌓는 것으로의 전환을 선택했기 때문이다. 그렇다고 그것이 기본적으로 쉬운 일이라는 것을 의미하지는 않는다.

현재의 자신으로 머물러 있으면서, 당신이 원하는 사람이 될 수는 없다. 변화가 지닌 숨겨진 기회들을 찾거나, 개입적으로 그리고 집단으로 최고의 선을 위한 촉매로 그것들을 사용할 수 있는 것은 변화에 내재한 불편함을 편안하게 느끼는 것에 의해서만 그렇다.

당신이 변화를 주도하며 탐색하고 관리하는 데 능숙할수록, 현재와 미래의 직장에서 더 성공할 것이다. 사회 심리학자 다니엘 스퍼크(Daniel Spurk)는 직장에서의 적응력에 관한 연구에서, 적응력 있는 직원은 그렇지 않은 사람들을 훨씬 더 뛰어넘는다고 발표했다. 변화에 대한 경직성과 저항의 비용은 날이 갈수록 더 가파르다. 사회학자 벤자민 바버(Benjamin Barber)는 썼다. "나는 세상을 약자와 강자로, 또는 성공한 자와 실패한 자로 나누지 않는다… 나는 세상을 학습자와 비학습자로 나눈다."

변화는 조금도 편안하지 않다
심지어 더 나은 것으로의 변화도

사람들이 '좋았던 시절'을 언급하는 것을 얼마나 자주 들었는가? 인생이 지금보다 10년이나 30년 전이 더 좋았다는 것이 아니다. 오히려 과거에 대해 가지고 있는 애정과, 새롭고, 검증되지 않았으며, 낯설고, 예측할 수 없는 것에 대한 우리의 타고난 혐오감을 반영한다. 지나간 날로 마음을 되돌리면, 선택적 회상에 의해서 '좋았던 시절'에 느꼈던 불안과 스트레스는 걸러지고, 대신에 더 행복한 날에 집중된다. 역설적으로는 언젠가는 '좋았던 시절'로 오늘을 돌아보게 될 것이다. 왜 기다릴까?

때로는 변화가 무척이나 어려울 수 있지만, 우리가 항상 그것을 두려워하지는 않는다. 내가 아는 사람들은 대부분 다양성을 즐긴다. 많은 사람이 적극적으로 그것을 모색한다. 가장 소심하고 변화를 꺼리는 사람들조차도 그것과 비슷한 것을 즐긴다. 우리는 다른 옷을 입고 옷장을 뒤섞는다. 매일 검은색 양복과 흰색 셔츠를 입고 출근하는 남성들도 여전히 타이를 갈아 맨다. 그 형태가 지겹다는 단순한 이유로 나는 거실의 가구를 재배치한다. "변화는 휴가만큼이나 좋다."는 말도 있다. 그리고 변화에는 비용이 적게 드는 경우도 많다.

많은 사람이 개인적인 삶에서는 다양성을 즐기면서도, 직장에서의 변화에 대해서는 어려움을 겪는 이유는 대체로 '통제'에 있다. 우리는 자신이 처한 상황을 어느 정도 통제할 수 있다고 느끼고 싶어 한다. 하지만 직장에서는 결코 느끼지 못한다. 변수에 대한 통제력 부족과 앞에 놓인 것에 대한 불확실성이 우리를 압도하여, 두려움과 불안을 유발할 수 있다.

우리는 예측할 수 있는 미래를 기반으로 계획을 세우고 싶어 한다. 지형이 낯설거나 자신감을 갖고 미리 계획하지 못하게 되면,

걱정스럽고 불안해진다. 불확실성이 삶의 일부이고 변화가 좋은 이유를 지적으로 이해하는 것은 종종 우리의 불안을 완화하는 데 거의 도움 되지 않는다. 감정은 언제나 논리를 능가한다. 불확실성과 변화의 불편함을 수용하면서 감정을 맞닥뜨리지 않는 한, 감정은 잔류한 저항과 경직성을 계속 촉발할 것이다.

두려움은 어떻게 변화에 저항하게 하는가?

두려움은 다양한 형태와 크기로 나타난다. '지금이 완벽한 시기가 아닌' 이유에 대해서, 그것은 자주 변명, 미루기, 합리화와 치밀한 정당화로 그 자체를 속인다.

잠시 시간을 내어 떠올려 보자. 어디에서 두려움이 무의식적으로 당신을 꼼짝하지 못하게 만들고, 앞으로 올 변화나 이미 당신에게 오고 있는 변화를 받아들이지 못하게 막는가?

☐ 미지의 것에 대한 두려움 – 미래에 일어날 어떤 일을 나는 두려워하는가?

☐ 실패에 대한 두려움 – 성공하기엔 부족하거나 망치거나 편승하는 사람이 될까 봐, 내가 두려워하는 곳은 어디인가?

☐ 성공에 대한 두려움 – 원하는 것을 달성했을 때, 무엇이 바뀔까 봐 내가 두려워하는가? 어떤 추가적인 도전과제가 성공에 뒤따라올까 봐 내가 두려워하는가?

☐ 상실에 대한 두려움 – 무엇을 잃거나 놓치는 것이 두려운가?

일회성 이벤트가 아닌
평생의 여정으로 배움을 재구성하라

우리는 모두 배우고자 하는 내적 욕망을 가지고 태어난다. 아기들은 매일 자신의 기술을 늘리고 성장시킨다. 평범한 기술뿐만 아니라 가능한 한 가장 복잡한 작업까지. 걷기와 말하기의 학습! 물론, 아기들의 영리한 두뇌는 배움을 위해 구성되어 있지만, 아기의 자아는 아직 발달하거나 결정되어 있지 않다. 그래서 숙달에 도달하는 데 필요한 실수가 노력과 비교해서 너무 당혹스럽게 느껴진다. 그들은 걷고, 넘어지고, 일어난다. 아기들은 그저 앞으로 뒤뚱뒤뚱 걷고, 머리를 부딪치고, 울고, 다시 앞으로 뒤뚱뒤뚱 걷는다. 마찬가지로, 두세 살 정도의 어린아이가 부모의 아이폰을 빠르고 정확하게 작동하여, 당신이 마치 1천 년 전에 태어난 디지털 이민자처럼 느껴지는 걸 경험한 적이 있을 것이다. 그들은 해결될 때까지 어설프게 만지작거리기만 한다.

자부심에서 자유롭고, 공적인 인격을 보존할 필요가 없는 어린이에게, 배우는 과정은 피하거나 서둘러야 할 것이 아니다. 오히려 원하는 숙달의 단계에 도달할 때까지 계속 나아가는 여정이다.

우리 가운데 많은 사람이, 그 과정의 어딘가에서 배움에 대한 사랑을 잃는다. 시험 점수에 중점을 둔 학교 성적에 대한 압박 때문에, 학습 과정 자체에서 즐거움을 빼앗길 수도 있다. 이유가 무엇이든, 일단 필요한 기본을 알고 나면, 많은 사람이 자신이 알고 있는 것을 고수한다. 그리고 자신이 혼란을 겪으며, 새로운 것을 배워야 하는 상황이나 도전과제를 피하는 경향이 있다. 그래서 그들은 자신을 위해 안전하고, 안심되며, 편안한(그리고 제한적인) 세상을 만든다. 그 안에서, 사람, 사건, 일반 환경 등 그들 주변에서 진행되는 변화를, 현재의 '심상'에 맞추어서 형성하기 위해 그들은 최선을 다한다. 그들이 변화에 열려 있다고 할 수 있지만, 실제로는 변화를 피하도록 최선을 다하는 것이다.

한동안, 그 전략은 꽤 잘 작동할 수 있다. 그리고 작동하지 않는 전략으로, 그들은 완전히 새로운 심상이 당연하게 필요한 미래에 적응하도록 대비한다.

오늘날 세상에서 성공은 똑똑하거나 높은 점수를 받는 것이 아니라, 알고 있다고 생각하는 것을 얼마나 빨리 잊어버리고, 알아야 할 것을 얼마나 빨리 다시 배울 수 있는가와 연관된다. 학습의 신속성이 중요한 관건이다. 잊어버리고 다시 배우는 지속적인 순환과정에 당신이 참여하지 않는다면, 꾸준히 행진해 나아가는 세상에서 당신의 자리를 잃을 위험이 있다.

인생은 결코 가르침을 중단하지 않는다
그러므로 절대로 배움을 중단해서는 안 된다

당신의 스마트 폰은 달에 사람을 착륙시킨 임무 전체를 제어하는 것보다 더 많은 계산능력을 보유하고 있다. 당신의 손가락 끝으로, 알렉산드리아 대도서관 전체나 100년 전의 세상 모든 책보다 더 많은 지식에 접근할 수 있다. 당신은 이용 가능한 모든 지식을 배우기 위해 평생을 보낼 수도 있다. 하지만 겨우 겉핥기만 하게 된다.

그러나 직시해보자. 지식이 가치를 높이는 쪽으로 세상에서 의미 있게 적용되지 않는다면, 지식 그 자체만으로는 가치가 거의 없다.

오늘날 앞서 나가기 위해서는 평생 학습이 필요하며, 여기에는 오래된 규칙을 버리고 새로운 규칙을 다시 배우는 것이 포함된다. 그렇게 하기 위해서는 일이 어떻게 진행될까를 가정하는 생각의 용광로를 비우고, 이미 알고 있는 것을 '잊고', 그리고 당신의 직업, 산업, 경력 그리고 인생과 진정으로 관련이 있는 것은 무엇이든 '다시 배울' 공간을 마련해야 한다.

학습의 신속성이 중요한 관건이다. 그리고 규칙이 빠르게 변하는 삶의 게임에서는 기존의 규칙을 버리고 새로운 규칙을 배우는 데는 민첩한 당신의 능력이 점점 더 중요해진다. 학습의 신속성은 변화하는 능력을 발휘케 하는 열쇠이다. 또 불확실하고, 예측할 수 없으며, 끊임없이 진화하는 환경에서, 개인적으로 그리고 직업적으로도 성공에 도달하는 열쇠이다. 당신은 직장, 비즈니스 및 경력에서, 심지어 앞으로 12개월의 과정에서도, 무수히 많은 것을 잊어야 할지도 모른다.

당신의 팀과 어떻게 협업했는지 잊어라.
당신이 사용하는 처리방식과 시스템을 잊어라.
당신이 사용하는 기술이나 사용 방법을 잊어라.
당신의 브랜드와 가치를 어떻게 전달했는지 잊어라.
표적시장과 그들이 무엇을 원하는지 그리고 어떻게 구매하는지를 잊어라.

배운 것을 잊는 것(unlearning)은 획득하는 것이 아니다. 놓아주는 것, 무언가에서 멀어지는 것에 대한 것이다. 인도의 철학자 지두 크리슈나무르티(Jiddu Krishnamurti)는 '진리는 길이 없는 땅'이라고 믿었다. 그리고 일생의 대부분을, 조건화된 반응으로부터 그의 추종자들을 자유롭게 만들기 위해 바쳤다. 마찬가지로, 잊는 과정은 우리가 알고 있다고 생각하는 것으로부터의 해방이나 자유에 관한 것이다. 새로운 색상을 칠하기 전에, 오래된 페인트를 벽에서 긁어내는 것과도 조금 비슷하다. 오래된 페인트를 도로 벗겨내지 않는 경우, 새로운 페인트층이 붙지 못한다. 오래된 페인트를 벗기는 것처럼, 신선한 배움의 층이 획득되고 붙도록, 잊는 것이 기반을 다진다. 그러나 어떤 페인트공이라도 말하듯이, 페인트를 벗기는 일이 작업의 70%이며, 다시 칠하는 것은 30%에 불과하다.

배우고, 잊고, 다시 배우는 것의 열쇠는 선생에게 있는 것이 아니다. 그것은 학생인 당신에게 있다. 시간이 흘러 쓸모없게 된 지식을 내버리며(아무리 열심히 공부하거나 일하면서 습득했다고 하더라도) 도전받는 것에 개방되어야 한다. 마찬가지로, 이 책에는 사실로 보이는 아이디어와 가슴에서 공명하는 개념이 있을 것이다. 또한 그렇지 않은(적어도 아직은 아닌) 것들도 약간 있겠다. 그래도 좋다. 여기나 다른 곳에서 읽은 모든 것에 동의할 필요도 없고, 하물며 간직할 필요는 더욱 없다. 당신은 또한 그래서는 안된다. 당신이 얻는 것은 그것이 무엇이든 정확히 지금 당장 당신이 위치한 곳에서 필요한 것이다.

당신의 답에 질문하라

잠시 시간을 내어 이 문장을 만든 사람들이 세상을 바라보는 렌즈를 상상해 보라.

"분별력 있고 책임감 있는 여성들은 투표하기를 원하지 않는다."
그로버 클리블랜드(Glover Cleveland), 미국 대통령, 1905년

"인간이 원자의 힘을 활용할 가능성은 전혀 없다."
로버트 밀리칸(Robert Millikan), 노벨상 수상자(물리학), 1923년

"인터넷은 곧 장엄하게 초신성으로 갈 것이며,
1996년에 파국적으로 무너질 것이다."
로버트 멧칼프(Robert Metcalfe), 이더넷의 발명가, 1995년

말할 필요도 없이, 시간은 이 사람들이 모두 틀렸다는 것을 증명했다. 그러나 당신이 이 사람들과 같은 시대에 살았거나, 심지어 같은 분야의 전문가였다면, 당신도 비슷한 렌즈로 세상을 보고 그들에게 동의했을 것이다. 많은 사람이 그랬다. 그들의 말은 아무튼 당대의 가장 뛰어난 지성들이 합의한 의견이었다. 그들의 지성은 당신보다는 덜 뛰어날 수도 있고, 나보다는 더 뛰어날지도 모른다. 그러나 이제 우리는 안다. 그들이 '진리'라고 주장한 것들이 제한적이고 부정확한 정보에 근거한 잘못된 가정들이라는 것을.

캠브릿지 고급 학습자용 사전(Cambridge Advanced Learner's Dictionary)에 따르면, 가정(assumption)이란 '의문이나 증거 없이 당신이 사실로 받아들이는 것'이다. 이 글을 읽으면서도, 당신의 삶에서는 무수히 많은 가정이 이루어지고 있다. 그중 많은 것들이

당신을 도울 것이다. 아마도 그들 중 몇몇은 전혀 그렇지 않을 것이다. 시험하지 않은 가정은 당신에게 제한을 가할 수 있다. 왜냐하면 당신이 어디에서 오는가가, 당신이 어디에서 끝마치는가를 미리 결정하기 때문이다. 즉, 오늘 당신의 선택을 이끌어주는 가정들이, 미래에 당신이 어디에 있을 것인가에 영향을 미칠 것이다. 언젠가는 뒤를 돌아보고, 그중 일부를 더 적극적으로 시험하지 않은 것을 후회할 수 있다. 다음은 내가 흔히 듣게 되는 미래를 제한하는 가정들이다.

'먼저 시장에 출시하는 것이 승리한다.'
아니, 거의 그렇지 않다. 구글은 22번째 검색 엔진이었다.

'다른 사람이 이미 하고 있다면 당신은 할 수 없다.'
다시 말하지만, 사실이 아니다. 다르게 하면 된다.

'나는 너무 어려서…'
멜라니 퍼킨스(Melanie Perkins)가 캔바(Canva)에 대한 아이디어를 생각해 냈을 때 19세였고…그녀는 30세에 억만장자였다.

'나는 너무 늙어서…'
레오 굿윈(Leo Goodwin)은 50세에 현재 게이코(GEIKO)로 알려진 공무원 보험회사를 설립했다. 샌더스(Sanders) 대령은 62세에 켄터키 프라이드치킨의 비밀 요리법을 가맹점사업으로 만들었으며, 가톨릭 수녀인 시스터 마돈나 부더(Sister Madonna Buder)는 48세에 달리기를 시작하여, 2012년에 82세의 나이로 철인경기를 통과한 최고령 여성이 되었다.

'당신은 좋은 엄마가 됨과 동시에 경력을 쌓을 수는 없다.'

마지막 말은 한때 내가 스스로 했던 말이다. 남편과 내가 네 번째 아이를 가질까 숙고했을 때를 기억한다. 세 명의 어린 자녀를 둔 나는 어린 자녀를 양육하는 것이 얼마나 힘든 일인지 알고 있었다. 네 번째 아이를 낳고 싶어도, 그렇게 하는 것과 동시에 코칭 분야에서 새로운 경력을 쌓는 것이 불가능하다는 대화를 언니와 나누었던 것을 회상한다.

"어떻게 해야 양쪽을 다 할 수 있는지 알 수가 없어." 내 기억으로는 그렇게 말했다. 다행스럽게도, 나는 항상 최고의 챔피언으로 나를 지지해 주는 남자와 결혼했고, 삶을 제한하는 요소를 거부할 수 있을 정도로 나를 돌봐주는 멋진 친구들이 있었다. 내 친구 자넷은 말했다. "물론 넌 할 수 있어. 네 명의 자녀가 있고, 자동차 대리점을 운영하는 친구가 있어. 너도 모든 면에서 그녀만큼 유능해." 또 다른 친구는 까다로운 직업에서 일하면서 4명의 자녀도 낳은 그녀의 산부인과 의사에 대해 말했다. 이 여성들에 관한 이야기를 들으면서, 내가 사실이라고 가정했던 것이 그렇지 않다는 것을 깨닫게 되었다. 내가 할 수 없다는 가정을 버려야 할 필요가 있을 뿐만 아니라, 어떻게 할 것인가에 대한 내 생각을 내려놓아야 할 필요가 있었다. 즉, 더 많은 도움을 받고, 온라인으로 쇼핑을 더 많이 하고(그 당시에는 지금보다 덜 일반적이었다), 더 일찍 일어나며('아침형 인간'이 아니라는 이야기는 이제 못한다), 아이들의 생일 선물은 미리 비축하고, 대체로 집을 더 효율적으로 관리하고, '좋은게 좋다'는 것을 받아들이는 것 등.

불가능한 일을 생각했던 〈이상한 나라의 앨리스〉의 여왕처럼, 처음에는 비현실적이면서 불가능해 보이고, 완전히 터무니없는 아이디어에 마음을 더 열도록 훈련하고 싶을 것이다. 100개의 어리석고 불가능한 아이디어가 있지만 그중 하나가 제대로라면, 시간을 잘 보냈다고 생각하라! 아무것도 확실하지 않을 때, 모든 것이 가능해진다. 앨런 알다(Alan Alda)의 말을 인용해보자. "당신의 가정들(assumptions)은 세상을 바라보는 창입니다. 매번 잠시라도 문질러 닦지 않으면, 빛이 들어오지 않을 것입니다."

토마스 에디슨(Thomas Edison)이 구직자를 인터뷰할 때마다, 점심 식사에 데려가서 수프 한 그릇을 주문해 주었다. 그런 다음, 왜 그들이 그 직책에 가장 적합한 후보자인가에 대한 질문을 할 때, 그들이 수프를 맛보기 전에 양념을 쳤는가에 주의를 기울였다. 그들이 그랬다면, 그는 고용하지 않았다. 수프를 맛보기도 전에 양념해야 했다면, 너무 많은 이미 내재한 가정들로 그들이 일상생활을 운영한다고 그는 믿었다. 그래서 성공에 필요하다고 그가 느끼는 수준의 창의성으로, 그들이 일을 처리하도록 훈련하는(또는 '훈련을 잊고' '다시 훈련하기') 데는 시간이 너무 오래 걸릴 것이라고 믿었다.

회로를 병렬로 배선한 다음, 전구에 고저항 필라멘트를 사용하는 등의 실용적인 조명 방법에 대한 에디슨의 발명은 다른 사람에 의해서는 고려된 적이 없었다. 다른 사람들은 그것이 작동하지 않을 것이라고 가정한 것은 아니었다. 그들은 그것에 대해 생각해 본 적도 없었다. 그러나 에디슨은 어떤 가정들도 거부했기 때문에, 그가 하는 어떤 일에도 제약을 받지 않았다. 결과는? 이 글을 읽고 있는 지금도 집마다 전구가 있다.

우리 인간들은 가정하는 기계다. 우리는 매일 가정한다. 그렇게 하는 것이 우리가 매일 효과적으로 기능하게 도와준다. 문제는 우리의 가정이 '진리'라고 스스로 속일 때 발생한다. 당신이 가정을 뒤집을 때, 자신이 진리라고 인식한 것과 반대되는 것을, 설명할 방법을 찾아야만 한다. 당신이 가정하는 것의 반대편이 타당하다는 데는 궁극적으로 동의할 수 없을 수 있다. 그렇다고 하더라도,

당신은 여전히 당신이 사물을 보는 방식을 바꿀 수 있다.

경영 전문가 피터 드러커(Peter Drucker)는 무지의 가치를 인식하는 것을 지지한다. "당신은 자주 무지함으로 문제에 접근해야 한다. 무지란, 과거의 경험을 통해 아는 것을 그렇지 않다고 생각하는 것이다. 당신이 안다고 생각하는 것이 자주 틀리기 때문이다."

독일의 심리학자 에리히 프롬(Erich Fromm)은 이렇게 썼다. "창의력은 확신을 버릴 수 있는 용기를 요구한다." 리더십팀을 교육할 때 그들의 창의적 사고를 일으키기 위해, 가정을 나열하고 나서 뒤집도록 자주 요청하는 이유가 바로 그것 때문이다. 다른 각도에서 무언가에 접근하도록 강요받는 것은 결과적으로 다른 아이디어로 이끄는 수준의 창의적 사고를 생성한다. 이러한 아이디어들은 종종 문제를 해결하고, 비즈니스의 다른 부분에서는 더 혁신적으로 적용된다.

뷰 데자(vu déjà): 오래된 것을 새로운 눈으로 보라

어떤 상황에 있는 자신을 발견하고, 전에 거기에 가지 않았는데 가본 적이 있다고 느끼는 이상한 기시감(déjà vu)을 경험한 적이 있는가? 그것이 그냥 가능한 것은 아니다. 낯선 상황을 바라보고 전에 본 적이 있다고 느끼는 데자 뷰. 그것의 반대는 작가인 조시 링커(Josh Linker)가 만든 영리한 용어인 뷰 데자(vu déjà)이다. 친숙한 상황을 전에 한 번도 본 적이 없는 것처럼 바라보는 것이다.

그러긴 쉽지 않다. 왜냐하면 당신의 두뇌는 당신에게 속임수를 쓰도록 구성되어 있기 때문이다. 어느 신경학자가 말하듯이, 뇌는 환경을 지속적으로 조사하고 기억 은행에 저장된 것과 일치하는 패턴을 찾는 특별한 '패턴 인식' 소프트웨어를 장착하고 있다. 대부분, 당신이 효율적으로 기능할 수 있도록 만들기 때문에, 그것은 좋은 것이다. 더 진행하기 전에 차를 멈춰야 한다는 것을 알기 위해, 정지 신호를 볼 때마다 그걸 읽을 필요는 없다. 따라서 무언가를 볼 때, 첫 번째 본능이 그 패턴이 이전에 본 패턴과 같다는 결론을 내리므로, 이전과 같은 방식으로 반응하게 된다. 문제는 종종 그렇지 않은 경우가 있다는 것이며, 특히 당신이 일하는 환경이 급격하게 변할 때 그렇다.

예를 들어, 과거에 했던 것과 같은 방식으로 고객에게 제품이나 서비스를 판매하려고 하면, 미래에는 당신이 원하는 결과가 만들어지지 못할 수 있다. 일이 여전히 만족스러운 결과를 낳고 있다고 해도, 상황이나 문제를 새로운 눈으로 바라보는 것은 여전히 가치가 있다. 철학자 버트런드 러셀(Bertrand Russell)은 썼다. "오랫동안 당연하게 여겼던 일에 때때로 물음표를 붙이는 것은 건강한 일이다."

1980년대에, NASA는 우주 왕복선의 중추 구조를 형성하는 연료 탱크에서 수천 킬로그램을 삭감하라고, 항공 우주 회사인 록히드 마틴에게 요구했다. 마지막 360kg에서 그 노력은 멈췄다. 최고의 엔지니어 팀은 점점 더 복잡해지는 재료에 관심을 두었다. 반면에, 가장 젊은 현장 작업자 가운데 한 명이, 추가 중량을 덜어내기 위해서 탱크에 페인트를 칠하지 말자고 제안했다. 그의 생각은 너무 단순해서 기각되었다. 다른 해결책을 떠올리는 데 실패한 후, 그들은 그 해결책으로 되돌아왔다. 탱크를 덮는 데 사용될 760리터의 흰색 페인트의 무게가 거의 360㎏ 이상이었다고 판명되었다. 반면에 그 장치의 기능 수명이 다 되어 약 8분 후면 인도양 바닥에 가라앉을 뻔했다. 오래된 가정들에 얽매이지 않고, 새로운 눈으로 문제를 바라보는 힘은 바로 이런 것이다.

틀에서 벗어나 생각하는 가장 좋은 방법은 틀을 벗어던지고 사는 사람의 말을 듣는 것이다. 사람들은 자주 같은 내부 동료들과 중요한 아이디어를 토론한다. 그러나 그렇게 하면 분명한 답변을 놓칠 수 있다. 당신보다 전문 지식이 적고 '내부 지식'이 없는 사람은 다른 사람들이 의문을 품지 않는 가정을 곧장 뛰어넘어 볼 수 있다.

지금 이 글을 읽으면서, 당신이 직면한 도전이나 기회를 생각해 보라. 이제 당신이 다음 각각의 사람들과 같이 접근하고 있다고 상상하고, 어떤 다른 관점, 통찰력 그리고 해법이 당신에게 떠오르는지 보라.

당신은 관심 있는 것들에 대해서는 정말로 현명하고, 전략적으로 훌륭하거나 통찰력이 있다고 항상 존경받아 온 사람이다. (예를 들어 오프라 윈프리, 워렌 버핏 또는 당신이 좋아하는 작가). 지금은 어떻게 보이는가?

당신이 〈백 투 더 퓨처〉의 박사님이고 30년 후의 미래에서 있는 그대로의 현재 상황을 바라본다. 당신에게 그것이 어떻게 보이는가?

당신은 [당신의 직업과는 다른 직업을 선택하라: 건축업자, 조종사, 디자이너, 은행가]이다. 당신은 무엇을 다르게 알아냈나?

큰 계획들을 세우되, 연필을 사용하라

변화에 적응하고 그것이 지닌 기회를 찾게 될 때는 "유연한 자는 복이 있나니 저희가 화가 나지 않을 것이다." 고대 중국 문헌인 도덕경(道德經)은 이렇게 말한다. "유연한 것과 흐르는 것은 무엇이든 점점 더 커지게 된다."

플로리다 주립대학교의 마시캄포(EJ Masicampo) 교수가, 변화하는 상황 속에서 목표를 달성할 때, 유연성이 중요함을 보여주는 연구를 진행했다. 그는 98명의 학생 집단인 피험자들을 기본적으로 두 집단으로 나눴다. 한 집단에는 온라인으로 정보를 조사한다는 특정 목표를 달성하도록 확고한 계획을 주었다. 다른 집단은 같은 목표를 가지고 있었지만, 따를 계획은 주어지지 않았다.

'계획' 및 '무계획' 집단 내에서, 개개인의 절반은 작업을 완료할 수 있는 충분한 시간이 주어졌다. 반면에 나머지 절반은 시간이 짧게 단축되었다. 충분한 시간을 가진 '계획'집단은 필요한 정보를 찾는데 95.5%가 성공했다. 이것은 '무계획'집단의 68%보다 훨씬 앞선 것이다. 그러나 작업을 일찍 완수해야 한다는 경고가 양쪽 모두에 주어졌을 때는 '무계획'집단의 성공률(71.4%)이 '계획'집단(36.7%)을 훨씬 능가했다. '무계획'집단은 시간이 단축된다는 통보를 받았을 때, 필요한 정보를 찾기 위해 하던 일을 신속하게 조정했다. 반면에, '계획'집단에 속한 사람들은 계획에서 이탈하는 것을 거부했으며, 결과적으로 훨씬 덜 성공적이었다.

  변화의 흐름을 따르기로 선택하면, 바람이 세찬 가을날의 낙엽처럼 주위를 빙빙 도는 것으로부터 자유롭게 된다. 그것은 당신이 수행할 혹은 수행하지 않을 작업, 당신이 할 대화, 당신이 할 요청과 당신이 에너지를 순간순간 어디에 집중할 것인지 등을 당신이 선택할 수 있게 한다. 또한 그것은 반응하는 방식에서도 당신을 훨씬 더 유연하게 할 수 있다. 고정된 형태의 행위에 얽매이지 않기 때문에, 당신은 특정 행동 계획에 집착하지 않는다. 당신의 상황을 최적화하기 위해 당신의 돛을 조정하며, 유리한 조수와 바람을 최대한 활용하기 위해 구속받지 않고 준비된, 당신은 자유로운 주체이다.

  계획이 있으면 목표 달성에 더 성공적으로 도움이 될 수 있다.

반면에, 계획을 완고하게 고수하는 것은 당신에게 불리할 수 있다. 더 나은 접근 방식은 이른바 '유연한 계획'이라고 부르는 것을 만드는 것이다. 그래서 새로운 정보와 상황 변화에 따른 변화에, 당신이 열린 마음을 갖는 것이다.

그러니 나아가라. 당신의 계획들을 세우고, 전략들을 세우고, 행동에 옮겨라. 그러나 진행해 나아갈 때 유연하고 적응력이 있어야 한다. 경직은 치명적일 수 있다.

당신의 기본 대응 방식을 갈아 없애라

지금 바로 팔짱을 껴보라. 자, 이 책을 내려놓고 해보라. 그런 다음 반대 방향으로 팔짱을 껴보라. 생각보다 힘들 것이다. 그렇지 않은가? 겉보기에 친숙해 보이는 정보 또는 자극에 직면할 때, 우리는 모두가 자동 반사, 반대, 그리고 의사결정 전략으로 연결되어 있다. 이를 통해 우리는 더 효율적으로 일할 수 있다. 하지만 똑같은 기본 대응 방식에 너무 의존하게 될 수 있다. 삶의 어떤 영역에서도, 상황, 도전, 문제, 사람 또는 기회에 대해 당신이 대응할 수 있는 선택지가 많을수록, 당신은 더 많은 성공을 거둘 것이다.

당신이 항상 같은 방식으로 대응하면, 항상 가장 좋은 방법으로 대응하는 것이 아니다. 당신이 직면한 도전과제를 해결할 레퍼토리가 더 훌륭할수록, 더 좋은 성과를 당신은 달성할 수 있다.

빠르게 변화하는 세상에서 유연하고 신속하게 대응하려면, 도전에 반응하는 자연스럽고 선호하는 방법과 자연스럽거나 쉽지 않은 방법 사이에서, 지속적으로 균형을 맞추어야 한다. 당신이 가진 모든 힘에는 균형을 맞추어주는 반대되는 힘이나 특성이 있다.

정신적이고 정서적인 유연성은 변화의 가능성에 매우 중요하다. 어색하게 느껴지더라도(그리고 아마 그럴 것이다) 기본 대응을 기꺼이 분쇄하라.

아래 목록을 읽고, 삶의 변화와 도전에 대응하는 자신의 성향에 주목하라. 당신의 기본 선호도는 무엇일까? 때로 반대로 대응하는 것이 당신에게 얼마나 더 도움이 될 수 있는지 생각해 보라. 당신이 원하는 결과를 달성하는 데 훨씬 더 효과적일 것이다.

예민한 – 거친
주도하는 – 따라 하는
강인한 – 부드러운
조심스러운 – 대담한
작업 지향적 – 관계 지향적
구조화된 – 구조화되지 않은
외향적 – 내성적

계획된 – 즉흥적인

순응하는 – 순응하지 않는

진지한 – 장난스러운

창의적인 – 분석적인

과거에는 일반적으로 사물에 접근하는 한 가지 방법이 효과적일 수 있었지만, 지금도 당신에게 효과가 있다는 것을 의미하지는 않는다. 변화에 대해 잘 반응하기 위해서는 감성적이고 정신적인 대안의 전체 스펙트럼으로부터 끌어와야 한다.

세계 정상급 테니스 선수들은 다양한 구질의 공으로 훈련해 왔다. 그들은 서브에 성공해야 할 뿐만 아니라, 슬라이스, 스매시, 로브, 발리를 능숙하게 구사해야 한다. 물론 그들 각자는 다른 어떤 선수보다 실행에 더 잘 옮길 수 있으며 가장 선호하는 샷이 있다.

예를 들어, 세레나 윌리엄스(Serena Williams)의 파워 서브나 로저 페더러(Roger Federer)의 한 손으로 구사하는 백핸드 등. 하지만 그들은 훌륭한 백핸드나 킬러 서브 하나로는 충분하지 않다는 것을 알고 있다. 상위권의 경쟁자들에게 경쟁력이 있으려면, 전반적으로 강해져야 한다. 다른 스포츠 경기에도 똑같이 적용된다. 1997년 마스터스 토너먼트에서 전례 없이 12타 차이로 우승한 후, 더 커다란 성공을 거두기 위해 타이거 우즈는 자신의 골프 스윙을 좀 더 미세 조정하기 시작했다. 그는 골프 스윙을 강화하면 더 나아진다는 것을 알고 있었다.

앤 모로우 린드버그(Anne Morrow Lindbergh)는 이렇게 썼다. "충분히 역설적이지만, 성장, 개혁 그리고 변화에서만 진정한 안정을 찾을 수 있다."

당신이 아는 가장 성공한 사람들을 보라. 변화가 다가왔을 때, 대응에 필요한 수많은 서로 다른 선택지들이 그들에게 있다는 것을 당신은 알아차리게 될 것이다. 삶의 우여곡절을 성공적으로 항해하기 위해서, 신속하게 그리고 기꺼이 상황에 따라 다른 방법으로 접근해야 한다는 것을 그들은 알고 있다. 반복해서 계속 같은 방법으로 대응하면, 결국은 원하는 결과를 얻지 못하고 비탄과 패배를 맛볼 것이다.

당신이 과거에 여러 번 해왔던 것과 같은 방식으로, 도전과제를 해결하는 것이 편안할 것이다. 그러니, 지금 고통이 조금이라도 느껴진다면, 다른 방식으로(비록 덜 편안하고 덜 친숙하지만) 해결하는 것이 얼마나 더 나은 결과를 생성할 수 있는지 숙고하라.

강요된 변화는
거부된 변화이다

한 번도 명확히 밝혀진 것이 없는 여러 가지 이유로, 1억6천5백만 년 동안 지구에서 살던 공룡이 6천5백만 년 전 갑자기 사라졌다. 고생물학자들은 공룡 멸종의 원인에 대해 논쟁했지만, 가설 목록의 꼭대기에 있는 것은 급변하는 기후 조건 특히 온도에 적응하지 못했다는 것이다. 만약 적응 실패가 공룡의 아킬레스건이라면, 진화의 역사 속에 공룡 혼자만 그런 것은 아니다.

아리 드 괴스(Arie de Geus)는 그의 책《살아있는 회사(The Living Company)》에서 이렇게 썼다. "미래에는 경쟁자보다 더 빨리 학습하는 조직의 능력이, 지속 가능하며 유일한 경쟁 상의 장점일 것이다." 오늘날의 비즈니스 상황에서 변화 속도가 전례가 있거나 없을 수는 있지만, 확실히 그것은 굉장한 것이며 여기에서부터 가속화될 가능성이 있다. 비즈니스에 일어나는 대부분의 일과 마찬가지로, 신속한 변화는 양날의 칼이다. 위협이기도 하지만 또한 기회이기도 하다. 당신의 경쟁자보다 빠른 변화에 더 잘 적응하라. 그러면 당신은 대단한 진전을 이룰 것이다. 급변하는 상황들을 무시하고, 계산자, 말과 마차, 태엽 시계, 공룡 등이 갔던 길을 예상해 보라. 적응은 어려울 수 있지만, 불가능한 것은 아니다.

내외부의 변화를 가장 성공적으로 유리하게 활용하는 크고 작은 조직들은, 관리해야 할 별개의 이벤트가 아니라 그들의 상품을 진화시키고 반복 적용하며 그리고 업그레이드할 수 있는 지속적인 기회로 변화를 바라보는 조직이다.

끊임없이 변화하는 세상에 적응하려면, 배움에 접근하는 방법에서의 근본적인 변화와 '모르는 것'을 기꺼이 수용하는 자세가 필요하다.

변화할 태세가 변화의 관리를 대체했다. 배우고, 잊고, 다시 배우는 것을, 목표를 향한 수단으로 간주해서는 안 된다. 그것은 목표 그 자체다. 그것은 이해당사자와 연관되어 있으며, 개인으로서 그리고 조직에서는 집단으로 당신의 능력에 핵심적이다.

행동하거나 대응하라 –
당신의 기량을 계속 업그레이드하라

유연하게 그리고 '흐름에 따라가는' 것이 중요하지만, 자기만족을 경계하는 것도 중요하다. 오늘의 당신을 있게 한 기술과 지식이, 지금부터 5년 후에 당신을 원하는 곳에 이르게 할 것이라는 가정은 당신의 경력을 제한하는 실수가 될 것이다.

오늘날의 가속화된 시대에서 번성하기 위해서는 지식 전문가에서 지식 기업가로 이동할 필요가 있다. 당신이 안다고 생각하는 것을, 빨리 잊는 데 필요한 학습의 신속성을 개발하라. 그래야 당신이 알아야 할 필요가 있는 것을 다시 배우게 될 것이다.

뉴욕타임즈 칼럼니스트 톰 프리드먼(Tom Friedman)은 "모든 사람이 뭔가 추가적인 것을 가져야 한다. 평균이 더는 충분하지 않다. 모두가 비판적 사고와 문제 해결 능력을 갖춘 직원을 찾고 있다. 그들이 정말로 찾고 있는 사람은 일하는 동안 창출하고, 재창출하고, 개량할 수 있는 사람들이다."라고 썼다.

퍽이 어디로 가는지 살펴보라

아이스하키 스타 웨인 그레츠키(Wayne Gretzky)가 자신의 성공에 관해서 질문을 받자 이렇게 설명했다. "나는 퍽이 있는 곳이 아니라, 퍽이 갈 곳으로 스케이트를 탑니다." 물론, 도전이란 하키 퍽이 어디에 있을지 아는 것이다! 우리가 상상할 수 없는 미래의 기회들이 있다. 하지만, 우리의 당면한 환경을 둘러보고, 사람들이 다루는 문제와 우리가 일하는 방식에서의 변화에 주의를 기울임으로써, 아직 완전히 드러난 건 아니지만 미래의 필요와 문제가 어디에 있는지 예측할 수 있다.

비슷하게, 미래의 직업이 생겨나거나 그 직업 설명서가 작성되기는커녕, 아직 상상조차 되지 못한다. 당신 기업과 산업의 인프라에서 틈새를 찾아라. 더 잘할 수 있기 위해 그들은 무엇을 하고 있을까? 개선이 필요한 것은 어떤 문제들인가? 상황이 변화하는 방식을 고려할 때, 미래에 어떤 문제가 발생할 것 같은가? 그 문제들에 대한 해결책을 당신은 어떻게 찾을 수 있을까?

오늘날의 직업 시장에서 기회란, 당신이 더 큰 범주에서 당신의 직업 설명서를 작성하고, 자신의 역할을 구체화해야 한다는 뜻이다. 즉, 간단하게는 능동적으로 행동하고, 해결해야 할 문제를 발견하고, 미래의 필요를 예측하고, 그 필요성을 충족시킬 보다 창의적인 방법을 떠올릴 수 있게 주도해야 한다. 내 아이들에게 여러 번 말했듯이, 끈기가 있어야 한다.

원하든 원치 않든, 단지 생존하는 것이 아니라 경력과 삶에서 번성하기 위해서는 변화를 헤쳐 나아가고, 적응하고, 포용하는 방법을 배워야 한다. 그러므로 현실적인 기대치를 설정하라. 당신이 변화에 대처하고 있다면, 그것이 당신이 주도하는 변화인지(새로운 직업으로의 이동), 바라고 있던 변화인지 (자신을 승진시키는 것), 당신에게 밀려온 변화인지(해고되었다고 통고받거나 결코 당신이 선택하지 않은 직책에 배치되는 것)에 관계없이, 당신이 강인하다고 느끼지 않아도 자책하지 말아야 한다.

내가 지난 몇 년 동안 스스로 배웠듯이 당신의 세계가 벗어나면, 적어도 한동안은 당신도 혼란에 빠지게 된다. 그럴 때는 알버트 아인슈타인의 말에 귀를 기울여라.

"인생은 자전거를 타는 것과 같습니다. 균형을 유지하려면 계속 움직여야 합니다."

6

좌절을 수용하라

더 높은 곳으로 올라가기 위해 역경을 변환시켜라

인생에서 두려워할 것은 아무것도 없으며, 다만 이해되어야 한다.
지금은 더 많이 이해하는 시간이다. 덜 두려워할 수 있도록.

-마리 퀴리(Marie Curie)-

나는 당신이 문제를 갖고 있다는 것을 알고 있다. 나도 문제가 있다. 몇몇은 아주 작고 평범하다. 그리고 다른 것들은 만만치 않고 쉽게 해결될 수 없는 것들이다. 전혀 해결하지 못할 수도 있다.

삶을 장악한다는 것은 문제가 없다는 것이 아니다. 문제를 장악하는 것이다. 해결이 가능하든 그렇지 않든. 지금까지의 삶을 되돌아보면, 가장 많이 배웠고, 가장 많이 성장했고, 그렇지 않았다면 놓쳤을 강점을 발견한 것은 가장 큰 문제를 해결했을 때라는 걸 알게 될 것이다. 윈스턴 처칠(Winston Churchill)은 말했다. "연은 바람을 거슬러 올라가는 것이지 함께 가는 것이 아니다."

더 큰 렌즈를 통해 문제를 재구성하는 방법을 배우면, 당신은 덜 불안하게 살고, 압박 속에서도 더 잘 이끌고, 더 강하게 맞서고, 그리고 당신 내면에서 되고 싶은 가장 크고 용감한 사람으로 꽃을 피울 것이다.

더 나은 세상을 위해 의미 깊은 삶을 만들어 가는 사람들은 그냥 '운이 좋았거나' 대중에게 닥친 일상적 흐름의 문제를 덜어준 사람들이 아니다. 그것과는 거리가 멀다. 그들은 자기 신뢰의 장소에서 사는 사람들이다. 그곳은 삶에 대한 자신의 능력에 기반을 두었으며, 삶이 그들에게 가져다주는 것은 무엇이든 최대한 활용할 것을 결심한 곳이다. (표6 참조).

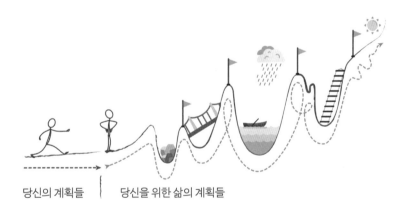

당신의 계획들 | 당신을 위한 삶의 계획들

〈표6〉 삶의 현실

이것은 그들에게서 엄청난 스트레스를 덜어내 줄 뿐만 아니라, 궁극적으로는 더 많은 문제를 끌어오지만, 더 의미 있는 조치를 추구하도록 그들의 용기를 북돋운다. 당신이 알고 있는 가장 성공한 사람들에 대해 생각해 본다면, 더 많은 문제만을 불러오는 도전을 그들이 적극적으로 추구한다는 것을 깨닫게 될 것이다.

그러니, 무슨 일이 일어나든 상황이 어찌 밝혀지든, 그것을 처리하고 그 안에서 좋은 것을 찾을 수 있다고 스스로 믿을 수 있다면, 지금 당장 당신의 삶에서 분출할 에너지와 용기를 상상해 보라. (자기 신뢰를 형성하는 것은 내 책《넌 할 수 있어!(You've Got This!)》의 주제이다). 그런 마음 상태로 운영했을 때, 당신의 경력, 인간관계와 삶의 전반에 걸쳐 접근 방식이 어떻게 변환될지 생각해 보라.

당신은 회피해왔던 것에 대해 어떤 목표를 세울 것인가?

더 큰 것을 추구하는 것은 어떤 것으로 당신의 야망을 촉발할 수 있을까?

미루고 있던 변화를 이루는 것이, 어떻게 당신에게 힘을 줄까?

당신의 미래를 위한 가장 높은 비전을 향해 과감하게 나아가는 것이, 어떻게 당신을 북돋울까?

고대 그리스의 수학자 아르키메데스는 "나에게 충분히 긴 지렛대와 그것을 놓을 버팀대를 주십시오. 그러면 나는 세상을 움직이겠습니다."라고 말했다. 마찬가지로, 당신이 회복력을 구축할 때, 당신을 짓누르는 좌절을 앞으로 나아가는 디딤돌로 바꿔, 심리적 지렛대의 길이를 늘여야 한다.

압박감에 시달리는 세상에서 장애물을 기회로 활용하게 될 때, 신속성과 회복력을 구축하는 것은 핵심 사항이다. 오늘날의 경쟁적인 일터에서, 회복력이 있는 사람들은 더 큰 도전을 떠맡고 더 잘 처리한다. 그뿐 아니라, 위기에 빠졌을 때 그리고 불확실성 속에서 기회를 찾을 때, 좀 더 명확하게 생각한다.

도전이 없는 삶을 열망하는 것은 충만함이 없는 삶을 요구하는 것이다. 긍정적 심리학 연구에 따르면, 사람들이 가장 번성하는 것은 어려운 일을 피하거나 삶의 스트레스를 최소화하고자 노력할 때가 아니다. 사람들에게 다가온 의미 있는 목적을 위해 그들이 적극적으로 노력할 때다.

힘들게 애쓰고 있는 일을 극복하고 어려운 일을 하는 방법을 배우는 과정에서, 당신은 자아를 형성하고 가장 풍요롭게 인생을 경험하게 된다. 좋은 소식은 당신이 그 일을 하는 데 필요한 모든 것을 갖추고 있다는 것이다.

삶을 위한 근육을 만들어라

회복탄력성과 감정의 통제를 형성하는 것 같은 몇 가지는 나이가 들어가면서 개선된다. 뇌 가소성에 관한 연구에서, 인간은 삶이 끝나는 날까지 '정서적 강인함'을 구축하는 타고난 능력을 지니고 있다는 것이 입증되었다. 당신이 과거의 도전에 아무리 잘(또는 최악으로) 대응했을지라도, 미래에는 더 잘 대응하는 법을 배울 수 있음을 이것은 의미한다.

회복탄력성에 대한 현대적 이해는 살바토레 마디(Salvatore R. Maddi)의 연구에 뿌리를 두고 있다. 1970년대 중반, 마디는 전화회사 관리자들의 심리적 평정심을 평가하기 위해, 12년에 걸친 프로젝트를 시작했다. 정부가 전화 산업의 규제를 완화한 6년 후, 이 연구는 예상치 못한 방향으로 전환되었다. 직원의 절반이 해고되었으며, 이 집단의 3분의 2에서 그 변화는 충격적이었다. 많은 이들이 대처할 능력이 없이, 심장마비나 뇌졸중으로 사망하거나, 폭력에 연루되거나, 이혼당하거나, 정신 건강이 나빠져서 고통을 받았다. 그러나 나머지 3분의 1은 같은 카드를 받았음에도 불구하고 무너지지 않았다. 그들의 삶은 실제로 개선되었다. 그들의 경력은 새로운 길에서 상승했고, 그들의 건강은 개선되었으며, 그들의 인간관계는 꽃을 피웠다. "그 당시의 일반적 생각은 하루빨리 스트레스에서 벗어나는 것이었다."라고 마디는 회상했다. "그러나 어떤 사람들은 그것을 통해 번창했다." 실직에서 벗어나 다른 사람보다 더 나아진 3분의 1에서 뚜렷한 것은 '내구력(hardiness)'이라고 부르는 공통의 특성임을 마디는 발견했다.

본질적으로, 내구력이 있는 사람들은 더 큰 회복력을 지니고 도전에 대응하는 방법을 배운다. 그들은 위기(문제, 압력, 도전, 실패, 실망, 실수 그리고 좌절 등)를 기회로 삼기 위해 의식적 선택을 한다. 거부하고 회피하기보다는 성장하고 발전하기 위해, 힘든 일을 할 용기와 동기를 찾는 내구력이 핵심이라고 마디는 믿었다. 그 이후 다수의 임상 연구들이, 스트레스에 대처하고 역경을 다루는 능력을 의식적인 노력으로 향상할 수 있다는 마디의 신념을 지지해 왔다.

아무리 안주하려고 하더라도, 계획은커녕 전혀 예측하지 못한 방식으로, 우리의 계획이 현실과 정면으로 충돌하는 인생의 어느 시점에 도달할 때가 있다. 현재 전 세계적으로 타의에 의해 실직한 사람들이 수백만이다. 직업이 있는 사람의 70%는 자신이 하는 일로 인해서 매일 스트레스를 받거나 불안하다고 말한다. 그리고 거절, 실패, 수치심, 당혹감, 실망, 불안, 분개, 분노, 상처와 같은 잠재적으로 파괴적인 감정들이 전면에 떠오른다. 특히 이런 일이 발생하는 것은 경쟁적인 책무에 대처하기 위해 고군분투하고, 불확실한 미래에 기초한 계획을 하고, 비현실적인 기대치를 관리하고, 진화하는 시장의 힘에 적응하려고 노력하고, 하루 또는 시간을 기준으로 수많은 도전적인 사람들과 상황을 다루는 경우다. 병원 진료실을 방문하는 가장 큰 원인이 스트레스라는 것은 놀라운 일이 아니다.

부정적인 예측 편향을 조심하라: 미래예측을 공포예측으로 바꾸는 당신의 경향성

하버드 대학의 심리학자인 다니엘 길버트(Daniel Gilbert)는 사람들이 일반적으로 위기의 한가운데 있을 때는 자신의 감정을 예측하는 것이 능숙하지 않다고 말했다. 부정적 감정에 압도될 때, 그들은 미래에도 비슷하게 느낄 것이라고 잘못 가정한다. 위험을 과대평가하고, 사람들을 위협으로부터 멀어지게 하는 등 도움이 되는 유용성 때문에, 부정적 예측 편향이 발달했다고 길버트는 추측한다. 그러나 이것은 회복하려는 그들의 역량을 과소평가하는 경향이 있음을 의미한다고 그는 또한 주장한다. "그 일들이 해를 끼치지 않는 것은 아니다. 우리가 생각하는 만큼 오래 또는 많이 해를 끼치지 않는다는 것이 문제다." 사람들이 안주하고, 장기적으로는 최선의 이익에 반대로 작용하는 근시안적 결정을 하도록, 위기가 경향성을 갖는 이유가 바로 이것이다. 코로나19 전염병이 유행하기 시작했을 무렵, 내가 아는 사람이 퇴직 저축 전체를 현금화하겠다고 결정한 이유를 설명하는 데도 이것은 도움이 된다.

아마겟돈 같은 재앙에 대한 공포가 그들의 상상 속에서 크게 다가올 때, 그들은 단기적인 안정을 강화하기 위해서 과민반응을 했다…. 궁극적으로 막대한 재정적 비용을 지출하면서.

당신이 압박과 문제점들에 대처할 수 있는 능력을 확장함으로써, 미래예측(forecasts)을 공포예측(fear-casts)으로 바꾸는 경향을 억제할 수 있고, 역경 속에서 기회를 찾는 능력을 확장할 수 있다. 그렇게 하는 데 도움이 되도록, 다음과 같은 간단한 5단계 방법론을 개발했다.

비상하기 위해 준비하라: 인생은 우연히 일어나지 않는다 당신을 위해 일어난다

신경과학 연구, 마음 챙김 그리고 감성 지능의 결합에서 끌어낸 SOAR 방법론(표7 참조)이, 삶의 스트레스 요인을 뛰어넘어 당신이 비상하는 데 도움이 될 것이다. 그렇지 않으면, 그 스트레스는 당신을 무너뜨리고 당신의 행복과 성공 모두를 방해한다.

모든 성공 이야기는 또한 커다란 실패의 이야기이기도 하다는 것을 역사는 보여준다. 잔잔한 바다가 노련한 뱃사공을 만들지 못하는 것처럼, 경제 호황이나 도전이 없는 환경은 또한 높은 성과를 내는 직원, 덧붙인다면, 혁신적인 최첨단 회사도 만들지 못한다. 도전과제를 해결하기 위해 일어나고, 좌절(다른 말로 '망친 것들')로부터 회복하는 과정을 통해서, 당신은 통찰력을 얻고 미래에 번창하게 될 더 똑똑하고 창의적 방법들을 찾게 된다.

SOAR 방법론의 4단계를 각각 외워서 수행하면, 위협에 대처하는 본능적인 대응에 당신이 개입할 수 있고, 정신적 공황 상태를 피하며, 처한 상황에 더 자신감 있게 침착하게 그리고 건설적으로 대응하게 된다.

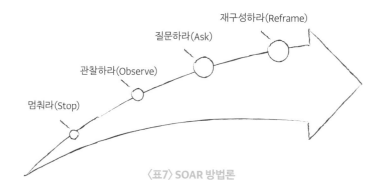

〈표7〉 SOAR 방법론

1단계: 멈춰라(Stop)

침착하고 집중하는 사람들은 집중력이 흩어지고 인내심이 부족하여 스트레스를 받는 사람들보다 훨씬 더 효율적이다. SOAR 방법론의 첫 번째 단계는 단순히 바쁜 일을 중지하고 '신성한 멈춤(Sacred Pause)'을 하는 것이다. 그것은 스트레스 반응을 거부하고, 중심을 되찾으며 생각을 정리하도록 도와준다. 끊임없이 '하고 있어야' 한다는 압박감 속에서 이것은 중요하다!

1997년 세계 헤비급 복싱 타이틀 매치에서 마이크 타이슨(Mike Tyson)은 화가 나서 에반더 홀리필드(Evander Holyfield)의 귀를 물어뜯었다. 순간적인 정신상의 실수로, 그는 3천만 달러의 상금에서 차감할 수 있는 최고의 벌금인 300만 달러의 비용을 지급했다. 그리고 1년 동안 권투할 자격이 정지되었다. 타이슨의 공격성은 '신경 납치(neural hijack)'의 결과였다.

당신은 누군가의 귀를 물어뜯고 싶은 욕구를 느껴본 적은 없을지 모르지만, 아마 당신도 자신만의 정신적인 공황 상태를 경험했을 것이다. 화가 났을 때 보낸 이메일을 생각해 보라. 그것들은 당신에게 어떻게 작용하던가? 또는 분노의 순간에 당신이 사나워져서 무언가를 부순 경험은? 잘한 일이었을까? 도로상의 분노는 또다른 예이다. 운전자가 말 그대로 옆의 운전자를 죽이려고, 그 차의 앞으로 끼어드는 것 같은 행위다. 극단적인 예이지만, 당신이 수도 없이 바로 가까이에서 그리고 개인적으로 신경이 납치되는 상황에 직면했을 것이라고 확신한다. 그것이 상황에 부적절하게 반응하거나 과잉 반응을 유발해서, 아주 끔찍한 것은 아니더라도 최적에는 도달하지 못하는 결과를 생성시켰을 것이다.

타이슨이 그렇게 어리석은 행동을 하고, 당신이 열받았을 때 나중에 후회하더라도 어떤 행동을 하는 이유가 따로 있다. 그것은 우리 뇌의 '반사 반응' 부분인 자율 신경계(ANS)라고 불리는 뇌의 원시 감정 영역에 의해서 설명될 수 있다. 대략 호두만 한 크기의 그것은 위협과 위험으로부터 주변 환경을 끊임없이 검사한다. 그것이 잠재적 위협을 감지할 때(일반적으로 과거에 경험한 트라우마에 의해 촉발됨), 스트레스에 대한 신체 반응 호르몬인 코르티솔을 방출하라는 신호를 보낸다. 코르티솔이 흘러들면, 당신을 움직여 행동하게 만들고, 탈출하거나, 보호하거나, 방어하게 만들거나, 또는 상황을 변화시킨다. 다른 말로 하면, 대처하는 것이다. 그런 과정에서, 코르티솔은 더 논리적이고 합리적이며, 두뇌의 '사고하는' 영역인 대뇌 피질보다 우선 한다. 두뇌의 '반사적인' 부분이 '생각하는' 부분을 무시하고, 원시적이고 본능적인 방법으로 몰아갈 때, 당신은 '신경 납치'를 겪게 된다. 인지된 위협에 본능적으로 반응하여 감정이 이성과 논리를 가로막을 때, 그 결과는 거의 도움이 되지 않고 해롭기까지 하다.

본능적인인 '투쟁-도피-경직'이라는 경보 반응은 수천 년 전 아프리카 평원에서 동굴에서 거주하던 우리의 조상들을 포식자와 싸우게 했다. 그것은 진짜로 생사가 걸린 상황에 직면했을 때, 우리 자신의 생명을 보존하는 데 여전히 도움이 될 수 있다. 그러나 거기에 문제가 있다. 우리는 거의 그런 상황에 있지 않다. 재정적 손실이나 심지어 자존심(사회적인 지위)의 상실을 감지할 때, 우리의 생명에 대한 위협을 처리하는 뇌의 똑같은 부분이 촉발된다. 그러므로 경보에 대한 반응이 어떨 경우는 특히 삶과 죽음의 순간에는 도움이 된다. 하지만 그 외의 시간에는 그것이 생각을 흐려지게 해서, 위험을 과대평가하고 파괴적인 과잉 반응을 하게 만든다.

터보가 장착되어 반사적으로 반응하는 뇌의 영역을 그냥 정지시킬 수는 없지만, 그것을 관리하는 방법을 배울 수는 있다. 뇌의 '사고' 부분을 다시 활성화하는 데는 3~5초 정도 걸린다. 그래서 멈추고 한 발짝 물러서 있으면, '경보 감지' 반응을 유발하는 상황에 직면했을 때 도움이 된다. 그것은 당신의 합리적 두뇌가 접속할 시간을 확보해서, 논리적 사고가 반응에 주입되게 한다.

하던 일을 멈추고 몇 번의 길고 깊은 호흡을 자신에게 선물하는 단순한 행위가, 당신의 삶을 완전히 바꿔놓을 수 있다. 마음 챙김 호흡은 '그렇다면 어떻게 해?'라는 공포의 예측에서 벗어나게 하며, 당신을 다시 현실로 데려온다. 연구에 따르면, 불과 20초의 깊은 마음 챙김 호흡만 해도 반사적인 공포반응이 차단되고, 사람들이 더 명확하고 침착하게 반응한다.

바쁜 와중에도 일시 정지 버튼을 누르면서, 당신의 숨결에 주의를 집중시켜라. 스트레스에 대한 신체의 자연스러운 반응 중 하나는 더 얕은 숨을 쉬는 것이다. 그러나 얕은 호흡을 하게 되면, 최고성능을 유지하는 데 필요한, 혈류(그리고 두뇌의 중앙 명령 센터)의 전체 산소 할당량을 유지하지 못하게 만든다. 그래서 당신이 하던 것을 일시 중지하고, 싸움에서 물러서서, 얼마나 많은 산소를 호흡으로 폐에 보내고 있는지 확인하라. 그리고, 최소한 5회 길고, 느리며, 깊게 호흡하라. 지금 바로 시도해 보고, 당신이 편안한 상태에 있다고 해도 그 차이점을 관찰하라.

침착함을 회복하고 용기를 북돋우려면, 하루 종일… 천천히 가장 깊게 숨을 들이쉬고… 그다음 다시 천천히 숨을 내쉰다. 세어 보면서 열 번 해본다. 어떤 이유로, 이를 위해 2분의 시간도 여유가 없다고 생각되면 10번을 해본다. 무언가로부터 도피 중일 때 하던 일을 의식적으로 멈출 것을 결심하면, 그것이 하루 중에서 가장 결실이 많은 활동이 될 수 있다.

2단계: 관찰하라(Observe)

심리학자 웨인 다이어(Wayne Dyer)는 당신이 사물을 보는 방식을 바꿀 때 당신이 보는 사물이 바뀐다고 썼다. 신경 영상 연구에 따르면, 분리된 관찰자의 위치에서 문제를 생각할 때, 단순히 문제 해결에만 연관된 두뇌 회로뿐 아니라 다른 두뇌 회로도 사용한다는 것을 발견했다.

호기심은 귀중한 속성이다. 그것은 문제를 해결하고, 주변 사람들과 소통하고, 앞으로 나아갈 최선의 길을 결정하는 더 좋은 방법을 발견하게 한다. 진정으로, 호기심은 건강하고 행복한 사람들에게서 발견되는 가장 흔한 속성 중 하나이며, 특히 불안하고 우울한 사람들에게서는 매우 자주 빠져있는 것 중 하나이다. 우울증으로 고통받는 사람들은 종종 자신의 문제에 몰두하고, 주변 세상에 대해 거의 관심을 두지 않는다. 당신이 처한 상황의 바깥을 바라보면, 부정적인 생각의 흐름은 중단된다.

첫 우주여행을 마치고 지구로 돌아왔을 때, 우주 비행사 닐 암스트롱(Neil Armstrong)은 이렇게 말했다. "(우주 캡슐 안에서) 그렇게 작고 파랗고 예쁜 완두콩이 지구였다는 사실이 갑자기 와 닿았습니다. 엄지손가락을 세우고 한쪽 눈을 꾹 감고 나니 내 엄지손가락이 지구라는 행성을 덮어버렸습니다. 내가 거인처럼 느껴지지는 않았습니다. 내가 아주 아주 작게 느껴졌습니다." 우리가 바라보고 있는 관점을 바꾸는 것은 삶의 경험을 더욱 심오하게 바꾸어준다.

오빌(Orville)과 윌버 라이트(Wilbur Wright)가 중력의 법칙에 초점을 맞춰 비행기를 발명한 것은 아니다. 그들은 당시의 일치된 견해에 동의하려는 압력에도 굴복하지 않았다. 중력의 법칙을 무시하고 상승해서, 잠시라도 공중에 머물 수 있는 운송 수단을 만드는 것은 수학적으로도 그리고 물리적으로도 불가능하다는 것이 당시의 견해였다. 정규 교육을 거의 받지 않았지만, 그들에겐 자전거 수리점에서 얻은 수많은 기계적 노하우가 있었다. 라이트 형제는 중력의 법칙을 무시할 수 있는 운송 수단을 만드는 일에 단호하게 집중했다. 아 고마워라! 그들은 해냈다.

당신은 세상을 있는 그대로가 아니라, 당신이 있는 곳에서 바라본다

이 행성에 있는 거의 80억 인구 중, 누구도 당신과 같은 방식으로 세상을 관찰하지 않는다. 아, 물론 당신과 비슷하게 보는 사람들이 꽤 있기는 하다. 같은 정치적 견해 또는 종교적 신념을 갖거나 혹은 같은 양육 방법을 따르는 사람들이 많을 수는 있다. 그러나 아무도 당신과 똑같은 방식으로 모든 것을 보지는 않는다.

그래서 잠시 멈춘 후, 한 걸음 물러서서, 소중한 산소를 뇌로 되돌리게 숨을 쉬며, '호기심 많은 관찰자'라는 모자를 써보라. 초고층 빌딩까지 솟아오르는 자신을 시각화해보라(높은 곳이 두렵다면 더 낮게!). 그리고 당신이 현재 어려움을 겪고 있는 상황을 내려다보라. 조감도처럼 새의 눈이라는 관점에서 사물을 보려고 적극적으로 애쓰면, 대응할 때 이용할 수 있는 선택 사항이 확대된다.

무엇을 볼 수 있는가? 아래를 내려다보면서, 지금까지 사물을 관찰하는 방식이, 어떻게 당신을 불안하게 하거나 화나게 했는지 자문해 보라. 새롭고 높은 관점에서, 어떻게 다르게 상황을 관찰할 수 있는지 숙고해보라. 당신이 한 가지 측면에만 지나치게 집중해서, 어디에서 다른 것들은 알아채지 못했는가? 다른 사람이, 당신이 존중하는 의견을 내는 사람이, 그것을 어떻게 다른 방식으로 관찰하는지 깊이 생각해 보라.

당신이 생각하는 것을 관찰하라는 요청을 받는 동안, 지금 생각하고 있는 것을 관찰해 보라. 흥미로운 아이디어처럼 들리는가, 아니면 당신은 냉소적이며 어리석은 말도 안 되는 소리로 평가하는가? 아니면 다른 것? 그렇게 하는 동안, 자신에 대해 무엇을 관찰하고 있는가?

윌리엄 제임스(William James)는 "현명해지는 기술은 무엇을 간과하는지 아는 기술이다."라고 말했다. 그러니 자신의 삶을 어떻게 바라보고 있는지, 그리고 무엇이든지 지금 당신을 불안하고 화나게 하는 것을 살펴보라. 당신이 내리는 비판적 판단을 관찰하라. 당신의 렌즈는 낙관주의 또는 비관주의, 흥분 또는 불안, 기대 또는 두려움, 자신감 또는 자기 의심으로 착색되어 있는가? 그 렌즈가 사람, 상황 그리고 자신에 대한 당신의 해석을 어떻게 변화시키는지 주목하라. 그리고 그런 해석들이 당신에게 어떻게 도움이 될 수 있으며, 어떻게 해서 당신에게 도움 되지 못하는지 잘 생각해 보라.

포춘(Fortune)지 선정 500대 기업의 한 남자가 천만 달러짜리 실수를 했던 이야기를 들은 적이 있다. 부끄럽게도, 실패한 사람들에 대해서 참지 않는 것으로 유명했던 부서장 앞에 끌려갔을 때, 그는 해고당할 준비를 하고 있었다. 해고를 앞두고, 그는 사과한 뒤 곧바로 사직을 요청했다. 그의 사임을 거절한 부서장은 말했다. "맙소사. 자네를 지금 잃을 수는 없네! 우리는 방금 자네를 교육하느라 천만 달러를 썼다네!"

당신은 경험에 의해서 결정되는 것이 아니라, 당신이 그 경험에 부여한 의미에 의해서 스스로 결정된다. 즉, 경험이 없다는 것은 그 자체로 성공 또는 실패의 원인이 된다. 그것이 어느 것이 될지 결정하는 것은 당신이 경험으로 무엇을 만드는가에 있다. 당신이 문제를 어떻게 보느냐가 문제다.

개인 심리학이라는 학파를 세운 선구자적 정신과 의사인 알프레드 아들러(Alfred Adler)는 자신의 책 《삶의 의미(What Life Should Mean to You)》에서 이렇게 썼다. "우리가 상황에 부여하는 의미에 따라, 우리는 자기 자신을 결정한다."

사람들이 자신의 실패를, 바꿀 수 없고 조정되지 않으며 수용할 수 없는 요인(내부 혹은 외부의) 탓으로 돌릴 때, 실패는 파괴적이고 추락시키는 사건이 된다. 그것은 사람들에게, 미래가 희망이 없고, 성공할 가치가 없으며, 다시 시도하고 싶지 않다는 느낌을 남긴다. 실패나 좌절이 부적합한 지능이나 불운을 끌어당기는 자력에 기인하거나, 자신이 타고난 패배자라는 증거라고 해석하는 사람들은, 같은 분야 혹은 다른 어떤 분야에서도 계속해서 많은 것을 성취할 것 같지는 않다.

반면에, 얻을 수 있는 지식의 부족, 개선되어야 할 열악한 시스템, 획득할 수 있는 자원, 뜯어고쳐야 할 전략, 개선될 수 있는 타이밍, 혹은 신중한 판단 부족 등을 실패의 원인으로 돌리는 사람들은 실패를 귀중한 디딤돌로 바꿀 수 있다. 실제로, 그들의 실패가 제공하는 교훈은 진정으로 귀중한(그리고 힘들게 얻은) 지식으로 활용될 수 있다. 그리고 그 지식은 그들의 경력, 사업, 결혼 또는 삶에서 깨뜨리기보다는 성취한다.

당신이 시작한 일을 성취하는 데 때로 실패할지라도, 결코 실패자가 될 수 없다. 이런 일이 생겼을 때(필연적으로 생길 것이다) 기억하라. 실패한 것은 사람이 아니다. 일이 실패한 것이다. 그 실패를 과도하게 개인화하거나 영구적인 상태로 취급하는 것은 피해야 한다. 오히려, 그 교훈을 포용하며, 발전을 위한 전제 조건으로 실패를 재구성하라.

긍정심리학의 선구자인 마틴 셀리그만(Martin Seligman)의 연구에 따르면, 당신의 최종적인 성공을 결정하는 것은 당신 자신과 다른 사람들에게 자신의 실패를 설명하는 방법이다. 셀리그만은 자신의 연구에 대해 이렇게 말했다. "포기하지 않는 사람들은 좌절을 일시적이고 국지적이며 변경 가능한 것으로 해석하는 습관이 있다." 우리는 종종 실패를 영구적인(permanent) 상태로(예를 들면, 나는 항상 대중 연설에서 실패할 것이다) 취급하고, 우리 삶의 모든 영역으로(pervasive, 널리 퍼져있는 것으로 취급하며) 일반화하거나, 그것을 개인화(personalize)한다(예를 들면, 나는 그 직업도 얻지 못할 정도의 패배자다). 이 세 가지 P를 경계하라.

월트 디즈니(Walt Disney)는 만화가가 되기 위해 노력하며 어린 시절을 보냈다. 그는 신문사의 초급사원 자리를 구하는 동안 몇 번이고 거절당했다. 재능이 부족하니 다른 직업을 고려하라는 말도 여러 번 들었다. 하지만 그의 열정에 힘입어, 전문 만화가가 되려는 그의 야망은 흔들리지 않았다. 또 동화책 캐릭터를 만드는 일로는 생계를 유지할 수 없다는 사람들의 말을 듣지 않았다. 많은 사람이 포기한 후에도 그는 오랫동안 밀고 나갔다. 마침내 그는 지역 교회로부터 첫 번째의 '엄청난 행운'을 얻었다. 그가 교역자 형태로 만화를 그리는 일에 고용된 것이다. 그래서 디즈니는 교회 근처의 작은 헛간으로 일하러 갔다. 그곳에는 쥐가 들끓었다. 그는 작은 쥐를 보고 영감을 받았고, 그리고 사랑스러운 미키

마우스가 태어났다. 디즈니는 훗날 말했다. "나의 모든 고난과 실패가 나를 강하게 만들었다. 그렇게 될 때까지는 깨닫지 못할 수도 있지만, 그렇게 혼쭐나는 것이 당신을 위해 세상에서 가장 좋은 것일지도 모른다."

디즈니의 이야기는 독특하면서도 보편적이다. 가장 성공적인 사람들은 동시에 가장 회복력이 많은 사람이다. 그들을 유명하게 만든 성공을 달성하기 전에, 직업상의 장애물을 뛰어넘고 좌절에서 회복했던 사람들이다.

낙관주의는 확률을 거슬러 성공할 수 있게 한다. 당신이 확률을 이긴 것이 아니라, 확률이 당신을 이기지 못했기 때문이다. 인생의 도전은 항상 마지막에 해결할 방법이 있다. 아직 당신의 도전이 해결되지 않았다면, 당신은 아직 끝에 있는 것이 아니다. 클라이브 제임스(Clive James)의 말을 인용하자면, "걱정하지 마세요. 아무도 살아서는 이 세상에서 나갈 수 없습니다."

인생은 비관주의자에게 그렇듯이, 낙관론자에게도 똑같은 좌절과 비극을 짊어지운다. 그러나, 셀리그만이 그의 책《낙관주의 학습(Learned Optimism)》에서 말했듯이, "낙관주의자가 더 잘 견디고 더 나은 상태로 빠져나온다." 더 나은 상태란 건강, 인간관계, 직업 전망 그리고 재정에 대한 것이다. 심리학자 수잔 세거스트롬(Suzanne Segerstrom)은 낙관적인 법대생들이 비관적인 또래보다 졸업 10년 후에 평균 32,667달러를 더 벌었다는 것을 발견했다. 하버드 대학교의 또 다른 연구도, 낙관적인 렌즈를 통해 자신의 문제를 보는 사람들은 낮은 심장 질환의 비율을 포함해서 건강 상태가 더 좋다고 밝혀냈다.

따라서 낙관적인 렌즈는 경력에 좋을 뿐만 아니라, 또한 건강에도 좋다.

3단계: 더 큰 질문들을 하라(Ask)

1800년대의 대부분에 걸쳐서, 면화는 미국 남부에서 최고의 생계 수단이었으며 수백만 명이 여기에 의존하고 있었다. 그러다 1890년대에, 새끼손가락 손톱보다 작은 딱정벌레의 일종이며 목화의 꽃봉오리와 꽃을 먹고 사는 꿀벌 바구미가, 멕시코에서 국경을 넘어 이주해서 면화 재배 지역에 창궐했다. 이로 인해 1920년대까지 면화 산업은 황폐해졌고, 더불어 남부의 주에서 일하는 사람들까지도 그랬다.

그러나 사람들은 더는 재배할 수 없는 식물에 연연하기보다는 그들이 무엇을 키울 수 있는지 알아내기 위해 애쓴 후, 콩과 땅콩 같은 대체 작물을 심기 시작했다. 그들은 또한 소, 돼지, 닭을 기르기 위해 그들의 땅을 이용하는 방법을 배웠다. 단일 작물 재배에서 다양화한 농업으로 확장하면서, 농장이 더욱 번영하게 되었음을 그들은 발견했다. 사실 앨라배마 주 엔터프라이즈의 사람들은 궁극적으로 꿀벌 바구미가 매우 고마워서, 그에 대한 기념비를 세웠다. 헌정사는 이렇다. "꿀벌 바구미와 그것이 번영을 알리고자 한 일에 깊은 감사를 표하며."

코로나19 팬데믹의 혼란으로, 기업들이 '창조적 혼란'에 진입하도록 도전을 받았다. 겉으로 분명히 보이는 것으로부터 숨겨진 새로운 기회를 확인하기 위해서, 그들이 문제를 바라보는 방식을 수면 위로 끄집어 올렸다. 쉘(Shell) 항공이 적절한 예이다.

2020년 5월, 여행 산업 전체에 치명적인 충격을 주면서, 전 세계 항공 승객 수송량이 전년 대비 91.3% 감소하고 있었다. 쉘은 글로벌 공급망 기능을 유지하고, 의약품 및 의료 장비를 운송하기 위해 자원들을 재배치했다. 그들은 또한 탄소 제로(net-zero) 세상을 향한 노력을 배가시키기 위해서, 제트 연료의 수요가 침체를 겪는 기간을 포착했다. 지속 가능한 항공 연료(SAF) 기술을 개선하고, 아마존 에어 및 DHL과 같은 고객에 대한 공급 가용량을 증대시키기 위해서, 항공기 엔진의 선두 제조업체인 롤스로이스(Rolls-Royce) 같은 회사와 산업 전반에 걸쳐 협력했다.

쉘과 같은 미래 지향적인 회사는 궁극적으로는 글로벌 녹색 회복을 주도하기 위해 코로나19 팬데믹의 연쇄적 위기를 이용했다. 그래서 에너지 공급의 글로벌 리더로서의 목표를 달성하는 더 나은 방법을 찾으며, 이해 관계자에게 도움을 주고, 동시에 세상을 개선하고자 했다.

  일이 뜻대로 되지 않을 때, 우리는 계획을 방해한 것에 집중하며 너무 많은 시간을 보낸다. 반면에 우리의 도전에 포함된 기회를 발견하기 위해서 질문하는 시간은 너무 적다. 꿀벌 바구미의 경우, "내 땅을 가장 잘 활용하는 것은 무엇일까?"라는 질문에 대해, 농부들은 가정한 답변이 틀렸다는 것을 발견했다. 꿀벌 바구미가 농부들이 대안을 생각하도록 몰아세웠으며, 결국 더 부유하게 만들었다.

  내가 목장에서 자라면서 젖소를 착유할 때 가장 큰 문제는 젖소가 가만히 있지 않는다는 것이었다. 마찬가지다. 결코 당신이 모든 문제를 해결하지는 못할 것이다. 그리고 당신이 해결하려는 문제들은 순서를 기다리는 다른 문제들로 빠르게 대체될 것이다. 우리가 문제에 대해 불평하는 것은 인생의 구조에 대해 불평하는 것이다. 오로지 다른 관점으로 바라보는 것을 선택함으로써, 우리는 문제들을 넘어서 자신을 상승시키며 우리가 수용해야 할 문제와 해결할 수 있는 문제를 구별하고, 그런 다음 이전에 시도한 것보다 더 나은 해결책을 찾을 수 있다.

  인생에서 얻은 결과가 마음에 들지 않을 때가 있다면, 아마도 당신이 올바른 질문들을 하고 있지 않기 때문이다. 노벨상 수상자나기브 마푸즈(Naguib Mahfouz)는 말했다. "당신은 대답으로 한 사람이 똑똑하다고 말할 수 있다. 또 당신은 질문으로 그가 현명하다고 말할 수 있다." 현명한 사람들은 자신에게 모든 답이 있다고 생각하지 않는다. 오히려 상황이나 문제에 대한 이해를 심화하기 위해 질문을 한다. 물론 모든 답을 찾지 못할 수도 있지만, 그저 질문을 함으로써 당신의 관점을 이동시킨다. 그래서 그렇지 않았더라면 찾지 못했을 답들을 당신 스스로 떠올리게 한다.

우리 사회는 영리함에 많은 가치를 둔다. 그러나 영리함은 겸손함과 호기심이 결합한 것만큼 강력한 성공의 척도가 되지는 못한다. 몇 년 전 메리어트 호텔 회장인 빌 메리어트(Bill Marriot)와 인터뷰할 기회가 있었을 때, 그는 어린 시절 아이젠하워 대통령과 함께했던 대화를 상세히 설명했다. 그때 아이젠하워는 이런 표현을 했다. 당신이 모든 답을 가지고 있다고 가정하지 말고, 당신이 알고 있다고 생각하는 것에 대해 겸손해야 하는 것이 무척 중요하다. 겸손이나 호기심보다 영리함에 더 가치를 두었던 한 임원을 회상하면서 메리어트가 말했다. "당신이 그 방에서 가장 똑똑한 사람이라고 생각한다면, 당신은 머지않아 그 방에 혼자 남게 될 것입니다."

많은 똑똑한 사람들과 몇 년 동안 시간을 보낸 후, 나는 영리함이 - IQ 점수 또는 은행 잔고로 측정되는 것처럼 - 지혜와 거의 관련이 없으며, 행복과는 더 관련이 없다는 것을 배우게 되었다. 외적으로 똑똑한 많은 사람은 확실히 내적 평온이 부족하다. 그들은 종종 한 가지 질문을 제외하고는 모든 것에 대한 답으로 가득 차 있다. "젠장, 내가 이렇게 똑똑한데, 왜 이리 불행하지?"

현재의 '문제들'(또는 당신이 다루어야 하는 문제를 일으키는 사람들)을 생각할 때, 당신의 문제가 '거기'에 있는 것이 아니라, 실제로는 당신의 내면에 있다고 간주하라. 당신의 문제는 문제가 아니다. 문제를 만들어 내는 것은 당신이 그 문제들을 어떻게 바라보는가에 있다. 당신의 문제를 따져보고, 문제를 해결하려고 가장 똑똑한 답변을 사용하길 포기하라. 그러면, 당신이 문제 자체를 바라보는 방법을 근본적으로 변화시킬 더 나은 질문을 시작할 수 있다. 당신의 가장 영리한 답변들이, 오늘날 당신에게 있는 문제들을 가져다주었다. 더 영리한 질문들을 하는 것은 당신이 스스로 구성한 현실을 직면하게 한다. 말할 필요도 없이, 그것은 논쟁적일 수 있다. 하지만 가장 중요한 것은 질문에 답하고자 하는 당신의 의지이다.

알버트 아인슈타인은 언젠가 말했다. "문제들이 만들어진 것과 같은 수준의 생각으로는 그것들이 해결되지 않는다." 더 큰 질문들을 하면, 더 나은 답변을 얻을 수 있다. 더 큰 질문을 하면, 당신의 생각하는 수준을 높이고 확장하는 데 도움이 된다. 그것은 차례로, 도전과제를 해결하고 목표를 성취하며 기회를 최대한 활용하는 더 효과적인 조치를 당신이 취하도록 만든다.

지금 당신이 다루고 있는 도전이 되는 상황이나 사람을 생각하라. 당신의 관점, 느끼는 감정과 취할 행동을 변화시킬 몇 개의 질문들이 여기에 있다.

모든 질문이 당신의 상황과 관련이 있는 것은 아니지만, 관련 있는 것에 답변을 써라. 모든 질문에 답하지 않아도 괜찮다. 가장 중요한 것은 당신이 모든 질문을 기꺼이 살펴보는 것이다.

☐ 위험에 대한 나의 혐오감이 어떻게 이 문제를 지속시켰는가?

☐ 이 문제를 해결하려는 이전의 시도들은 왜 실패했을까?

☐ 이 상황에 대한 나의 이상적인 결과는 무엇인가? 그것을 달성하기 위해 어떤 일을 할 필요가 있을까?

☐ 이 상황과 관련해서 내가 반대하는 것은 무엇인가? 내가 그 반대를 포기하면 어떤 일이 일어날까?

☐ 여기에서 나에게 근본적으로 근거가 되는 도전과제는 무엇인가?

☐ 내가 존경하는 사람은 어떤 방식으로 이것을 해결할까?

☐ 나의 대응을 저해할 수 있는 어떤 감정들을 -두려움, 분노, 질투, 슬픔, 죄책감- 내가 완전히 받아들이지 못할까?

☐ 이 상황의 어떤 측면에는 너무 많이 집중하고 다른 것에는 너무 적게 집중하는데, 그곳이 어디인가?

☐ 이 문제에서 내가 배워야 할 가치 있는 교훈들은 무엇인가?

☐ 나의 대응을 제한할 수 있는 검증되지 않은 가정들은 무엇인가?

☐ 다른 사람의 의견들이, 내가 이것을 보는 방법을 제한하도록 하는 것은 어느 지점일까?

☐ 이 도전과제나 문제에 패턴이 있는가? 그렇다면, 무엇인가?

☐ 내가 지금 당장 하거나 중단할 수 있는 단 하나의 가장 좋은 일은 무엇인가?

☐ 이것을 더 잘 처리하기 위해서, 비슷한 상황에서 배운 교훈을 어떻게 적용할 수 있을까?

☐ 내가 지금 당장 용기를 낸다면, 어떤 일을 할까?

4단계: 재구성하라 (Reframe)

보트는 그 주변의 물 때문에 가라앉지 않는다. 반면에 그 안으로 들어가는 물 때문에 가라앉는다. 마찬가지로 당신은 당신 주변의 세상을 항상 바꿀 수는 없다. 하지만 당신 내면의 세상은 언제든 바꿀 수 있다. 당신이 자신의 상황을 바라보고 있는 방법을, 그리고 그에 따라 당신이 그것을 경험하고(침착하게 혹은 Red Bull의 캐릭터인 Tigger처럼) 그에 대응하는 방법을 재구성함으로써, 내면의 세상을 바꿀 수 있다.

도전에 직면했을 때, 기억하라. 문제가 아니라, 당신의 관점을 재구성해야 한다. 큰 문제가 있는 사람과 문제들을 크게 만드는 사람 사이에는 다른 세상이 있다.

당신의 차가 고장이 났을 때, 당신의 차에는 문제가 없다. 당신이 문제가 있는 것이다. 왜냐하면 갑자기 당신 자신이 도로변 또는 그와 비슷한 불편한 곳에서 꼼짝하지 못한 채 원하는 목적지로 갈 수 없게 되기 때문이다. 그래서 문제는 당신 것이 된다. 당신이 지금 다루고 있는 어떤 문제에도 똑같이 적용된다. 당신이 문제라고 바라보고 있는 것은 사실은 문제가 아니다. 문제는 그것이 당신과 당신의 삶에 영향을 미치는 방식이다. 당신의 문제가 내면에 깃들어 있다는 것을 앎으로써, 뒤로 물러나 새롭고 강화된 관점에서 문제를 관찰하고, 그것들을 재구성할 수 있다.

실제든 또는 그렇게 인지하든, 위협에 대처하는 자신의 능력을 평가하는 방법에 따라서 우리는 스트레스를 겪는다. 다시 말해서, 특정한 사람이나 사건, 상황 그 자체가 '스트레스'를 주는 것이 아니라, 오히려 당신이 그 사건에 대처하는 능력에 대한 평가가 스트레스를 주는 것이다. 그 사건('스트레스 요인, stressor')을 처리하거나 해석하는 방법이 불안이나 두려움의 감정을 유발한다. 그것은 지례로 신체의 생리적 변화를 생성시킨다. 예를 들면, 심장 박동이 더 빨라지고, 손바닥에 땀이 나고, 호흡이 더 빠르고 얕아진다. 이것을 스트레스라고 부른다.

"나는 스트레스가 많은 하루를 보냈어요."
"그들이 나에게 스트레스를 주고 있어."
"나는 스트레스를 받고 있어요."
"내 일이 너무도 스트레스를 주고 있네."

역설적인 것은 당신이 얼마나 많은 스트레스를 느끼는지 이야기함으로써, 더 많은 스트레스가 생겨난다는 것이다. 스트레스가 높아질수록, 두뇌의 비판적 사고 부분을(당면한 문제에 대한 최고의 해결책을 떠올리는 곳) 끌어들이는 능력이 떨어진다. 요컨대, 더 많이 스트레스를 받을수록 당신은 덜 똑똑하게 생각한다.

연구에 따르면, 일정량의 스트레스는 몸에 좋다. 새로운 고객에 대한 영업 설명회나 인터뷰 준비에서 최고의 성과를 달성하는 데 도움이 된다. 스트레스는 하려는 일에 당신을 집중시키는 역할을 하고 당신의 집중도를 높인다. 잘 활용되면, 스트레스는 더 나은 성과를 내고 경쟁력을 높이는 데 도움이 된다. 특히 위험성은 높고, 압박은 격심하며, 가장 작은 경쟁우위라도 사소한 차이를 만들 수 있을 때, 더욱 그렇다.

1930년대에 '스트레스'라는 용어를 처음 만든 한스 셀리에(Hans Selye) 박사는 어떻게 하면 스트레스를 없앨 수 있는지 묻는 청중에게 경고했다. "누군가가 당신에게 스트레스를 없애 줄 수 있다고 말하면 도망가라. 그들이 실제로 말하는 의미는 그들이 당신을 죽이고 싶다는 것이다. 스트레스의 부재는 건강이 아니라, 죽음이다." 실제로 스트레스는 의학적 문제가 아니고, 몸의 생리적 반응을 유발하는 심리적 상태라는 것이다.

온실 밖에서 식물들이 살도록 원예가가 준비할 때, 자연환경에서 맞게 될 가변성으로부터 식물들을 강화하기 위해서, 그들은 더 다양한 온도에 식물을 점차 노출한다. 우리는 식물보다 더 많이 복잡하지만, 똑같은 원리가 우리에게도 적용된다. 당신에게 다가온 상황에 노출되는 것만으로도, 더 큰 도전을 향한 당신의 능력, 역량, 용기를 쌓을 수 있다.

반대로, 일정량의 긴장이 없으면, 실제로 힘과 지구력 그리고 자연적인 회복력을 잃는다. 스트레스에 노출되는 것은 성장을 위한 가장 중요한 자극제이다. 그것이 없으면, 인생은 점차 사그라든다. 그래서 어떻게 관리하느냐에 따라 스트레스가 건설적일 수도, 파괴적일 수도 있는 삶의 귀중한 힘이라고 생각하라. 잘 다루어진다면, 스트레스는 충만한 삶을 사는 당신의 능력을 손상하는 것이 아니라 개선할 것이다.

모든 스트레스를 없애길 바라지는 말자. 최선을 향해서 뻗어가고 성장하며 성과를 내게 하는 것은 스트레스이다. 성과를 완벽하게 만들고 주의를 집중시키기 위해서, 당신은 스트레스를 흘어버리는 것이 아니라, 스트레스를 억제하고 그것을 사용하는 법을 배워야 한다.

할 수 없는 일이 아니라
할 수 있는 일에 집중하라

2008년에 나의 남동생인 프랭크는 엔지니어로 일하던 카타르 도하 외곽의 커다란 모래 언덕을 가로질러서 오토바이를 타고 있었다. 프랭크는 부모님 농장에서 오토바이를 타고 자랐으며 경험 많은 라이더였다. 그는 항상 최고의 안전 보호 장비를 착용했다. 두 명의 친구들과 동행한 이 특별한 라이드에서, 프랭크는 다른 것들과 조금도 다르게 보이지 않는 커다란 사구를 올라갔다. 그는 알아채지 못했지만, 그 사구의 꼭대기 너머에는 단단한 암석층 위로 약 10m의 깎아지른 절벽이 있었다. 프랭크는 바위에 부딪힌 후에도 살아있을까 걱정하면서 공중을 날아갔다. 다행히 살아남았다. 하지만 충격으로 인해 열두 번째 척추뼈가 산산조각이 나서, 허리 아래는 마비 상태가 되었다.

나는 그 사고가 있은 지 10일 후에 도하 재활병원에 도착했다.

다음 날부터 나는 프랭크의 병상 옆에 앉아 많은 시간을 보냈다. 제대로 된 재활치료를 받기 위해 호주로 비행하기 전까지 몇 주 동안, 프랭크는 그곳에서 안정을 취해야 했다.

3일째 되는 날 스웨덴에서 방문한 척추손상 전문의가 환자들을 만나기 위해 척추과를 지나왔다. 그가 프랭크의 침대에 도착해 상태가 어떤지 물었다. 프랭크는 평소처럼 유쾌하게 대답했다. 그리고 언젠가는 자신을 잘 돌보아준 간호사들에게 인사하기 위해 병동으로 걸어가는 것을 고대한다고 말했다. 나이 든 의사는 그를 바라보면서 상냥하면서도 엄숙하게 말했다. "프랭크, 당신이 이 말을 듣기가 매우 어렵다는 것을 압니다. 그러나 당신에게 정직해야 하는 것이 나에게는 중요합니다. 당신은 다시는 걸을 수 없게 될 겁니다. 당신의 부상에 대한 치료법은 없습니다. 그러므로 당신이 재활에 집중하고, 또 다리를 사용하지 않고 생활하는 방법을 배우는 데 집중하는 것이 중요합니다. 재활이 다시 걷는 데 도움 되지는 않습니다. 그러나 그것은 부상으로 생긴 한계 내에서, 잘 사는 방법을 당신에게 가르쳐 줄 것입니다." 그것은 잔인한 순간이었다. 그것을 회상하기만 해도 아직도 목에 무슨 덩어리가 걸린 듯하다.

역경들에 의해 당신의 인생이 형성될 수는 있다. 그러나 그것들에 의해 정의될 필요는 없다. 그러므로 고난이나 마음의 고통을 당신의 정체성으로 간직하지 마라. 당신이 어떤 사람이 되고 싶은지 결정하라. 당신이 세상에서 어떻게 보일지 결정하는 힘을, 결코 사건에 실어주지 마라. 당신이 과거 안에 살지 않는 한, 당신의 과거는 당신의 미래와 같지 않다.

다음 날 나는 병원에 도착해서, 잠은 잘 잤는지 그리고 재활을 위해 호주로 비행할 수 있을 때는 어떨지, 프랭크에게 말을 건넸다. 그는 나를 바라보고 말했다. "마지, 어제 그 의사가 한 말이 썩 마음에 들었다고 말할 수는 없어."

"그래. 알겠어, 프랭크. 누가 그러겠냐!" 눈에서 눈물이 흐르고, 목이 메어서 나는 대답했다. 하지만 그는 "너도 알잖아."라고 반사적으로 말했다. "내 삶을 살지 못하게 막는 힘을 이 부상에 실어주지는 않을 거야. 내가 할 수 없는 일들이 천 가지가 될지 모르지만, 아직도 할 수 있는 일은 5천 가지나 있어."

그것은 가장 신랄하고 거칠고 잔인하고 아름다운 순간의 삶이었다. 나는 그 순간, 그전에는 인식하지 못했던 내 동생의 용기를 목격했다. 재구성에 관한 이야기이다. 그전까지 나는 프랭크를 그렇게 자랑스러워한 적이 없었다.

그 이후로도 셀 수 없이 프랭크는 자신의 상황을 재구성했다. 그리고 그가 여전히 할 수 있는 많은 일에 집중했을 때, 똑같은 자부심이 나를 압도하는 것을 느꼈다. 지난번에 매주 일요일 밤의 식사 모임을 위해 우리 집에서 만났을 때, 프랭크는 발리에서의 스쿠버다이빙 휴가에서 막 돌아왔다. 그 후 그는 다리를 사용하지 않고 스키 타는 법을 배웠다. 그는 다음 달에 해외로 출장을 떠날 예정이다.

나는 프랭크가 용기, 회복탄력성 그리고 훌륭한 유머로 대응하는 것을 몇 번이고 보았다. 그리고 완벽하게 정상적인 다리가 있어도 자신이 처한 상황에 대해 분개하고 그것을 바꿀 힘도 없이, 자신이 만든 정신적 감옥에 자신을 가두고 있는 많은 사람을 생각했다. 삶에 대한 이러한 관점은 그들이 변화시킬 수 없는 것을 받아들이거나, 그들이 할 수 있는 것을 변화시키는 노력을 막고 있다.

내 친구 워릭 페어팩스(Warwick Fairfax)는 자신이 경영하던 150년 된 가족 사업체를 잃은 경험에 바탕을 둔, 그의 책《가혹한 시련의 리더십 (Crucible Leadership)》에서 이렇게 썼다. "우리가 인생에서 가혹하게 시련을 겪는 순간을 포용할 때, 우리는 최고의 자아가 성취되도록 그것들을 활용할 수 있다. 우리가 어떻게 개선되는지 이해하는 것은 우리가 진정 어떤 사람인지 이해하는 데 도움을 준다. 그래서 우리는 앞으로 나아가며, 영향력 있고 의미 있는 삶을 영위할 수 있다."

예일대 심리학자 찰스 모건 3세(Charles A Morgan III)는 적군에게 붙잡혀 심문당하는 경험을 실제와 똑같이 모의 훈련하는 12

일간의 집중 훈련과정을 수행한 해군 요원을 연구했다. 역경을 삶의 자연스러운 일부로 받아들이는 사람들은 외상후스트레스장애(PTSD)로 발전될 수 있는 증상을 보일 가능성이 작았다. 그리고, 이른바 외상 후 성장(PTG)을 경험할 가능성이 더 크다는 것을 모건은 발견했다.

당신은 때때로 새로운 상황들에 직면해야 할 것이고, 당신을 불편하게 만드는 도전들에 대처하게 될 것이다. 이렇게 예상하면, 평범한 것부터 중요한 것까지의 모든 유형의 도전과제에 반응하기보다는 대응할 수 있게 된다. 이것은 당신에게 닥친 상황에 대한 것만큼, 당신이 선택하는 상황들에도 적용된다.

심리학자 로렌스 칼훈(Rawrence Calhoun)과 리처드 테데스키(Richard Tedeschi)는 사람들이 트라우마의 여파로 더 강해지는 현상을 묘사하기 위해, '외상 후 성장(PTG)'이라는 용어를 만들었다. 과정과 결과 양쪽 모두라는 걸 고려한다면, PTG는 외상후 스트레스의 반대가 아니라, 그것과 나란히 경험될 수 있는 것이다. 일반적인 코칭 격언을 인용하면, 파괴는 발전보다 먼저 일어난다. 파괴가 더 클수록, 잠재적 발전이 더 변혁적이다.

'잠재력'이 중요하다. 외상 후 성장의 영역에서, 잠재적 발전의 혜택에는 완전히 새로운 삶의 경험이 포함된다. 그냥 '정상적인 상태로 돌아가는' 것이 아니라 이전의 '정상적인 상태'를 능가하는 향상된 수준의 평안한 상태로 도약하는 것이다.

이것은 더 강한 자존감, 더 진정한 관계, '작은 일들'과 삶 자체에 대한 더 큰 감사를 포함한다. 또한 미래의 도전을 뛰어넘는 확장된 자신감을 포함한다… "내가 그것을 해냈다면, 난 뭐든지 해낼 수 있어요." 코로나19 팬데믹 동안 가상공간 수업으로 고등학교를 졸업한 내 아들 벤이 거실에서 말했다. "지금 내가 스트레스를 받으려면 훨씬 더 많은 시간이 필요해요."

상황에 대응하는 것과 그에 대한 반응하는 것 사이에는 뚜렷하고 중요한 차이가 있다. 잘 대응하려면 사려 깊고 합리적이며 건설적이어야 하기에, 명석한 두뇌와 침착한 손이 필요하다. 반응하는 것은 투쟁 또는 도피 본능에 의해 작동한다. 그것은 맹렬히 비난하고 성급하게 반응하고, 보복하거나, 숨기 위해 도망하게 만든다. 우리의 대화에서, 그것은 '침묵 혹은 폭력'을 강요한다. 타의 추종을 불허하는 칼을 든 사람처럼, 하나의 방어적 위치에서 다른 위치로 반작용적으로 휘청거린다. 모든 것을 받아넘기기는 하지만, 공격은 없이.

반응한다는 것은 기본적인 대응이다. 이것이 감정에 대한 지배력을 기르는 사람들이, 자신의 도전을 배우고 성장하며 더 강하게 일어나는 지렛대로 사용할 수 있는 이유이다. EQ가 IQ보다 훨씬 더 강력한 성공 예측인자인 것은 당연하다. SOAR 방법론의 각

단계를 수행하면, 어떤 상황에서 어떻게 대처할 것인지 의식적으로 선택하는 능력을 갖춘다.

물론, 때때로 어떤 상황을 다룰 때 실행 가능한 선택 사항이, 실행 가능하지 않을 수도 있다. 예를 들어, 과잉 통제하고 일터에 집착하는 지시형 상사에게, 당신은 단지 말이라도 해보고 싶어 한다. 당신의 가족은 당신의 소득에 의존하고 있다. 하지만 당신은 일에서 배제되고 결국 실직하게 된다. 따라서 적어도 지금은 실행 가능한 선택 사항이 아니다.

그래서 내가 '선택'을 언급할 때, 나는 당신의 모든 선택 사항들이 동등하거나 심지어 실행 가능하다는 것을 의미하지는 않는다. 오히려 당신이 원한다면, 그렇게 할 수 있는 힘을 당신이 가지고 있다는 것을 의미한다. 당신이 사용할 수 있는 선택지가 있음을 인정하고, 어떤 선택지를 취할 것인지 의식적으로 선택하면, 그것이 당신을 약자와 희생자의 위치에서, 권력과 소유권자의 위치로 옮겨줄 것이다. 표8에서 설명하는 것처럼, 덜 최적화 된 상황에 대한, 다시 말해서 자극에 대한 대응을 적극적으로 선택함으로써,

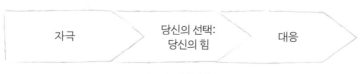

자극 　　　　　당신의 선택:　　　　대응
　　　　　　　　당신의 힘

〈표8〉 선택의 힘

당신이 그것을 해결하는 방법과 그것에 임하는 심적 태도를 바꿀 것이다.

예를 들어, 당신이 정말로 즐겁지 않은 직업이거나 해로운 팀 문화에서 일하는 경우 – 하지만 여러 가지 이유로 지금 당장 떠나는 것을 선택할 수 없는 경우 – 그러면 당신은 여전히 당신의 직책에 임할 태도와 기분을 매일 선택할 위치에 있는 것이다. 당신이 선택할 힘을 가졌기 때문에 당신이 선택하기에 따라서는 그 환경의 유일한 희생양이 될 수도 있다. 위대한 철학자 세네카의 말을 인용하자면, "가장 강력한 사람은 자신의 힘 내부에 자아가 있는 사람이다."

파괴는 돌파보다 먼저다

킨츠기(Kintsugi)는 금이 간 도자기를 고치는 고대 일본 예술이다. 균열을 숨기는 것보다는 깨진 조각을 금, 은 또는 백금 가루와 혼합한 옻칠과 다시 결합한다. 복원되면 도자기가 지닌 아름다움은 과거의 '파괴'를 포용하는 새롭고 독특한 아름다움으로 유지된다. 그러므로 그것이 지닌 선물을 위해 당신의 '파괴'를 받아들여라. 그리고 변화에 적응하고 당신의 위대한 도전을 최고 성장을 위한 촉매로 변환시키는 당신의 능력을 과소평가하지 마라.

각각의 SOAR 단계 4가지를 수행하는 것은 감정을 억제하는 일회성 훈련이 아니다. 그것은 몇 번이고 반복해서 스스로 수행해야 하는 과정이다. 때로는 똑같은 문제나 사람에 대해! 숲을 통과하는 새로운 경로를 일회성으로 걷는다고 새로운 길이 생성되지 않듯이, 다르게 대응하기 위해 '뇌를 훈련'해야 한다. 더 차분하고 덜 불안하게. 주의 사항: 이 작업은 당신이 원하는 것보다 더 오래 걸릴 것이다.

진정으로 성공한 사람들은 인생의 게임에 숙달되는 데 성공한 사람들이다. 그들은 중요한 삶을 사는 데 완전히 몰두하고 있지만, 또한 확장된 관점으로부터 자신의 좌절, 투쟁 그리고 슬픔에 대응할 수 있다. 그들은 여전히 일상생활과 관련된 고통을 느끼지만, 그들은 그것을 좋고 나쁨으로 판단하지 않고, 오히려 더 깊이 있고 더 전심으로 느끼는 초대장이라고 판단한다. 그들은 SOAR 단계에 대해 결코 들은 적은 없어도, 대부분은 그렇게 산다.

두려움보다 믿음의 길을 걷기로 선택하고, 삶이 당신에게 일어난 것이 아니라 당신을 위한 것이라고 믿으면, 모든 역경에서 기회를 찾는 데 도움이 될 것이다.

폭풍우가 불어닥치면 참나무는 더 깊은 뿌리를 내린다. 마찬가지로, 역경을 통해 우리는 다른 곳에서는 발견할 수 없는 확실성 찾기 위해 내면을 들여다보게 된다. 그 과정에서 우리 자신에게 새로운 차원의 인간성을 도입하고, 그렇지 않았다면 휴면 상태에 놓였을 수 있는 강점을 연마하게 된다. 당신이 삶을 어떻게 바라보고 있는지 다시 한번 살펴보도록 요구함으로써, 역경은 압박 속에서도 번성하도록 당신의 대역폭을 확장하며, 당신 자신을 더 높은 곳으로 이끈다.

그것은 이런 질문을 던진다. 어떤 일이 일어나더라도 그것을 다룰 수 있다고 당신이 믿는다면, 그것이 당신을 자유롭게 만들어 완전히 새로운 높이까지 솟구치게 하는 방법은 무엇일까?

7

용감하게 이끌어라

두려움이 아니라, 용기를 북돋아 주는 문화를 가꿔라

사람들을 이끌기 위해서는 불편한 것에 편안해야 한다.
당신은 항상 모든 것을 쏟아야 한다.
다른 사람들이 믿도록 영감을 주고, 그 믿음이 현실이 되게 하라.
-게리 버니슨(Gary Burnison), 콘 페리 CEO-

옛날 옛적에 너무 높이 올라간 리더가 있었다. 최소한 그의 자아를 빼고는 그 어떤 것에도 도움이 되기에는 너무 높았다. 그를 매트(Matt)라고 부르자.

내면의 깊은 곳에서, 매트는 그것이 사실임을 알고 있었다. 아, 슬프다! 그의 자아는 도움 요청은커녕, 그가 모르는 것을 인정하지도 못하게 막았다. 자신의 능력에 확신이 없어서, 그는 자신을 부풀려 과도하게 보상했다. 그래도 그는 자신의 허세가 날아가 버리는 것에 대비해, 끊임없이 경계하고 있다고 느꼈다. 결과적으로, 그는 잘못될 수도 있는 일에 몰두하고, 자신의 지위를 보호하기 위해 일하면서 대부분의 시간을 썼다.

그는 자신이 통제할 수 없는 것에 대해 불안해했다. 그런 일은 많았다. 자신이 운영하는 회사 부서에 자신의 정체성과 미래가 걸려 있었고, 그가 돌보는 터전을 잃을까 봐 걱정했다. 그는 두려움 속에서 일했고, 두려움과 대화하고 두려움에 이끌렸다. 시간이 지남에 따라, 그의 두려움은 그의 경영진에 침투했다. 그리고 그의 바로 아래 지위로 선택되어, 그 조직의 모든 사람의 열정과 용기를 서서히 갉아 먹었다. 아무도 안전하다고 느끼지 않았다.

매트의 불안이 커질수록, 그의 판단력은 약해졌다. 그는 지출을 줄이고 상세하게 관리했다. 그는 경영진에 보내는 부하 직원의 기획서를 뜯어고쳤고, 모든 상향 피드백을 걸러냈다. 그는 자신의 의도를 비밀로 감추었고 계획은 더욱 그랬다. 그는 팀의 모든 움직임을 관찰했고, 감히 그에게 도전하는 사람들을 - 가장 훌륭하고, 밝고, 대담한 사람들을 내쫓았다. 남아 있는 사람들은 고개를 끄덕이며 동의하는 것이 최선이라는 것을 배웠다. 시간이 지남에 따라, 모든 계획이 중단되었다. 두려움이 그랬듯이, 지위를 통해 불신이 퍼져나갔다.

그런 다음 위기가 그의 산업을 뒤흔들었다. 매트는 예산을 대폭 삭감했다. '잃지만 않으려고 행동'하는 그의 성향이 확대되었다. 반면에 그 회사의 더 민첩한 경쟁자들은 혁신을 거듭하여, 기반을 점점 더 확보했다. 그가 경영하면서, 기회가 낭비되고, 상업적 가치는 상실되며, 잠재력은 그가 뿌린 두려움에 인질로 잡혔다.

옛날 옛적에 … 아 … 우리는 원하지도 않는다.

이 이야기는 대부분 허구이지만(그리고 매트가 당신 직장의 누군가와 닮았다면, 순전히 우연의 일치다), 이 이야기는 드문 일이 아니다.

바로 이 장은 다음의 이유에 초점을 맞추었다. 하나는 다른 사람들이 더 용감해지도록 북돋아 주는 더 나은 리더가 될 수 있도록 그리고 다른 하나는 매트와 같은 리더가 되지 않도록 당신을 돕는 것이다.

사람들은 다른 방식으로 일을 하는 것이 안전하지 않다고 느낄 때 안주한다. 두려움이 아닌 용기를 불어넣는 문화를 생성하는 것이, 바로 리더십에서 가장 중요한 과제 중 하나이다. 그것은 타고난 성향보다 더 용감하게 행동하도록, 사람들을 북돋아 주는 문화이다. 리더가 할 수 있는 첫 번째 방법은 그들의 성향보다 더 용감하게 행동하는 것이다. 두려움이 전염성이 있는 것처럼, 용기도 전염성이 있다. 더 고귀한 대의를 위해 기꺼이 취약성을 무릅쓰는 사람들은 다른 이들이 더 안전하게 똑같은 행동을 하게 만들 것이다.

어떤 조직이든지, 가장 큰 위협은 가장 눈에 띄지 않는다. 그 위협은 조직 내부나 화상회의 너머에 깃들어 있는 두려움이다. 구조

조정, AI 기반 감축 그리고 노동력의 차익거래로 역외로 이동한 일자리 등에 관한 뉴스가 범람할 때, 두려움은 바이러스처럼 퍼질 수 있다. 그때, 영리하고 능력 있고 창의적인 사람들이, 조직의 이익에 반해서 작동하는 근시안적 결정을 내린다. 왜 그럴까? 다른 방식으로 안전하다고 느끼지 않는 한, 사람들이 안주하기 때문이다.

우리가 사는 세상은 점점 더 상호연결되고, 이동성이 있으며, 변덕스럽고, 경쟁적으로 변해간다. 그래서 리더가 '위험에 기대어' 낡은 패러다임에 도전하도록 다른 이들을 북돋아 줄 필요성이 어느 때보다 커졌다. 도전을 향해 발걸음을 내딛는 사람들은 두드러질 것이다. 그리고 그들이 두드러지기 때문에, 다른 사람들이 위협을 보는 곳에서 기회를 바라보고, 다른 사람들이 불안을 키우는 곳에서 영향력을 키우고, 다른 사람들이 의심의 씨앗만 심는 곳에서 주변 사람들에게 용기의 씨앗을 심는 특별한 위치를 그들은 차지할 것이다.

집단적 지성 또는 다양성을 포함한 다른 어떤 요소보다, 심리적 안정이 가장 강력한 팀 성공의 예측인자로 밝혀졌다. 이것은 대인관계의 위험을 감수할 때, 사람들이 얼마나 안전하다고 느끼는가를 의미한다. 서로의 의견에 도전하거나, 그들 자신의 실수와 걱정거리를 공유하거나, 그들이 무엇을 해야 할지 모른다고 인정하거나, 도움을 요청하거나, 또는 그들이 뭔가 잘못했을 때 사과하는 등, 이런 것들이 대인 관계의 위험 요소들이다.

심리적 안전성의 수준이 높은 팀에서 일하는 사람들은 더 많이 참여할 뿐만 아니라, 집단적 독창성을 분출하는 시너지를 증진하기 위해 더 잘 협력한다. 요컨대, 그들은 각 부분이 합한 것보다 더 강하다.

심리적으로 안전한 환경에서, 실수는 경력을 끝내는 존재가 아니다. 그리고 실패는 귀중한 코치가 되어, 장점을 쌓는 귀중한 교훈을 가르친다. 따라서 다른 사람들이 존중받고 보살핌을 받는다고 느낄 때, 당신은 그들이 앞으로 나아가며 위험을 감수하도록 격려한다. 에이미 에드먼슨(Amy Edmondson)은 그의 저서 《두려움 없는 조직(The Fearless Organization)》에서 이렇게 썼다. "심리적 안정은 가능한 것을 성취하지 못하게 사람들을 막고 있는 브레이크를 벗겨낸다."

리더는 여러 면에서 상황에 어떻게 대처하고 반응하는지 단서를 제공하면서, 주변 사람들의 감정적 지표 역할을 한다. 또한 주변 사람들의 두려움과 불안을 조율하고 인식함으로써, 변화와 불확실성을 헤치고 사람들이 자신감 있게 그들의 길을 나아가도록 도울 수 있다. 심지어 두려움, 불확실성 그리고 위험 회피가 만연한 상황에서도, 용기의 문화를 배양하는 도움을 줄 수 있다.

관리자들은 사람들이 실패하면 어떤 일이 일어날지에 관리자들은 너무도 자주 집착한다. "당신이 망쳐 버리면, 당신은 사라질 겁니다."라고 다른 사람들이 경고하는 것을 얼마나 자주 들어 본 적이 있는가? "이거 망치면, 나는 죽을 거야." 스스로 얼마나 자주 말했는가? 문제는 이것이다. 우리가 잘못될지도 모르는 일에 더 많이 주의를 기울일수록, 올바른 방향으로는 더 조금밖에 나가지 못한다는 것이다. 빌 트레저러(Bill Treasurer)는 그의 저서 《용기가 일한다(Courage Goes to Work)》에서 이렇게 썼다. "오직 실패의 결과에만 집중함으로써, 그러한 관리자들은 사실상 안전망의 구멍을 더 넓히고 있다."

이 장은 다른 사람들이 최선의 일을 할 수 있는 환경을 생성하도록 당신을 돕기 위한 것이다. 당신이 직면한 도전에 관해서 더 크게 생각하고, 대담한 아이디어를 더 나은 결과로 바꾸는 데 필요한 용감한 행동을 취하도록 하기 위해서다.

그래서 어떻게 해야 그렇게 할 수 있는가?

세상의 모든 의미 있는 변화가 생겨나야만 하는 곳에서 시작하라. 당신 내면의 세상을 오랫동안 열심히 살펴봄으로써!

진정한 리더십은
안에서 밖으로 확장된다

진정한 리더십은, 많은 사람이 전통적으로 리더십의 조건이라고 생각하는 '지휘와 통제'의 개념을 초월한다. 그 전통적인 것은 산꼭대기에 서서 그들 아래의 모든 사람을 지휘하는 강하고 경쟁적이며 권력을 휘두르는 사람들이라는 생각을 의미한다. 기업이 날로 돋보이려고 하는 시대에, 상아탑에서 행동을 지시하는 미래 지도자들은 거의 없을 것이다. 또 그렇게 시도하는 사람은 실패하게 될 것이며, 점점 더 많은 사람이 그 대열에서 벗어날 것이다. 권력을 잃을 것이라는 두려움이 아니라, 명확한 목적의식과 내재한 힘에 따라 행동하면, 각양각색의 남성과 여성 모두가 존경받고 미래를 형성하는 데 필요한 영향력을 키울 것이다. 이러한 일은 비즈니스, 정부 그리고 사회에서, 또 지역적, 국가적, 그리고 세계적으로 발생한다.

리더십은 소수의 영역이 아니다. 용기를 가지고 그것으로 행동하는 자들의 영역이다. 그러니 리더가 어떻게 보여야 한다는 오래된 패러다임을 제쳐두고, 거울을 살펴보아야 한다. 그렇다. 당신은 리더에게 필요한 모든 것을 갖추고 있다. 그리고 더 빨리 자신을 그런 사람으로 바라볼수록, 다른 사람들도 역시 더 빨리 그렇게 보게 될 것이다.

오늘날 가장 성공적인 지도자는 평범함에 정착하는 것을 거부하거나 안전에 집착하지 않는 남성과 여성이다. 그들은 솔직하게 말하고, 변화를 포용하고, 역경 속에서 기회를 잡는다. 그들은 자신의 비전과 가치를 위해서, 기꺼이 경력과 보너스를 포기할 위험을 무릅쓴다. 그렇게 함으로써, 그들은 용기 있는 마음가짐을 구체화한다. 때때로 그들의 행동은 비범한 결과를 낳고, 어떤 때에는 그러기엔 부족하기도 하다. 그러나 최고 수준의 권력과 영향력으로 상승하는 것은 순전히 그들이 생성한 결과 때문은 아니다. 오히려, 그것은 전통에 도전하며, 경청으로 판단력을 날카롭게 하고, 야심 찬 목표에 착수하고, 끈기 있게 그것을 실행하며, 역경 속에서도 인내하는 용기 때문이다. 이 모든 일은 당신 또한 할 수 있다.

"리더는 태어나는 것이 아니라, 만들어지는 것이다. 그리고 그들은 어떤 외부 수단보다 스스로에 의해 더 잘 만들어진다. 나이와 상관없이, 누구나 자기 변혁이 가능하다." 저명한 리더십 전문가인 워렌 베니스(Warren Bennis)의 이 말은 시대를 초월한 진실로 되풀이된다. 어떤 사람들은 보통 리더십과 연관시키는 타고난 특성이 있지만, 사실은 어떤 연령대에 있거나, 어떤 수준에 도달했거나, 어떤 규모의 조직에 있느냐에 관계없이, 누구라도 리더가 될 수 있다. 그리고 오늘날의 점점 더 불확실하고 변덕스러운 환경에서, 모든 조직에 있는 모든 연령대와 모든 수준에 있는 모든 사람이 리더십의 자리에 오르고, 영향력의 영역을 증가시키며, 영향을 주는 권한을 소유할 수 있다. 그리고 지금 보다 그 필요성이 더 큰 적도, 그럴 기회가 더 많았던 적도 결코 없다.

이 책을 쓰는 동안, 내가 리더십 책이나 자기계발서를 쓰고 있느냐는 질문을 수도 없이 받았다. 거기에 의미 있는 차이가 있을까?

리더십에 관한 100,000권이 넘는 책은 대부분 공식적인 '리더십' 지위에 있는 사람들의 특정한 도전과 전략적 선택에 초점을 맞추고 있다. 모두 좋다. 하지만 그들이 자신을 이끄는 힘든 일을 먼저 하지 않는 한, 이 세상의 모든 훌륭한 리더십에 대한 조언은 그들을 위대한 리더로 만들어 주지 않는다. '지도자'로 선택된 많은 사람이 주변 사람들에게 최고의 영감을 주지 못하는 이유를, 그것은 또한 설명할 수 있을 것이다. 그들은 단지 그들 내면의 최고의 것을 수렁에 빠지게 하는 핵심 두려움과 신념을 다루는 '내면의' 힘든 작업을 수행하지 못한 것이다. 리더십은 모두 개인의 계발에 관한 것이다. 리더십은 내면에서 바깥쪽으로 뻗는다.

시험하지 않은 가정들, 확인되지 않은 불안들, 근거 없는 이야기들 그리고 고삐 풀린 자아와 함께 하며 경청을 내켜 하지 않는 리더는 주변 사람들과 교류하는 방식이 제한적이다. 이것은 차례로 신뢰를 구축하고, 동의를 얻고, 그리고 그들이 이끄는 사람들의 완전한 잠재력을 활용하고자 하는 노력을 심각하게 훼손할 것이다.

당신은 인간관계에서 구축한 신뢰 덕분에 영향력을 행사하게 된다. 신뢰가 약한 곳에서는 당신이 생성하는 결과도 역시 그렇다. 그것은 이런 질문을 던진다. "어떻게 하면 당신의 권위에 상관없이 영향력을 행사할 수 있는 견고한 신뢰 관계의 네트워크를 조성할 수 있을까?" 그 질문에 답할 수 있는 다양한 방법이 많이 있다. 반면에, 각각의 핵심에는 의미 있는 연결을 생성시키고, 옳은 것을 말하고 실행하기 위해서 대가를 치르더라도 다른 사람들이 의지할 수 있는 사람이 되고, 그리고 다른 사람들이 절실하게 필요한 영감을 찾기 위해서 의지하는 진정한 비전과 인격 그리고 용기를 갖춘 사람이 되려는 당신의 능력이 놓여 있다. 따라서, 당신의 일에서 더 큰 게임을 하겠다고 결심한다면, 당신은 또한 기본적으로는 리더가 되겠다고 결심하는 것이다. 리더십은 용기를 요구하고, 용기는 리더를 만든다.

당신이 현재 가진 권한이 무엇이든지 리더십을 발휘하면서 주변 사람들에게 긍정적 영향을 미칠 수 있다. 다른 사람에게서 보고 싶은 용기와 목표, 열정을 당신이 보여줄 때마다 당신은 그렇게 된다. 스스로에게 물어보라. "내가 CEO라면 무엇을 하길 바라겠는가?" 과감하게 나서서 최고의 선을 제공하는 변화를 이끌어라. 그러면, 다른 사람들이 같은 일을 할 수 있도록 당신은 그들에게 영감을 주게 된다.

리더십에 대한 수많은 모델과 이론이 있지만 문화, 국가 및 대륙들에 걸쳐서 다양한 조직에서 일해 온 나의 경험으로는 가장 유용한 패러다임들은 또한 가장 간단한 것이라고 배웠다. 그 목적을 위해서 더 용기있게 사람들을 이끌 수 있도록 해주는 간단한 모델이 있다(표9참조). 그것은 3개의 교차하는 영역 – 연결하고, 영감을 주고, 북돋아 주는 – 으로 구성된다.

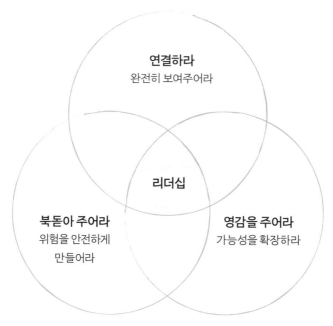

〈표9〉 용기 있는 리더십의 세 가지 영역

연결하라 (connect)- 높은 신뢰로 진정한 관계를 구축하라.

영감을 주어라 (inspire) - 의미 있고 강요된 비전 뒤에서, 이유에 대해 커다란 의문을 품는 사람들을 참여시켜라.

북돋아 주어라 (embolden) - 위험을 감수하는 것을 사람들이 안전하다고 느끼게 하는 용기의 문화를 조성한다.

진정성 있게 연결하라

사람들은 메시지에 대해 무슨 생각을 할지 결정하기 전에, 메시지 전달자에 대해 무슨 생각을 할지 결정한다. 그와 같이, 진심 어린 관계를 구축하는 것은 중대하다. 연결이 강할수록, 더 많은 영향력을 행사하고 더 큰 영향을 미칠 수 있다. 다른 모든 것도 연결에 달려 있다.

다니엘 골먼(Daniel Goleman)은 감성 지능에 관한 연구에서, 인간의 존재는 연결로 구성되어 있다는 것을 발견했다. 우리는 다른 사람들에게 소속되고 연결되기를 원할 뿐만 아니라, 다른 사람들과 연결해야 할 필요도 있다. 표면적인 수준의 교류보다 더 깊이 자리한, 의미 있는 연결을 즐길 때 우리는 최고가 된다. 하지만 우리가 진정성 있는 장소에서 연결되지 않는 한, 의미 있는 참여는 발생될 수 없다. 상호 작용하며 진정성 있게 사람들을 이끄는 것은 흔히 용기 있는 행위 그 자체이다.

콴타스 항공의 전 CEO인 제임스 스트롱(James Strong)은 내게 이런 말을 나누었다. "진정한 리더십의 가장 중요한 요소는 두려움에 맞서고 극복하는 능력이다. 지도자로서의 당신은 직원과 의사소통하고 상호 작용하는 가운데 CEO로서, 리더로서 그리고 개인으로서 자신을 기꺼이 드러내는 위험을 무릅써야 한다. 리더 위치에 있는 많은 사람이 바쁘다는 핑계로 쉽게 대화를 회피하고 그것을 정당화하면서, 공식적이지 않거나 준비되지 않은 대화에 참여하기를 꺼린다. 공식적이지 않은 토론회는 통제된 환경에서 전달되는 대본화된 메시지의 안전성이 없다. 그러므로 직접적인 비판, 어려운 질문, 적대감, 심지어 실패한 결과까지도 감수하며 자신을 드러내는 용기가 필요하다."

사람 사이의 상호작용에서 안전지대로부터 벗어날 용기를 내는 것은 조직 전체를 관통하는 용기의 문화를 배양하는 데 도움을 주는 강력한 모범이 된다. 스트롱이 말했듯이 "열린 대화에 참여하는 것은 지도자가 가질 수 있는 가장 강력한 상호작용 중 하나이다. 그것은 극적으로 존중의 표현을 하게 하고, 리더십의 신뢰성에 대해서도 똑같이 극적인 효과를 낸다. 리더가 사람들을 위험에 빠뜨릴 때나, 그들의 업무, 그들의 공헌, 그들의 염려, 그들의 문제들에 진정한 관심을 보여 줄 때 사람들은 그것을 알아차린다. 그들은 또한 그렇게 함으로써 자신을 더 존중한다."

진실은 이렇다. 당신이 어디에서 MBA를 취득했는지가 아니라, 당신이 누구인지에 힘입어 사람들을 이끈다. 당신의 힘은 옳음에 존재하는 것이 아니라, 실상에 존재한다. 요즘같이 겉만 번지르르한 문화에서 사람들은 실재적이고 진정성 있는 것에 굶주려 있다. 우리는 우월성을 증명할 필요가 없으며, 자존심을 보호할 필요가 없는 사람들을 신뢰한다. 그들은 우리보다 조금 더 나은 사람이 아니라 완전한 '인간다움'을 나타내는 사람이다.

다음은 주변 사람들과 진정으로 소통할 수 있고, 그들의 집단적 잠재력을 열어주는 5가지 방법이다.

진정성 있게 들어라.
진정성 있게 공유하라.
진정성 있게 표현하라.
진정성 있게 인정하라.
진정성 있게 봉사하라.

진정성 있게 들어라:
대면의 힘을 펼쳐라

우리 대부분은 주변 사람들의 말을 정말로 들었다고 느끼게 하는 정도의 진정성으로, 그들의 말을 듣기 위해 애쓴다. 그 이유는 우리가 듣는 척하는 동안, 우리는 그냥 '재충전' 중이고 그들이 '생각을 바꾸도록' 돕기 위해 반박할 차례를 기다리는 중이기 때문이다. 그러나 진정한 듣기는 다른 사람에 의해 이해되려는 의도가 아니라, 이해하려는 의도로 완성된다. 이것을 잘하는 사람은 거의 없다.

누군가가 당신에게 어떻게 지내고 있는지 물어본 다음, 그들의 생각, 의견 또는 제안으로 끼어들거나 말참견하지도 않고, 앉아서 당신의 응답을 듣고 있었던 것이 마지막으로 언제였는가? 누군가의 말을 듣기 위해 시간을 내는 것은 관대한 행동이다. 그것은 그 어떤 다른 것도 할 수 없는 방식으로 그들이 누구인지를 확증한다. 그리고 겉으로는 상당히 비슷하겠지만 당신과는 확연히 다른, 그들이 사는 세상을 이해하는 데 도움을 준다.

경청은 종종 과소평가된다. 하지만 그것은 모든 리더에게 필요한 가장 강력한 도구이다. 진정성 있는 경청은 모든 경력과 비즈니스 관계의 질적 수준에 영향을 미친다. 그것은 사람들이 최상의 방법으로 신뢰하거나 협력하는 것을 방해하는 장벽을 무너뜨린다. 그것은 협조적인 관계를 공고히 하고 성장시키며 동료, 고객, 공급업체 그리고 직원과의 협력을 최적화한다.

먼저 듣지 않고 강의하거나, 설명하거나, 지시하면, 당신은 사람들을 소외시키고 그들의 방어기제를 일으킨다. 하지만 그들의 관점을 이해하고, 존중하는 마음과 성실한 태도로 경청한다면, 당신의 목표와 비전에 더욱 쉽게 그들을 동참시킬 수 있다. 그리고 경청에 실패한 사람들은 결코 할 수 없는 방식으로, 그들의 변화에 영향력을 미칠 수 있다.

당신의 행동반경 안에 있는 누가, 당신이 오늘 자신들의 말을 경청하기 위해 시간을 내준 것 대해 감사해할 것 같은가?

진정성 있게 공유하라:
취약성의 힘을 펼쳐라

'리더처럼 보이게 하는' 가면을 내리고, 스스로 동료와 직원들에게 진정으로 약한 모습을 보이는 것이, 진실한 연결, 열린 소통과 협업의 토대를 마련한다. 스타벅스의 CEO 하워드 슐츠(Howard Shultz)가 언젠가 말했다. "리더에게 가장 어려운 일은 취약성을 입증하거나 보여주는 것이다." 그렇지만, 슐츠가 자신의 책 《바닥부터 시작해서 끝까지(From The Ground Up)》에서 썼듯이, 취약성은 '사람과 팀을 하나로 묶는다.'

진정성 있게 자신을 공유하는 것은 다른 말로는 인간성을 드러내는 것인데, 이는 주식 시장에 투자하는 것과 같다. 내려가는 것이 없는(취약성), 올라갔을 때(개방되고, 보살피며 신뢰가 가득찬 관계) 이익을 얻지 못한다. 다른 사람들이 동료 인간으로서 관계를 맺을 수 있는 – 단순히 예산을 삭감하거나 업무를 아웃소싱하는 힘을 지닌 사람보다는 – 리더는 직원을 참여시켜 성과를 올리게 할 수 있다. 하버드 연구원인 숀 에이커(Shawn Achor)는 그의 저서 《행복의 이점(The Happiness Advantage)》에서 썼다. "더 진정으로 표현할수록, 마음가짐과 감정이 더 많이 퍼져나간다."

순수한 용기와 가식 없는 모습으로 전 세계적으로 존경받아 온 마더 테레사(Mother Terasa)는 "정직과 투명성이 당신을 연약하게 만듭니다. 어쨌든 정직하고 투명해야 합니다."라고 말했다. '연약한'이라는 단어에는 부정적인 의미가 내포되어 있지만, 우리가 사람과 더 깊이 연결할 수 있는 것은 연약해지는 과정을 통해서이다. 나는 연약함이 약점이나 한계와 동등하지 않다는 것을 명확히 하고 싶다. 제정신이 박힌 리더라면 시장 쟁탈전에서 약한 태도를 옹호하지 않으며, 주변의 사람들이 약하게 보이는 것도 원치 않는다. 오히려 정반대이다. 인격과 태도의 강한 힘은 연약함의 균형을 맞추는 데 중요하다.

자신을 진정성 있게 공유하는 것은 보호 본능에는 어긋날 수 있다. 당신 자신이 힘든 상황에 있을 것으로 예상할 때, 당신의 자동반응이 경계 상태에 돌입해서 자신을 보호하는 것은 이런 이유에서다. 이때, 출시를 철회하고, 회의를 취소하고, 인간관계에서 뒤로 물러나고, 주목받는 상황에서 후퇴하는 등의 반응을 보인다.

자신을 연약하게 만드는 것은 직관과는 어긋난다. 그러나 동시에, 다른 사람들과 가장 깊이 연결되는 방법이다. 우리는 성공이나 승리보다는 우리의 투쟁과 연약함을 통해 훨씬 더 깊이 연결한다. 진정한 리더십은 자신의 연약함을 포용하게 한다. 그것으로, 우리는 주변 사람들과 더 진정성 있게 연결할 수 있을 뿐만 아니라, 그들 자신의 연약함을 포용하도록 영감을 줄 수 있다.

당신의 인간성을 드러냄으로써, 당신의 강점으로는 보여줄 수 없는 방식으로, 팀 내에서 신뢰 있는 관계를 생성할 수 있다. 패트릭 렌시오니(Patrick Lencioni)는 그의 저서 《탁월한 조직이 빠지기 쉬운 다섯 가지 함정(The Five Dysfunctions of a Team)》에서 이렇게 썼다. "연약함은 소프트 스킬(개인의 역량)이 아니라 훌륭한 조직을 구축하는 열쇠다."

취약성을 보호하기 위해 어디에서 마스크를 착용하고 있는가? 마스크를 벗으면, 어떻게 주변 사람들과 더 의미 있게 연결할 수 있을까? 마스크를 벗으면, 어떤 관계의 꽃이 피어날까?

진정성 있게 표현하라:
다양성의 힘을 펼쳐라

당신의 브랜드는 당신이 조직, 고객, 그리고 동료들에게 하는 고유한 약속이다. 가장 평범한 것부터 가장 중요한 것까지, 당신은 모든 상호작용, 대화 그리고 행동에서 당신의 브랜드를 구축한다.

허버트 스미스 프리힐스 법률회사의 파트너인 프리실라 브라이언스(Priscilla Bryans)는 단순하게 자기 자신이 되는 법을 배우는 여정을 나와 공유했다. 그녀는 천성적으로 외향적인 사람이지만, 그녀의 경력 초기에, 성공하기 위해서는 함께 일했던 많은 내성적인 사람들처럼 될 필요가 있다고 느꼈다. 그녀는 수년간 다른 사람들이 그녀를 진지하게 받아들이지 않을까 봐, 그리고 본래의 모습으로 행동하면 자신의 경력이 방해받을까 봐 염려했다. 그러나 시간이 지남에 따라 처음에 느꼈듯이 자신의 연약함을 담대하고 진정성 있게 표현함으로써 더 의미 있는 관계들을 형성할 수 있다는 것을 발견했다.

당신의 모든 행동이 순응하는 것일 때, 당신이 제시해야 하는 모든 것은 순응이다. 잘 어울리려고 노력하는 것이 당신이 하는 모든 것일 때, 당신을 차별화시키는 차이를 당신이 부정하게 된다. 그러는 동안, 당신이 기여해야 하는 고유가치 전체를 동료, 고객, 회사로부터 박탈한다. 역으로, 사람들에게 인상을 남기고 싶은 욕구에 사로잡혀 있을 때, 일반적으로 당신이 만든 인상은 당신이 원하는 것과는 거리가 멀다.

당신의 직장을 방문해 사람들에게 당신을 생각할 때 어떤 단어가 떠오르냐고 물어본다면, 어떤 공통적인 단어가 나올 거라고 생각하는가? 당신 조직의 다른 사람들에게도 똑같이 해본다면, 당신을 다른 사람들과 차별화하는 것은 무엇일까?

진정한 자기표현은 당신을 독특하게 만드는 것을 포용하는 것이다. 그리고 순응하려는 유혹에 굴복하지 않는 것이다. 당신을 남과 다르게 만드는 것을 소유함으로써, 당신은 자신을 차별화하고 강력한 개인 브랜드를 형성할 수 있다. 남들이 당신을 어떻게 인지하는지 이해하는 것은 중요하다. 하지만 그들의 의견들이(혹은 그들이 생각한다고 당신이 추측하는 것) 당신을 나타내는 방법(당신이 말하고 행하는 것)을 결정하게 한다면, 당신이 가지고 있는 가치를 희석하게 된다.

코코 샤넬(Coco Chanel)은 "무엇과도 바꿀 수 없는 존재가 되기 위해서는 항상 달라야 한다."라고 말했다. 자신을 진정성 있게 표현하는 것은 당신의 독특함을 소유하는 것이며, 당신이 어떠해야만 한다는 기대에 부응하기를 거부하는 것이다. 진정한 자기표현은 훌륭한 당신 자신의 브랜드를 형성한다.

당신이 하는 모든 상호 작용과 대화는, 복사하러 가는 길에 복도에서 누군가를 지나치면서 건넨 가장 일상적인 것부터 이사회에 발표하는 가장 중요한 것까지 모두 '당신 브랜드 주식회사(Brand You Inc.)'를 형상화하고 만들어낸다.

사회 심리학자들은 자기가 자신을 어떻게 바라보는지와 남들이 그들을 어떻게 보는지를 비교할 때, 3명 중 2명이 잘 모른다는 것을 발견했다. 역설적인 것은 호감을 사거나 다른 사람에게 감동을 주기 위해 가장 열심히 애쓰는 사람들이, 종종 주변 사람들에게 반대 효과를 주기도 한다는 것이다. 사람들은 자신이 놓친 것이 무엇인지 정확히 짚을 수 없을 때도, 누군가의 불성실함이나 부족함을 감지할 수 있다. 진정성 있게 자신을 표현하는 것은 다른 사람의 의견을 당신의 의견만큼이나 중요하게 여길 것을 요구한다. 특히 다른 사람들이 생각하는 것에 대한 당신의 생각이 자주 사실에서 벗어난다고 해도 그렇다. 수스(Seuss) 박사가 너무나 현명하게도 이렇게 말했다. "당신다운 사람이 되고, 당신이 느끼는 것을 말하라. 왜냐하면 그것을 마음에 두는 자들은 중요하지 않고, 중요한 사람들은 그것을 신경 쓰지 않기 때문이다."

진정성 있게 인정하라:
감사의 힘을 펼쳐라

남을 비판하기는 쉽다. 많은 사람이 특히 비판에 뛰어난 재능을 가지고 있다. 그러나 건설적인 비판이 제때 올바른 방식으로 전달되면 좋겠지만, 그것이 효과를 거두기 위해서는 충분한 양의 칭찬, 감사 그리고 인정으로 균형을 이루어야 한다.

몇 년 전 나는 갤럽의 CEO이자 회장인 짐 클리프턴(Jim Clifton)과 함께 어느 행사에서 연설했다. 그는 자신의 경력을 통해 배운 교훈을 공유하면서, 청중이 자신의 강점, 자연스럽게 잘하는 것에 집중하도록 독려했고, 약점에는 덜 하라고 했다. 갤럽 조사에 의

지해서, 걸려 넘어지지 않는 지점을 넘어서까지 약점을 보완하려고 노력하는 것보다는 타고난 강점을 활용해서 사람들이 얼마나 많은 성공을 거두는지 그는 설명했다. 최근의 갤럽 설문 조사에 따르면, 전 세계 직원의 11%만이 자신의 직무에 몰두하고 있다고 한다. 리더가 참여를 증진하는 가장 명백한 방법 가운데 하나는 직원들이 자신의 강점을 찾아내도록 돕는 것이다. 이것은 그들을 인정함으로써 시작된다.

리더들은 - 팀 관리자부터 최고 경영진에 이르기까지 - 팀의 성과를 위태롭게 하는 행동에 대해 끊임없이 경계한다. 그러나 사람들이 약점을 강화하는 것에 집중하게 하면, 그들의 강점을 최대한으로 활용하지 못하는 대가를 치르게 될 수 있다. 관심과 노력이 약점 강화에 투자됨으로써, 타고난 강점은 위축된다. 적절한 균형을 찾는 것은 지속적인 도전이겠지만, 그들이 잘하는 것을 인정하고 축하하는 것보다 더 좋은 시작점은 없다.

《결혼이 성공하거나 실패하는 이유(Why Marriages Succeed or Fail)》에서 존 가트맨(John Gottman)은 감사와 비판의 비율이 5:1인 관계가 가장 건전하고 행복하며 생산적이라는 것을 발견했다. 감사와 비판의 비율이 1:1 이하인 관계는 실패로 향했다. 부부의 의사소통 방식에 대한 관찰을 기반으로, 이혼을 예측하는 그의 능력은 놀라울 정도로 정확했다(90% 이상!). 업무적 관계도 다르지 않다.

매일 많은 사람이, 자신의 강점과 노력 그리고 성취를 제대로 평가받지 못한 채 일터로 향하고 있다. 그들에게 초점을 맞추도록 권장되는 일도 거의 없다. 진정성 있게 인정한다는 것은 당신의 일에서 시간을 쪼개어 사람들이 무엇을 잘하고 있는지 집중하고, 그에 대해 그들을 인정하는 것을 의미한다. 누군가가 달성한 결과에만 한정하지 마라. 그들의 업무에서 드러난 미덕에 집중하라. 그것은 인내, 협동, 유머 감각, 끈기, 회복력, 결단력, 창의성, 단호함, 유연성, 강력한 조직 또는 훌륭한 직업윤리 등이다. 자신이 일을 잘했다는 것을 확인시켜 줄 필요는 없다고 생각할지 모르지만, 등을 가볍게 두들겨줄 때 감사하지 않는 사람을 보지 못했다. 기업가이자 네트어포터(Net-a-Porter)의 공동 설립자인 메건 퀸(Megan Quinn)의 말을 인용해 보면, "모든 사람은 양육되고 축하받으며 어느 부족의 일원이라고 느끼고 싶어 한다."

좋은 시절에 사람들을 적극적으로 지원하는 것은 인간관계라는 은행 계좌에, 어려운 시기에 인출할 수 있는 큰 액수의 예치금을 넣어 두는 것과 같다. 필요하지 않았을 때도 당신이 사람들에게 잘 대했다고 그들이 생각한다면, 당신에게 그들이 필요할 때 그들은 한층 더 노력을 기울일 것이다.

진정성 있게 봉사하라:
사랑의 힘을 펼쳐라

마틴 루터 킹 주니어(Martin Luther King Jr)는 "인생에서 가장 끈 질기고 시급한 질문은: 당신은 다른 사람들을 위해 무엇을 하고 있습니까?"라고 말했다.

매일 이 질문을 스스로 던지고 그 대답에 따라 행동한다면, 당신은 놀라운 리더가 될 것이다. 불행히도, 그것은 일반적이지 않다. 다시 말하지만, 두려움에 사로잡힌 우리의 자아는 여기에 대해 대답할 것이 많다. 갤럽 연구에 따르면, 보살핌을 받는다고 느끼는 직원은 더 생산적이며 더 수익성이 높고, 다른 회사의 제안이 올 때 옮겨갈 가능성이 작았다. 그래서 봉사하는 장소에서 다른 사람들과 교류할 때, 그들이 보살핌을 받는다는 것을 느끼게 하는 것은 친절한 일일뿐 아니라, 비즈니스를 위해서도 영리한 일이다.

《내면으로부터 시작하는 리더십(Leadership from the Inside Out)》에서 케빈 캐시먼(Kevin Cashman)은 이렇게 썼다. "궁극적으로 리더는 얼마나 잘 이끌었느냐가 아니라 얼마나 잘 섬겼느냐에 따라 평가된다. 모든 가치와 공헌은 봉사를 통해 달성된다." 다시 말해, 자기중심적이 아니라 사람 중심적이어야 한다. 물론, 봉사를 사랑하는 위치로부터, 리더십에 다다르는 것이 숭고한 목표이다. 그렇지만 우리는 더 많은 성공을 이루려고 우리 자신을 섬긴다. 그리고 다른 사람을 위한 섬김에서는 멀어진다. 우리는 결국 인간이다. 그 섬김이 당신이 아니라 그들에 대한 것임을 더 많이 기억할수록, 당신은 더 유능한 리더가 될 것이다.

크기에 상관없이, 봉사의 위치에서 주변의 사람들과 교류할 때, 당근이나 채찍은 결코 효과를 끌어올리지 못한다. 그러므로 잠시 시간을 내어 다음 질문들에 대해 생각해 보자.

사람들이 나와 일하고 교류할 때 어떤 경험을 하는가?

다른 사람들이 내 앞에 있을 때 그들은 어떻게 느낄까?

내가 얻을 수 있는 것보다는 내가 줄 수 있는 것에 초점을 맞춘다면, 나는 어떻게 다르게 교류하게 될 것인가?

가능성을 끌어내라

내 친구 짐 쿠제스(Jim Kouzes)는 《리더십 도전(The Leadership Challenge)》(Barry Posner와 공동 저술)에서 이렇게 썼다. "우리가 이 일을 왜 하는지 명확하게 설명하지 못하는 리더보다 더 사기를 꺾는 것은 없다. 사실이다. 한 걸음 더 나아가, 리더들은 사람들에게 비전으로 영감을 줘야 한다. 그것을 하지 못하는 리더는 물이 없어 메마르고 우울한 강물과 같다."

리더들은 미래가 오기 전에 미래를 그린다. 그들의 지위에서의 다양성을 육성하고, 그들만의 고유한 방법으로 그들만의 고유한 흔적을 만들려는 욕구를 활용하여 깊은 인간의 수준에서 영감을 주는 그림말이다.

오늘날과 같은 공포 분위기에서 영감의 필요성은 그 어느 때보다 커졌다. 사람들을 그들이 하는 일 이면에 자리한 목표로 연결하고, 그들에 대한 당신의 기대감을 높이면서 무엇이 중요한지 사람들을 일깨움으로써 당신은 위대함을 고취한다.

리더십에 대한 전통적인 당근과 채찍의 접근 방식이 결과를 낳을 수는 있다. 그러나 당근의 크기와 채찍의 길이에는 제한이 있다. 그처럼 그것들은 지속 가능하지 않다. 가장 강력하게 동기를 부여하는 힘은, 우리의 기본적인 욕구가 충족되었을 때, 대의를 향한 타고난 추구함다. 힘겨운 일이라 할지라도 '할 만한 가치가 있는 일'로 진정 믿으면서.

영감과 사업은 모순된 것처럼 보일 수 있다. 하지만, 직원들을 더 큰 목적(급여 수표를 뛰어넘는 이유)과 연결할 수 있는 조직들은 계속해서 한층 더 노력하도록 직원들에게 영감을 줄 수 있는 곳이다. 인정받고 승진하는 상을 위해서 그들이 노력하는 것이 아니다. 가치 있고 개인적으로 의미가 있는 무언가를 성취함으로써 얻는 충족감을 위해서다.

수익성 측면에서뿐만 아니라 최고의 잠재력으로 성장한다는 측면에서, 리더들은 사람들에게 무엇이 중요한지 상기시켜 준다.

마틴 루터 킹 주니어의 "나는 꿈이 있습니다."라는 연설은 더 큰 비전, 더 큰 목적, 더 큰 이유를 가진 수백만 명의 사람들을 연결했다. 킹의 연설은 대의를 지지하는 사람들을 모았다. 그 장면의 배경음에 귀를 기울이면 습한 8월 어느 날 링컨 기념관에서 박수치고, 고함지르며 "아멘!", "아, 맞아요!", "형제여, 할렐루야!"라고 외치는 수십만 명의 희미한 소리를 들을 수 있다.

킹은 그들 스스로는 감히 꿈도 꾸지 못했던 환상과 그들을 연결했다. 그는 그들의 슬픔, 분노, 두려움에 다가갔다. 무엇보다도 미래가 과거의 그 어느 때보다 밝을 수 있다는 희망에 다가갔다. '흑인의 생명은 소중하다(Black Lives Matter) 시위'는 미국 전역에서 일어났고, 2020년 전 세계 집회에 영감을 주어서 킹의 꿈이 아직 실현되지 않았다는 것을 말해 준다. 그렇지만, 그 시위는 가능한 것에 대한 미래 비전을 통해 사람들이 영감을 받을 때, 그렇지 않았더라면 잠자고 있었을 가능성을 열어주었음을 우리에게 말해 준다.

위대한 리더들은 현재 '있는 것'을 관리하는 데 그치지 않는다.

그들은 미래가 오기 전에 그에 대한 그림을 그리면서, '있을 수 있는 것'을 향해서 노력을 기울인다. 그들은 가능한 일에 제한을 가하는 일을 허용하지 않는다. 오히려 이전에 일어난 일에 의해 제약을 받지 않는 '창조된 미래'에 집중한다. 그럼으로써 공동의 목적으로 결속하여 사람들이 협력하고, 더 많이 노력하며, 과감하게 전진하도록 사람들을 모은다.

프랑스의 위대한 작가이자 비행가인 앙투안 드 생텍쥐페리(Antoine de Saint-Exupery)는 "배를 만들기 위해 나무를 모으라고 사람들을 채근하거나, 임무와 일을 할당하지 말고, 차라리 끝없이 광대한 바다를 갈망하도록 가르쳐라."라고 말했다. 그의 말은 우리가 모두 위대함에 대해 품고 있는 깊은 갈망에 다가간다. '지금 있는 것'으로부터 '있을 수 있는 것'으로 올라가도록 당신이 사람들을 도울 때, 당신의 삶은 위대해진다. 여기에서 '지금 있는 것'은 야망이 부족하며 종종 두려움에 의해 결정 나는 곳이며 '지금 있을 수 있는 것'은 가능성, 목표, 용기의 장소를 의미한다. 표10(뒷면)은 이것을 설명한다.

1단계: 현실의 눈으로 지금 있는 것을 바라본다. 이것은 지각의 수준이다. 리더는 이 수준에서 듣는다.

2단계: 분별의 눈으로 있을 것을 바라본다. 이것은 개연성의 수준이다. 리더는 이 수준에서 관리한다.

3단계: 비전의 눈으로 있을 수 있는 것을 바라본다. 이것은 가능성의 수준이다. 리더는 이 수준에서 살고 영감을 준다.

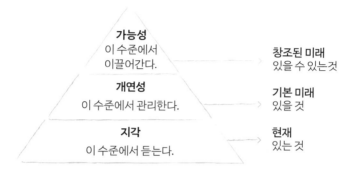

〈표10〉 리더들은 무엇이 될 수 있는지 볼 수 있다

고대 그리스 신화에서 피그말리온은 이상적인 여성의 상아 조각상을 조각한 키프로스의 조각가였다. 그 조각상과 사랑에 빠진 피그말리온은 그녀의 이름을 갈라테이아라고 짓고, 그의 조각품이 실제 여성이 되기를 바라면서, 비너스의 제단에 제물을 바쳤다. 비너스는 그의 마음의 욕망을 들어주었다. 그리고 로마의 시인 오비디우스에 따르면, 피그말리온은 갈라테이아와 결혼하게 되었고, 그들은 오래오래 행복하게 살았다.

심리학자들은 그리스 신화에서 빌려와, 그들이 피그말리온 효과라고 부르는 긍정적인 기대의 영향을 설명하였다. 그것은 교실,

직장, 군대 또는 기타 장소에서 성과를 향상하는 간단하고 효과적인 방법이다. 리더십의 영역에서는, 주변 사람들이 의미 있는 공헌을 하며, 스스로 위대함을 향해 올라가는 잠재력이 있다고 당신이 믿을 때, 당신은 그들이 바로 그렇게 하도록 무대를 마련하고 있는 것이 된다. 피그말리온 효과는 심리학자 로버트 로젠탈(Robert Rosenthal)이 초등학생을 대상으로 한 유명한 실험에서 처음으로 연구되었다.

로젠탈은 각 교사들의 수업에 참여한 특정한 학생들이 '지적 블루머(intellectual bloomer)'로 확인되었음을 교사들이 믿도록 만들었다. 지적 블루머는 학습기간 동안 지적 성장이 가파른 학생을 의미한다. 사실 학생들은 무작위로 '지적 블루머'로 지정된 것이었지만, 학기 말에 그들은 정말로 더 높은 학업 성취도를 보였다. 왜? 교사들이 그들을 믿었기 때문이다. 어떻게? 이후의 연구에서는 교사가 무의식적으로 더 긍정적인 관심과 피드백, 그리고 학생들에게 학습 기회를 제공했다는 것이 밝혀졌다. 요컨대, 교사들이 이 학생들에게 학업 성취에 대한 긍정적인 기대를 비언어적으로 전달할 수 있었다는 것이다.

텔아비브 대학교의 도브 에덴(Dov Eden) 교수는 전 부문과 산업에 걸쳐, 많은 종류의 작업 그룹에서 피그말리온 효과를 계속해서 입증했다. 상사나 관리자가 자신이 이끄는 사람들의 성과에 긍정적인 기대를 하면, 예를 들어 그들이 그들이 도전적인 문제를 해결할 수 있다고 믿으면 성과는 향상된다. 메타 분석으로, 피그말리온 리더십 훈련이 리더십 개발에 개입하는 매우 효과적인 방법임이 발견되었다.

반면에, 리더가 부정적으로 기대하면 – 자신의 팀이나 그룹이 실패할 것이라고 예상하면 성과가 약화한다. 이것을 골렘(Golem) 효과라고 한다. 사람들의(우리 자신을 포함하여!) 기대치를 낮추면 성과가 더 형편없게 되는 것이다. 피그말리온 효과와 골렘 효과 둘 다 자기충족적 예언의 형태들이다. 요약: 많이 기대하면, 더 많이 얻는다. 적게 기대하면, 더 적게 얻는다.

물론, 모든 상황에서 모든 사람이 당신의 기대를 충족하거나 초과할 것으로 기대하는 것은 순진한 생각이다. 당신이 열망하는 수준의 용기, 헌신과 인격으로 당신이 항상 행동하지 않는 것처럼, 다른 사람들도 마찬가지로 때로는 흔들리고 부족하기도 하다. 분명한 행동의 불일치로부터 눈을 돌리지 마라. 맹목적인 믿음은 어리석은 것이다. 오히려, 사람들이 대체로 훌륭하고, 좋은 의도를 품고 있으며, 그들의 내면에 자신의 문제를 해결할 자원이 있다는 것을 믿어라. 마찬가지로, 무언가 잘못되었다고 느껴질 때는 직관을 믿어라.

2명에서든 2,000명에서든 당신이 리더라면, 함께 일하는 사람들로부터 더 많은 것을 기대할 때, 당신 스스로도 더 많은 일을 할 수 있다.

　더 큰 요구 사항과 책임이 있는 직책으로 이동함에 따라, 당신은 시간을 사용하는 방법에 더 분별력 있게 된다. 실무자의 지위에서 관리자 직책으로 상승하는 많은 사람에 대한 도전과제는 세세한 것에 매달리지 말고 더 많은 것을 다른 사람들에게 위임하는 것이다. 위임하는 것이 특별히 용감한 일이 아닌 것처럼 보일 수도 있다. 하지만, 그것은 잠재적으로 다른 사람들의 표준 이하의 작업이 자신의 평판과 성공에 영향을 미칠까 두려워하는 사람들에 해당하는 것이다. 그것에서 벗어날 방법은 없다. 위임 및 아웃소싱에는 위험이 따른다. 다만, 위임하지 않은 경우, 마땅히 해야 할일을 하지 못하는 더 큰 위험을 감수할 수도 있다.

　거대한 광고 대행사 오길비(Ogilvy)의 설립자인 데이비드 오길비(David Ogilvy)는 새로운 관리자에게 크기가 점점 작아지는 5개의 작은 인형들을 담고 있는 러시아 인형을 주곤 했다. 그는 가장 작은 인형 안에 이렇게 쓰인 메시지를 넣었다. "우리 각자가 자신보다 작게 생각하는 사람들을 고용하면, 우리는 난쟁이들의 회사가 될 것이다. 그러나 각자가 우리보다 더 큰 사람들을 고용한다면, 우리는 거인들의 회사가 될 것이다." 우리 자신을 보완하고 능가하는 기량과 재능을 갖춘 사람들을 고용할 필요성이 있지만, 이미 함께 일하는 사람들에게 위대함을 향한 영감을 주어서, 우리 사신을 보완하고 능가하는 방식으로 그들의 기량과 재능을 사용하도록 영감을 줄 필요가 있다.

리더가 집중해야 할 것은 큰 사람을 만드는 것이다. 왜냐하면 큰 사람들은 더 과감하게 조치하고, 더 나은 방식으로 문제를 처리하기 때문이다. 다른 사람들이 일을 계속해 나아가도록 신뢰감을 줄 때, 그들의 성과가 향상된다. 세세하게 관리하고, 다른 사람이 자신의 능력 내에서 성과를 올릴 것이라고 신뢰하지 않으면, 성과는 줄어든다. 의사 결정에서 사람들에게 추가적인 책임과 참여를 부여하는 것이 위험을 증가시키는 반면에, 그것으로 그들의 몰입도 또한 증가한다. 그러므로 위임은 생산성을 높이며 '용감한 사람을 훈련'시키고 일과 삶에서 용기 근육을 형성하도록 다른 사람들을 북돋우는 가장 강력한 관리 도구 중 하나이다.

더 용감한 행동을 하도록
용기를 주어라

리더들의 가장 중요한 역할은 위험을 안전하게 만드는 것이다. 사람들이 당면한 도전과제에 가장 과감한 생각을 적용하도록 상황을 창출해 내고, 아이디어를 결과로 전환하는 데 필요한 용감한 행동을 하도록 그들을 북돋우는 것이다. 그래서 오늘날의 두려움이 가득한 환경에서, 안전하고 영감을 받는다고 느끼면서, 위험을 감수하고 혁신하고 실험하는 용기의 문화를 육성하는 것이 아주 중요한 임무이다.

이를 효과적으로 수행하기 위해, 리더들은 그들 주변 사람들이 생각하고, 느끼고, 행동하는 방식에 영향을 미치는 두 가지 생태계를 고려해야 한다.

내부 생태계 — 우리 내부에서 일어나고 있는 일
외부 생태계 — 우리 주변에서 일어나고 있는 일

팀이나 조직에서 용기의 문화를 조성하려면, 가능성의 한계를 넘어서까지 사람들이 안전하다고 느낄 수 있도록 확신시킬 필요가 있다. 오래된 생각에 도전하기, 새로운 아이디어로 실험하기, 그리고 새로운 곳에 발을 들여놓기 등의 한계를 넘는 일에서 그렇다. 사람들은 자신이 이상한 나쁜 결정을 할 수도 있다고 느끼지 않는 한, 좋은 결정을 해야 한다는 압박에서 결코 자유로울 수 없다. 똑똑한 위험(smart risk)은 똑똑한 실수를 낳고, 교훈을 남기는 똑똑한 실수들은 학습 과정에서 귀중한 부분이다.

시도한 일이 잘되지 않을 때도, 사람들이 위험에 노출되지 않을 것을 알면 안전하다고 느낀다. 사람들에게 자신의 위험으로 저멀

받지 않을 것이라고 안심시키는 것이 - 그들이 맡은 일을 하고 있으며, 신중하지 않거나 무모하지 않다는 가정하에서 - 두려움을 상쇄하고 새로운 것을 시도하려는 의지를 키워준다.

《감성 지능(Emotional Intelligence)》에서, 다니엘 골먼(Daniel Goleman)은 이렇게 썼다. "간접흡연처럼 감정의 누출은 어떤 사람의 유독한 상태가 아무 연관 없는 사람을 무고한 희생자로 만들 수 있다." 당신이 어떤 감정을 퍼뜨리든, 다른 사람들을 확실히 준비시켜야 한다. 더 적은 것이 아니라 더 많이 성공하도록, 더 적은 것이 아니라 더 자신감이 있도록, 더 적은 것이 아니라 더 침착할 수 있도록, 더 못한 것이 아니라 더 잘 적응하도록. 그리고 역경 속에서 기회를 찾고 특별한 노력이 중요할 때 특별한 노력을 하기 위해서, 요구되는 것은 무엇이든 더 기꺼이 하도록 준비시켜야 한다.

2021년 초에 다양한 회사의 미국인 직원 1,000명을 대상으로, 코로나19 팬데믹 동안의 근무 형태에 대해 설문 조사했다. 그리고 원격으로 일했던 사람들보다, 물리적인 일터에서 일했던 직원들이 풀타임으로 직장에 복귀하는 것을 훨씬 더 편안하게 여긴다는 사실을 발견했다. 모두가 돌아왔을 때 안전한 작업장을 제공하기 위해 회사가 취한 조치에 대해서, 회사로 출근했던 사람들이 훨씬 더 편안하게 여겼다. 재택 근무했던 사람들이 돌아왔을 때는 안전에 대해 훨씬 더 불안해했다. 이렇게 대조적인 것은 '단순 노출 효과'라는 용어로 설명될 수 있다.

'단순 노출 효과'는 두려움을 유발할 수 있는 상황에 사람들이 더 자주 '단순히 노출'될수록, 덜 두려워하고 더 많이 정상화되는 이유를 설명한다. 같은 방식으로, 사람들이 심리적인 안락 지대를 벗어난 상황들에 더 자주 노출될수록, 그들은 그 상황을 편안하게 여긴다.

폭발성이 높은 폭탄을 무장 해제하는 올바른 교육을 받고 그것을 충분히 연습했을 때, 폭탄 처리 전문가들은 사람들이 대부분 깜짝 놀라는 상황을 특별히 침착하게 처리할 수 있다. 새로운 기술을 개발하고 새로운 상황에 대한 노출을 증가시킴으로써, 사람들이 역량을 쌓도록 도우면, 실패에 대한 그들의 두려움은 감소한다. 그렇게 하는 과정에서, 앞으로 더 과감한 행동을 할 수 있는 자신감을 쌓아 올리는 발판을 조성한다.

용기 있는 리더십이 어떤 모습인지 물었을 때, 450억 달러 규모의 미국 마이크로소프트 사업부 사장 케이트 존슨(Kate Johnson)은 대답했다. "올바른 사람이 되려고 노력하는 대신에, 올바르게 바로 잡으려고 하는 사람이다." '올바른 사람이 되려고' 노력하는 것보다는 '바로 잡으려고' 일하는 것을 표본으로 삼아, 당신은 다른 사람들이 자신의 안전지대를 벗어나 새로운 일을 시도하는 것이 더 안전해지도록 만든다. 지속적인 실험을 하면, 경쟁우위를 구축하는 데 도움이 되는 일을 수행하는 더 나은 방법을 발견하고 개발할 확률이 증가한다. 물론, 실험이 실수 없이 이루어질 수는 없으므로, 조직들은 기꺼이 그것들을 받아들여야 한다.

실수하지 않는 사람들이 보인다면, 그것은 그들이 너무 편안해졌다는 신호라고 한 고객이 내게 공유해주었다. "더 큰 일을 하기 위한 준비를 하려면, 일부 위험 요소가 있는 직책을 맡아야 한다. 세심하게 관리하더라도, 항상 약간의 위험은 있다."

그는 또한 덧붙이길, "우리는 모두 기꺼이 자신을 펼쳐 나가야 한다. 그렇지 않으면 우리가 얼마나 많은 일을 할 수 있는지 결코 알 수 없으며, 다른 누구도 모를 것이다. 물론 작업의 안전, 보안 그리고 재정적 실행 가능성을 실수로 위험에 빠뜨리지 않도록 보호 장치를 갖추는 것도 또한 중요하다."

용기는 조직의 문화적 DNA에 깊숙이 박힌 가장 중요한 가치 가운데 하나이다. 용기가 성공을 보장하지는 않지만, 용기는 항상 성공에 선행한다. 따라서 용기에 보답하라. 만약 리더가 실패를 피하는 데 몰두하면, 사람들의 심리적 안전망에 있는 구멍을 키우게 된다. 이것은 새로운 지평을 만들고 더 강한 우위를 구축하는 데 필요한, 창의성과 혁신, 그리고 실험을 억누른다.

《성공하는 리더가 훌륭한 기회를 만드는 방법(How Winning Leaders Make Great Calls)》에서 노엘 티치(Noel Tichy)와 워렌 베니

스(Warren Bennis)는 "용감한 리더들은 그들이 나서서 과감하게 나아가지 않으면 어떤 일이 일어날까 하는 두려움으로부터 종종 용기를 얻는다."라고 썼다.

때때로 사람들은 두려워하지만, 그들이 무엇을 두려워하는지는 잘 모른다. 물론, 무언가가 바뀌거나 실패할까 봐, 또는 직장을 잃을까 봐 무서워한다. 그러나 보이는 것의 이면에는 어떤 두려움이 있을까? 그들을 그토록 두려워하게 만드는 변화에는 무엇이 있을까? 불안을 초래하는 실직이나 승진 누락에 관해서는 무엇이 있을까? 2장에서 공유했듯이, 행동하지 않았을 때의 결과에 대한 두려움은 빠르고 효율적으로 작업을 완료하는 데 커다란 동기를 부여한다.

찰스 가필드(Charles Garfield)는 그의 저서 《최고의 성과자들 (Peak Performers)》에서, 최고 성과자들은 스스로 이런 질문을 할 수 있다고 말한다. '일어날 수 있는 가장 나쁜 일은 무엇인가?' '만약 최악의 일이 실제로 일어난다면 나는 무엇을 해야 하나?' 당신 주변의 사람들이 두 가지 질문을 탐색하도록 도우면, 인지된 위험을 낮추고 두려움의 에너지를 활용하여 앞으로 나아가도록 도움을 준다.

마찬가지로, 사람이 용감하게 행동할 때, 그들의 행동이 전혀 원하는 결과를 만들어내지 않더라도 그들을 인정하는 것이 중요하나. 성공적인 행동만이 아니라 용기 있는 행동에 대해 보상할 때, 당신은 그들이 채택하길 원하는 가치를 모두에게 입증한다. 그리고 현상 유지하려는 생각이나 안주하기를 거부하는 사람들에게, 당신이 부여하는 가치를 가르쳐 주게 된다. 결국, 용기가 성공을 보장하지 않을 수는 있지만, 용기는 항상 성공에 선행한다.

보상이 트로피나 보너스일 필요는 없다. 그것은 매니저가 손으로 쓴 메모, 등을 토닥여 주는 것 또는 팀 미팅에서 동료들 앞에서 이야기를 공유하는 것 등이다. 받는 사람에게 의미 있고 당신이 북돋우고 싶은 담대한 행동과 연관되어 있기만 하면, 보상의 형태는 상관이 없다.

파급 효과를 확대하라

두려움은 전염된다. 용기 역시 그렇다. 과감하게 위험에 기대고 편안함보다는 용기를 선택함으로써, 다른 사람들도 같은 일을 하도록 북돋운다. 그러니 스스로, "내 안의 용감한 지도자가 지금 당장 나에게 무엇을 하길 바라는가?"라고 물어라. 대답에 따라 행동하라. 다른 모든 것이 거기에서 흘러나올 것이다. 당신의 모범적인 행동은 항상 당신의 말보다 더 큰 소리로 말할 것이다. 물론, 당신이 매일 어떻게 보이는지 선택함으로써 당신 주변 사람들의 삶에 미치는 영향은 측정 불가다. 하지만 당신이 다른 인간과 갖는 모든 상호작용은 어느 정도 감정 상태에 영향을 미치는 에너지 교환을 포함한다. 마찬가지로 모든 직장에는 심리학자들이 말하는 '집단 정서적 기조'가 발달해 있다. 시간이 지남에 따라, '감정적 규범'이 설정되고 확산하며, 이것은 집단(팀 또는 조직) 내부에 있는 사람들의 언어적 그리고 비언어적 행동으로 강화된다. 따라서 좋은 소식은 당신의 지위가 어떻든지, 당신 주변 사람들의 감정적 기조에 영향을 줄 수 있다는 것이다.

물체를 물에 떨어뜨릴 때마다 파급 효과를 목격하게 된다. 아무리 작은 물체라도 물의 표면을 꿰뚫어 냄으로써 외부로 뻗어나가는 물줄기의 에너지와 힘을 분출한다. 당신이 리더십의 대열에 오르기로 선택하면, 당신도 똑같이 할 것이다.

Part 3

용기를 내어라

성공을 위해 자신을 준비시켜라!

안주하는 것은 아마도 세상에서 가장 안전하지 않은 일일 것입니다.

당신은 가만히 있을 수는 없습니다. 앞으로 나아가야 합니다.

-로버트 콜리어(Robert Collier)-

8

자신을 지지하라

용기 있다고 느낄 때까지 기다리지 말고… 도약하라!

결심하기까지는 주저함이 있고 물러날 기회가 있다. 대담함은 그 안에
천재성, 힘, 마법을 가지고 있다: 지금 시작하라.

-괴테-

고대 로마에서 백부장이란 직책은 자신의 장비를 1마일 정도
나르는 로마 시민이 아닌 사람들을 지휘할 권한을 가지고 있었다.
영토를 확장하던 로마 제국에 정복당한 사람들이, 처음에는 강제
로 로마 백부장의 짐을 지고 가야 하는 것에 분개해서, 잔인한 구
타나 죽음을 피할 정도만큼만 멀리 걸었다. 그러나 1세기의 그리
스도인들은 '한 걸음 더 나아감'으로써 특별히 더 노력하는 전통
을 시작했다. 그리스도인들은 강제적으로 할당된 만큼 했을 뿐만
아니라, 선택에 따라 한층 더 많이 한 것이다.

"한 걸음 더 나아가라!" 이천 년 후 이 말은 강력한 철학이 되었

다. '지나가는 데' 필요한 최소한의 노력을 하는 데서 그치지 않고, 의지적으로 '한 걸음 더 나아가'는 생각은 전 세계적으로 성공한 사람들의 특징적 행동이 되었다. 시장은 보통 붐비는 공간이지만, 몇 걸음 더 나아가면 절대로 붐비지 않는다. 추가적인 거리를 더 간다는 것은 '지나가는 데' 필요한 정도를 뛰어넘는 추가적인 헌신, 힘든 노력 그리고 희생을 요구하기 때문이다. 이것이 이 장의 내용이다. 여기에서는 자신을 준비시키기 위해 취할 수 있는 '추가적' 행동을 확인하도록 돕는다.

스스로를 걸고
대담하게 최후의 내기를 하라

알버트 아인슈타인(Albert Einstein)은 이렇게 말했다. "무언가가 움직일 때까지는 아무 일도 일어나지 않는다." 당신의 삶에서 긍정적인 움직임과 추진력을 생성시키기 위해 용기의 힘을 발휘하는 것은, 위험을 다시 생각하고 더 과감하게 조치하게 하는 일회성 결심 그 이상을 요구한다. 그것은 삶을 사는 방식에 있어 '한 걸음 더 나아가는' 헌신을 요구한다. 다시 말해서, 당신을 행동으로부터 쉽게 끌어내려 도로 안주하게 하고, 그리고 당신이나 누군가를 섣거운 것보다 더 작은 삶으로 돌아가게 하는 변명, 정당화 그리고 압력에 굴복하지 않는 것을 의미한다.

이 책을 읽는 동안, 당신은 다르게 할 수 있는 것들에 대한 수많은 통찰력을 얻었을 것이다. 통찰력은 멋진 것이다. 때때로 유용할 수도 있다. 하지만 그것으로 행동하지 않으면, 아무 쓸모가 없다. 당신의 두려움을 통해 그리고 친숙함을 넘어, 과감한 믿음의 도약을 하는 것은 능력이 실현되는 지점이다. 할 수 있는 것에 관한 생각에서, 실제 행동하는 것으로 당신이 옮겨갈 때, 이곳은 당신의 헌신을 시험하는 곳이다. 당신이 자신만의 용기 브랜드를 구축할 때, 이곳이 바로 두려움과 자기 의심이 당신의 일, 관계 그리고 삶의 전반에서 차지했던 힘을 되찾는 곳이다.

로웨나 클리프트(Rowena Clift)는 호주의 밸러랫에 있는 큰 지역 병원의 전무이사다. 로웨나는 일반 간호사로 경력을 시작했으며, 업무직으로 이동하여 오늘날 자신이 몸담은 직책에 이르기까지 일해왔다. 그녀는 다양한 병원 부서들 사이에서 환자 치료에 대한 조정이 확실하게 이루어지도록 했다. 로웨나는 의료적 도움이 필요한 사람들을 돌보는 직업에 소명이 있다고 항상 느꼈고, 강한 목적의식을 가지고 일을 한다고 내게 토로했다. 그녀의 경력 전반에 걸쳐 그녀의 결정을 이끌어온 좌우명은 '원숭이처럼 잡지 않기'라고 했다.

경력 초기에 로웨나는 자신이 원하는 최대의 영향력을 발휘하기 위해서는 임상에서 환자를 돌보는 일을 포기할 준비를 해야 한다는 것을 깨달았다. 그녀는 나에게 말했다. "당신은 기꺼이 신뢰하고, 투자하며 당신의 비전에 진실해야 한다. 그렇지 않으면, 새로운 분야에서 '성공하는 데' 필요한 것을 가지고 있지 않다는 두려움이 당신을 방해할 수 있다"

원숭이가 잡고 있던 가지를 계속해서 놓지 않으면 열대우림을 가로질러 갈 수 없는 것처럼, 양손으로 지금 있는 곳의 안전함을 꼭 잡고, 당신에게 영감을 주는 미래를 향해 나아갈 수는 없을 것이다. 당신은 중요한 결정을 내려야 한다. 당신의 삶으로 불러들이는 불확실성에도 불구하고, 현재 상황의 안전함과 친숙함을 무언가 더 나은 가능성과 교환할 것인지.

삶을 여행하다가 우리는 모두 교차로에 도착하게 될 것이다. 그곳은 지금 우리가 있는 곳의 편안하고 친숙함을, 우리가 가장 원하는 가능성으로 교환할 것인지 결정하도록 요구하는 곳이다. 안락함에 대한 욕망은 성장을 위한 욕망에 맞서 항상 당신을 세게 잡아당길 것이다.

결국, 용기가 가장 중요한 것이 된다. 그 용기는 당신이 두려워하는 모든 것에 대해 취약해지도록 의식적으로 결정하는 것이다. 그래서 결국에는 당신이 지금까지 경험한 어떤 두려움보다 더 강력하게 당신이 누구인기에 대해 최대한 표현하도록 만든다. 가깝은 무섭겠지? 물론이다. 그리고 그럴 때, 당신의 두려움을 느껴보라. 그것을 인정하고, 당신이 지금 있는 곳에서 안전성을 꽉 잡은 손을 느슨하게 하라. 그래야만 원하는 미래를 향해 나아가고, 당신이 어떤 패기로 만들어졌는지 알아낼 수 있다.

그렇게 하려면, 당신이 갈망하는 사람이 될 수 있게, 당신을 지원하도록 주변 환경을 조성하는 것은 필수적이다. 원하는 성공을 달성하거나, 그에 필요한 사람이 되는 것을 돕거나 방해하는 주변 환경의 힘을 절대로 과소평가하지 말아야 한다.

당신을 위로하고 당신의 생각을 확장시키는 사람들의 지지를 얻어라

당신 이외에는 그 누구도 당신의 성공에 대해 책임지고 있진 않지만, 혼자보다는 다른 사람들의 지원으로 더 멀리 더 빠르게 갈 것이다. 당신을 성공시킬 환경을 설계하는 것은 보살핌, 자신감, 격려의 강력한 네트워크를 적극적으로 설정하는 것을 의미한다. 그리고 그것을 통해서 필요할 때 지원하고 조언해주며 질책을 요청할 수 있어야 한다. 당신과 당신이 기여해야 하는 가치를 믿는 사람들이 주변에 있을 때, 성공을 더 달성하기 쉬워지는 환경이 조성된다. 호주 미디어의 아이콘인 이타 버트로즈(Ita Buttrose)가 공유한 말이다. "그 누구도 섬이 아닙니다. 앞서 나가기 위해서 우리는 모두 도움이 필요합니다."

내가 수년 동안 만났던 가장 성공적인 사람들이 대부분 비슷한 의견을 전했다. 내 친구 조안 앰블(Joan Amble)은 아메리칸 익스프레스의 전 부사장이자, 포춘 500대 기업의 고위 경영진에 더 많은 여성이 진입하는 것을 지원하는 데 중점을 둔 조직인, 우먼 인 아메리카(WOMEN in America)의 공동 창립자이자 회장이다. 그녀는 여성들에게 개인 이사회를 구성하라고 말한다. 그 개인 이사회는 듣고 싶은 것이 아니라 들어야만 하는 것을 기꺼이 말해 주는 관련 경험, 통찰력과 지혜가 있는 다양한 사람들로 이루어져야 한다.

자신만의 이사회를 조성함으로써, 당신의 경력을 발전시켜 나아갈 때 큰 차이를 만들어 낼 수 있다. 그들은 가장 중요한 일에 계속 집중할 수 있도록, 갈림길에 섰을 때 최적의 결정을 내리도록, 경력에서의 새롭고 불확실한 영역을 더 잘 탐색하도록, 그리고 당신이 회의에 젖어있을 때 당신의 가치를 상기하도록, 당신을 도울 수 있다.

무엇을 하든지 혼자 하지 말라. 아프리카 속담을 인용하자면, "빨리 가려면 혼자 가라. 멀리 가려 한다면 함께 가라." 당신 스스로 할 수 없는 것들을 다른 사람들이 지원하고 도울 수 있다. 따라서 코치를 고용하고, 멘토를 찾고, 전문 협회에 가입하고, 당신에게 책임감을 느끼는 신뢰하는 친구의 협조를 구하고, 자신만의 이사회나 책사 그룹을 만들어라. 이 사람들은 당신의 관점을 확장해주고, 가장 활용도가 높은 활동에 당신의 자원을 집중하게 해준다. 그뿐만 아니라, 많은 이들이(특히 해당 업계의 사람들) 또한 새로운 인간관계와 기회의 문을 열 수 있도록 가치 있는 사람들을 소개할 것이다.

관계를 가지치기하라
다른 사람의 기분을 좋게 하기 위해
움츠리지 마라

컨설팅 사업을 하는 동료 닉(Nick)은 거대한 나무 그림을 책상에 두었는데, 그 아래에는 두 단어가 있었다. '나무를 가지치기하라.' 더 이상 기회가 열리지 않는 고객과의 비즈니스 관계는 항상 확실히 가지치기해야 한다는 것을, 그가 상기하도록 그 그림이 도움을 준다. 집중할 수 없게 하고, 그를 힘들게 만들며, 몇몇 경우에는 그의 사업에 재정적으로 손해를 입힌 관계에 머물렀던 즐겁지 않은 경험을 통해서 그는 배웠다. 마찬가지로, 당신을 좌절시키거나 당신의 경력에서 원하는 가치를 제공하는 당신의 능력을 제한하는 사람들을 '가지치기'할 때, 그것은 당신의 삶을 작게 만들지는 않는다. 오히려, 더 보람 있는 관계를 성장시키고, 더 결실이 많은 기회가 떠오를 공간을 조성할 것이다.

당신의 삶에서 감정적인 뱀파이어를 제거할 수 없거나(때때로 당신은 그들과 관련이 있다!), 그들이 많이 있는 유독한 환경에서 빠져나갈 수 없다면, 최소한 더 경계하고 가능한 한 접촉을 제한해야 한다. 간접흡연을 하는 것처럼, 당신이 주의를 기울이지 않으면, 다른 사람들의 유해한 사고방식으로 인한 희생자가 되기 쉽다.

마찬가지로, 변화에 대한 당신의 열망으로 위협을 느낄 수 있는 당신의 직장이나 사회적 환경에 있는 사람들을 경계하라. 당신의 일과 세상에서, 당신이 참여하는 방식을 바꾸려고 하면, 당신이 생각하고 행동했던 습관적인 기본 방식으로 후퇴시키는 자기력과 같은 힘을 보게 될 것이다. 스스로 준비하라. 사람들은 특정 방식으로 당신과 관련을 맺는 것에 점점 익숙해진다. 그들은 당신이 특정한 방식으로 행동하기를 기대하고, 그들이 가지고 있는 당신에 대한 기대에 부응하게 한다. 당신이 앞으로 나아가며 생각을 공개적으로 표명할 때, 때로는 마찰이 뒤따를 것이다. 일반적으로는 당신이 아니라, 그들에 대한 것임을 기억하라. 그러니 다른 사람들이 자신의 삶으로 하는 일에 대한 믿음과 불안에 힘을 실어서, 당신의 삶으로 당신이 하는 일을 훼손하게 하지 마라.

때때로 당신은 성장하기 위해 오래된 관계를 정리할 필요가 있다. 다른 사람들이 당신을 위축되게 하거나, 당신의 현재와 원하는 미래의 당신이 되지 못하도록 압박하게 두지 마라. 내 친구 마리앤 윌리엄슨(Marianne Williamson)은 《사랑으로의 귀환(A Return to Love)》에서 이렇게 썼다. "당신이 위축되는 것은 세상에 도움 되지 않는다. 당신 주위의 다른 사람들이 불안해하지 않도록 자신을 움츠러들게 하는 것으로부터 깨우침을 얻을 수는 없다."

정리하라:
모든 것에는 그에 맞는 자리가 있다

당신의 사회적, 정서적 환경에 대해 마음 쓰는 일은 중요하다. 하지만, 당신의 환경 또한 당신이 하는 일에 용기를 내는 것이나, 그것을 하는 방법에서의 생산적인 능력을 훼손할 수도 있다. 어질러진 곳에서 일하고 사는 무질서한 사람들은 조직화된 사람들처럼 집중적이고 목적이 있으며 생산적일 수 없다.

펜타곤 연방 신용조합(PenFed)은 내게 미국 전역에 있는 가장 큰 사무실들의 직원들을 위한 리더십 개발 프로그램을 운영하도록 나를 고용했다. 프로그램을 기획하기 전에 그들이 달성하길 원하는 것과 그들의 비즈니스에 미치는 영향을 최적화할 방법을 논의하기 위해, 나는 제임스 쉥크(James Schenk) 대표이사를 만났다.

제임스의 사무실에 도착했을 때 책상 주위의 엄청나게 많은 서류 더미를 목격했다. 악수하고 나서 그가 나에게 테이블에 앉으라고 손짓했을 때, 나는 웃지 않을 수 없었다. 내 얼굴의 표정을 알아차린 그는 어수선한 책상을 쳐다보고 다시 나를 보았다.

"이건 나름의 질서가 있는 혼란입니다." 그는 내가 믿지 않을 것을 안다는 듯이 싱긋 웃으며 나를 안심시켰다. "책상이 지저분한 사람이라면 누구나 하는 말이지요, 제임스!" 나는 농담을 건넸다. 그런 다음 그와 비슷한 사무실을 가진 사람들이 모든 것을 시스템으로 통합하면 생산성이 40%에서 60% 사이까지 향상되었다는 연구에 대해 말했다. 그는 약간 놀랐고, 나의 다음 방문 전까지 깨끗하게 정리하겠다고 약속했다.

약 3개월 후 나는 워크숍을 하기 위해 펜타곤 연방 신용조합의 본사로 돌아왔다. 나를 보자마자, 자신의 사무실이 조직의 이미지처럼 되었다고 제임스는 자랑스럽게 말했다. 자신의 생산성이 너무 좋아졌다고 인정하면서 집에 있는 옷장도 정리했다고 덧붙였다.

삶의 어느 부분에서든 어수선한 것은 삶의 모든 영역에서 어수선함을 만든다. 쌓인 '물건'(옷, 문서, 이메일)은 성공에 도움이 되지 않는다. 그것들은 당신을 혼란스럽게 하고, 성과 없이 애만 쓰게 하며, 혼돈에 빠지게 만든다. 그러니 모험을 시작하기 전에 베이스캠프를 정리해야 한다.

압박 속에서도 좌절하지 않도록
나만의 의식절차를 만들어라

회복력은 당신이 가지고 있는 것이 아니라, 당신이 하는 것이다.

성공한 사람들은 남들이 하지 않는 일을 한다. 그중 하나가 규칙적 의식절차와 습관을 그들의 삶에 통합하는 것이다. 그래서 목표를 향해 매진하고, 필요할 때마다 '한층 더 노력하며', 차분하게 새로운 도전에 대응할 육체적 에너지, 정신적 집중력 및 정서적 평안을 유지하게 한다. 그들이 누구인가는 그들이 무엇을 반복적으로 하는가로 결정된다. 그리고 자주 되풀이되는 작은 일상의 행동들이 심오한 차이를 만든다는 것을 그들은 알고 있다.

회복력을 키우고 지구력을 기르는 의식절차를 구축해 놓으면 위험을 정확하게 판단하고 처리하며, 좌절 후에도 '나아가는' 역량이 커진다.

연구에 따르면, 일에서 벗어나 다른 활동에 시간을 할애하면 – 휴식을 취하거나, 운동하거나, 취미나 창의성을 추구하면, 우리가 일에 몰두하는 동안 효율성과 생산성이 실제로 향상된다.

안전지대에서 나오는 것 또한 당신의 에너지에 부담을 줄 수 있지만, 두려움에 맞서는 것만큼이나 짜릿하고 보람 있는 일이다. 대담하게 현 상태를 변경하는 것은 정신적 그리고 감정적으로 그런 것처럼 육체적으로도 힘들 수 있다. 변화와 불확실성을 통해 조직을 이끄는 것도 덜 힘든 것은 아니다. 진정으로, 당신이 일에서 더 많은 것을 떠맡고 싶을수록, 정기적으로 의식절차에 투자하는 것이 더 중요하다. 그것은 당신을 충전시켜서 몸, 마음 그리고 영혼의 건강과 평안을 최적의 수준으로 확실히 작동하게 한다.

심리학자들은 하루에 하는 일의 95%가 습관적이며, 의식적으로 수행되는 일은 5%에 불과하다고 추정한다. 스트레스를 억제하는 데 도움이 되는 습관을 개발함으로써, 압박 속에서도 집중하고 두려움 없이 번성할 수 있는 역량을 확장하라. 그래서 만약 압도당하거나, 불안하거나, 또는 그냥 잘 안된다고 느낀다면 그것은 당신이 나르고 있는 짐 때문이 아니라 당신이 나르는 방법 때문이다. 업무의 권한 위임을 우선시하면, 압박감 속에서도 번성할 수 있도록 습관이 당신의 대역폭을 확장할 것이다. 바쁠수록 이것이 더 중요해진다. 기억하라. 당신은 자기 자신의 습관을 만들고, 습관이 당신을 만든다.

당신의 의식절차들은 개인적이지만, 각계각층의 사람들이 특정 습관을 자신의 삶에 통합하는 것으로부터 혜택을 받는다. 그 습관은 매일이 시작이나 끝의 조용한 시간에 기분을 고양하는 독서

이거나, 하루의 우선순위를 기록하는 것이거나, 아침 시간의 달리기로 압박을 받는 일에서의 스트레스를 푸는 것이거나, 일과를 글로 옮기는 것이거나, 아이들과 금요일 밤에 영화를 보거나, 규칙적으로 시간을 내서 기도나 명상을 하거나, 주말에 친구들과 자전거를 타거나, 점심시간에 근처 공원을 걷는 것 등이다. 이 모든 것들은 당신이 일관성 있게 행동하고 원하는 성공을 달성하도록, 관점, 에너지, 집중과 동기 부여를 지속하도록 당신을 도울 수 있다. 짐 로어(Jim Loehr)와 토니 슈워츠(Tony Schwartz)가 《완전한 몰두의 힘(The Power of Full Engagement)》에서 쓴 것처럼, 시간이 아니라 에너지를 관리하는 것이, 오늘날처럼 압박감이 크고 경쟁적인 직장에서의 성공에 중요하다.

지금 잠시 시간을 내보자. 일과 리더십 그리고 삶에서 더 높은 위치로 이동하는 데 필요한 용감한 행동을 포함해서, 당신이 모든 일을 더 잘하는 데 도움을 주는 것으로, 어떤 일을 더 자주 할 수 있는지 생각해 보라.

현재 하고 있지는 않지만 매주 할 수 있는 일에 대해 생각해 보라. 그렇지만 그것은 오랜 시간에 걸쳐 몰두하고 행동하는 데 필요한 집중력, 에너지 그리고 영감을 유지하는 데 도움이 된다고 알고 있는 것들이어야 한다.

물리적.

육체적인 힘은 심리적인 힘을 증진한다. 육체적으로 강하고 활력이 넘치며 건강한 상태를 유지하기 위해, 당신은 정기적으로 무엇을 할 것인가?

정신적.

가장 큰 영향을 미치고 가장 큰 가치를 제공하는 것에, 시간과 에너지를 집중하기 위해서 당신은 무엇을 할 것인가?

감정적.

감정은 논리가 아닌 행동을 이끈다. 더 큰 낙관주의, 명확성 그리고 용기로 세상과 관계를 맺지 못하게 막는 부정적 감정들을 처리하기 위해서 당신은 무엇을 할 수 있는가?

영적.

어떤 작은 의식절차들이 목적에 맞게 생활하도록 돕고, 당신의 더 깊은 '존재의 이유', 당신의 가장 높은 이유에 더 연결되어 있도록 하는가?

조금씩 용기를 더 내어라

나이키 재단의 설립자이자 의장인 마리아 아이텔(Maria Eitel)은 두려움의 불편함에서 어떻게 편해지는 법을 배웠는지 나에게 말해 주었다. 그녀가 어렸을 때, 아버지와 오빠인 닉은 그녀를 하이킹에 데려가곤 했다. 자신을 '깡마르고 특별히 강하지 않은 키다리'였다고 묘사하며, 하이킹은 길고 힘이 들어서 그녀의 안전지대를 벗어난 셈이라고 말했다. 그들의 정규 하이킹 경로 중 하나는 끝에 호수가 내려다보이는 절벽이 있었다. 마리아가 절벽 꼭대기에 서서 물을 내려다볼 때 두려움이 엄습했다. 절벽 옆으로 기어 내려가 해안선을 따라 호수의 물가로 들어가는 더 쉽고 덜 위협적인 경로가 있었지만, 그녀의 오빠는 그녀를 그냥 놔두지 않았다. 그래서, 두려움에 가득 차 있음에도 불구하고, 오빠와 아버지의 재촉에, 그녀는 공중으로 거대한 점프를 하고 아래의 물속으로 첨벙 뛰어들기도 했다.

확실히 마리아의 어린 시절 경험은 두려움의 육체적 감각을 관리하고, 두려움이 있을 때도 대담하며 집중해서 행동하는 방법을 그녀에게 가르쳤다.

"용기는 한순간의 것이 아니에요. 그것은 두려움의 웅덩이로 둘러싸인 용기의 저수지에서, 계속 끌어내야 하는 순간들의 연속이지요. 날마다, 매 순간, 계속 물구멍을 내고 또 내야 해요. 당신의 두려움이 당신을 앞지르지 않도록 말이에요." 그녀가 나에게 말했다. "당신의 경력을 방해하는 것은 두려워하거나, 성공하지 못하거나, 직장을 잃거나, 존경받지 못하는 상태로부터 비롯됩니다. 내 직업을 잃는 것에 대한 두려움으로, 내가 하는 것이 옳다고 알고 있는 일을 하지 못하게 결코 내버려 두지 않았지요."

마리아는 많은 사람의 경력을 저해하는 바로 그 인간적인 두려움과 의심을 밀어제치고 나아가라고 계속해서 말한다. 그녀는 소녀들을 글로벌 의제에 참여시키고, 세계 빈곤 퇴치를 목표로 그들에게 자원을 배분하는 나이키 재단의 노력을 이끈다. 이것은 결국 전 세계 여성의 위대함을 매일 지지하는 일이다.

행동은 두려움에 가장 효과가 좋은 해독제이다. 그것은 다른 어떤 것도 할 수 없는 방식으로 자신감을 낳고 용기를 키운다. 당신이 안전지대에서 밖으로 나와 용기 지대로 더 많이 갈수록, 위험에 대한 내성과 그 결과를 처리할 수 있는 자신감을 더 많이 형성한다. 용감하게 행동하기 위해서, 용감하다고 느낄 때까지 기다리지 말아야 한다. 용기가 용기를 낳는다. 그러니 작은 방식으로 '용감성 훈련'을 감행하라. 그 다음은 크게, 당신이 원하던 용기로 더 많이 행동할수록, 당신은 더 용감해질 것이다.

당신에게 영감을 주는 비전에 연결할 때, 과부하는 당신이 극복해야 하는 가장 큰 장애물 중 하나다. 그래서 당신에게 엄청난 영감을 주지만 동시에 당신을 즉각적으로 압도하는 목표나 비전이 있다면, 그것을 작은 목표로 나눈 다음 더 작은 한입 크기의 단계로 나누어야 한다.

네팔을 여행하면서 에베레스트산을 오르지는 않았지만, 에베레스트를 등반한 몇 명의 전문등반가를 만났다. 계속해서 오르막을 올라가기 전에, 점점 더 희박해지는 공기에 열망이 있는 등반가들이 순응할 기회를 주기 위해, 고도가 올라감에 따라 설치한 일련의 베이스캠프에 대해 그들은 나에게 설명했다. 등반가에게 최대한의 성공 기회를 보장하기 위해, 모든 탐험에는 휴식, 회복 그리고 순응을 위한 시간이 포함된다. 마찬가지로, 단기에서 중기에 해낼 수 있도록 큰 비전을 더 작고, 덜 벅찬 목표로 쪼개는 것이 현명하다.

일상의 노력을 실행하라

추진력을 얻어가며 앞으로 나아갈 때, 때때로 휴식을 취하고, 비축물량을 재입고하고, 재평가할 필요가 있을지도 모른다는 것을 염두에 두어라. 그때, 당신의 안전지대에서 벗어나서 이동한 다음, 당신이 어떤 방향을 선택하고 싶은가와 같은 재평가가 이루어진다. 안주하는 것을 선택할 때, 스스로 잘못이라고 하지 마라. 당신의 인생에서 일어나는 다른 모든 것을 염두에 두면, 때로 그것은 그 순간 당신을 위한 최상의 선택이다. 당신이 어떤 선택을 하거나 어떤 행동을 취하든, 그것들을 바로 소유하라. 그것을 하는 혜택과 대가 모두 함께.

현대 심리학의 아버지 윌리엄 제임스(William James)는 사람들은 목표를 향해 '일상의 노력을 실행'하고 있으며, 그래야 그들이 안전지대를 벗어나 밖으로 나설 때의 불편함이 좀 더 편안하게 된다고 규정했다.

큰 목표와 열망을 더 실행 가능한 단기 목표와 구체적인 실행 작업으로 나누면, 매일 행동을 꾸준히 하게 될 때, 당신은 성공을 향해서 준비된 것이다. 이러한 것들은 일상적인 행동을 – 교육과정에 등록하거나 이력서를 지우는 것과 같은 – 포함할 수 있지만, 안전지대 밖으로 당신을 밀어내는 일을 적어도 매일 하나는 하도록 요구할지도 모른다. 그것은 이런 것일 수 있다. 당신이 미루어둔 전화를 걸거나, 승진 기회에 대해 논의하기 위해 상사와 회의를 시작하거나, 새로운 비즈니스를 제안하기 위해 잠재 고객과 회의를 주선하고, 누군가와의 오랜 문제를 다루고, 프로젝트팀을 이끌기 위해 자원하고, 인맥을 쌓는 행사에 참석하고, 또는 당신의 경력에 도움이 될 수 있는 업계의 다른 사람을 소개받기 등.

더 용감하게 행동할수록, 당신은 용감하게 될 것이다. 인생은 행동에 보답한다. 항상 그래왔고 앞으로도 항상 그럴 것이다.

대열의 굴레에서 벗어나 나만의 비전을 설정하라

어떤 임무의 완성을 시각화하는 정신적 과정이, 마치 실제 작업을 수행하는 것과 똑같은 뇌의 뉴런을 자극한다는 것을 과학자들은 발견했다. 테니스 선수가 시속 200km의 속도로 그들에게 돌진하는 공을 치는 모습을 시각화할 때, 그들이 실제로 공을 칠 때 활성화되는 두뇌 부분을 활성화한다. 시각화는 실제 상황에 있을 때 취해야 할 조치가 더 익숙해지도록 내부 안전지대를 생성한다. 당신은 본질적으로 이미 조치한 것이며, 그 결과 불안은 줄고 성과는 향상된다.

영업 설명회, 동료와의 어려운 대화 또는 입사 면접이나 오랫동안 지속된 목표와 같이, 시각화는 많은 곳에 적용될 수 있다.

매력적인 영업 설명회를 제공하든, 비즈니스를 운영하거나, 많은 사람으로 구성된 조직을 관리하는 것이든, 잘하고자 열망하는 상황이 무엇이든, 성공을 거두는 자신을 상상해 보라. 어떤 특정 상황에 있는 자신의 모습을 그려보라. 무엇이든 원하는 것을 달성하는 데 필요한 자기 확신, 유머, 집중력에 대한 감각을 갖고, 무엇이 일어나든 편안하게 대응할 자신감과 능력이 있다고 느끼는 그림을. 당신이 정말로 도달하고 싶은 직책에 있는 자신을 상상해 보라. 유능하고, 목적이 있고, 원하는 결과를 생성하기 위해 필요한 모든 변화를 이룰 준비가 된 모습을. 그것을 상상할 때, 원래의 당신에게 가장 용감한 모습을 덧입혀서 상상해 보라. 이것이, 당신이 어떤 대화에도 참여하고 어떤 상황도 다루며 성공에 필요한 자신감으로 도전에 맞서기 위한 무대를 마련한다.

우리 모두 나와는 다른 비전에서 영감을 받는 것처럼, 모든 사람은 자신만의 나아갈 길과 쌓아 올릴 자신만의 고유한 용기가 있다. 《오즈의 마법사(The Wizard of Oz)》의 사자처럼, 남들에게서 보는 것과 똑같은 용기를 가져야 한다고 생각하는 함정에 자주 빠짐으로써, 우리는 너무도 자주 우리 자신의 용기를 훼손한다. 그렇지 않다. 다른 사람들과의 부정적이고 무기력한 비교에 사로잡혀서, 당신 자신의 용기를 행사하지 못하면 안 된다. 내 생각으론, 우리가 모두 베어 그릴스와 같았으면, 하느님은 우리를 그렇게 만드셨을 것이다. 좋은 마녀 글린다가 오즈에서 도로시에게 준 조언은 당신에게도 똑같이 적용된다. 당신의 신발 안에 항상 힘이 있다. 당신이 그것을 스스로 배웠어야만 했다.

위대함을 위해 일어나라

'당신이 무언가를 지지하지 않는다면, 당신은 아무것에나 빠져들 것이다'라는 오랜 속담이 있다. 오늘날과 같은 두렵고 불확실한 세상에서, 그것은 일반적으로 가장 저항이 적고 가장 안전한 길을 선택하려는 유혹에 굴복한다는 것을 의미한다. 제목이 당신에게 무언가 말을 걸어서 이 책을 집어 들었다면, 적어도 어떤 식으로든 당신은 이미 그 길을 따라 여행했을 가능성이 있다. 그리고 최소한 어떤 식으로든, 그것이 여행하도록 영감을 받았을 어떤 목적지로도 데려가지 않는다는 것을 당신은 알고 있다.

이 책은 당신의 직장 생활에 걸쳐서 시간과 에너지 그리고 재능을 사용하는 방법과 관련되어 있다. 그 때문에, 이 책은 '무엇을 위하여?'라는 질문을 곰곰이 생각하면서 시작되었다. 당신의 삶이 무엇을 의미하길 원하는지 안다는 것은 용기를 위해서 무엇과도 바꿀 수 없는 전제 조건이다. 그래서 당신이 이전에는 한 번도 하지 않았을 행동을, 즉 다른 방법과 방향으로 당신을 안락한 장소 밖으로 벗어나게 할 준비를 할 때 위대함을 지지하는 것은 필수적이다. 잘 알다시피, 우리는 아무것도 하지 않을 이유를 잘 찾는다. 너무 바빠서. 너무 피곤해서. 너무 불확실해서. 너무 빨라서. 너무 늦어서. 너무 많은 노력이 필요해서. 보장되는 게 너무 없어서. 하지만 비범한 삶을 사는 사람들은 평범한 변명에 만족하지 않는다.

위대함을 지지하는 것은 변명, 정당화 그리고 불안감에 의해 영위하는 삶을 그만둔다는 것을 의미한다. 물론 자주 그렇지만, 한층 더 노력을 기울일 동기를 단기적으로는 찾기가 어렵다. 노력에는 일이 필요하다. 일은… 글쎄, 적어도 피곤할 수 있고, 최악의 경우 혐오스럽다. 어쨌든 즉각적이고, 흔히는 금전적인 보상을 뛰어넘는 효용을 찾지 못한 이에게는 그렇다. 그 때문에, 평생의 삶이라는 렌즈를 통해 당신이 하는 일을 보는 것이 중요하다. 또 당신의 타고난 잠재력이든 당신을 훨씬 뛰어넘는 어떤 것이든, 무엇인가를 지지하는 결심을 하는 것이 중요하다. 당신의 자녀를 위해서. 그리고 당신의 아이들의 아이들을 위해서. 또는 당신이 결코 알지 못하지만, 어쨌든 당신에게 중요한 사람들을 위해서. 그러니 이제 당신에게 질문을 하나 하자.

현재의 편안함과 익숙한 안전성을 포기하고, 당신이 한 걸음 더 나아가기에 충분할 정도로 중요한 것은 무엇인가?

《죽음의 수용소에서(Man's Search for Meaning)》에서 빅토르 프랑클(Viktor Frankl)은 "모든 사람의 임무는 그것을 구현하는 특정한 기회만큼이나 독특하다."라고 언급하면서, 우리가 삶 속에 가지고 있는 특정한 직업과 임무에 관해서 썼다.

물론 이 책을 내려놓는 순간, 당신의 용기에 대한 의지를 시험에 들게 할 선택지를 마주하게 될 것이다. 안주에 대한 대가를 줄이려는 당신의 타고난 편향이 빠르게 차고 들어오며, 두려움의 목소리가 점점 커질 것이다. 당신이 실패하면 어떻게 될까? 사람들이 뭐라고 말할까? 어쨌든 그렇게 하려는 당신은 누구인가?

그럴 때 되물어라: 용기로 지금 당장 무엇을 할까?

때로는 답이 분명할 것이다. 다른 때엔 그렇지 않을 것이다. 장단점을 따져보고, 위험을 평가하고, 선택하기 전에 그것을 다룰 당신의 능력을 재봐야 할 것이다. 아무도 당신을 위해 그렇게 해줄 수 없다. 혼자 결정해야 하고, 당신 혼자 그 결과와 함께 살아야 한다. 하지만 기억하라. 우리의 심리적 면역 체계는 과도한 비겁보다 과도한 용기를 훨씬 더 쉽게 정당화할 수 있다.

평생 단 한 번뿐일 모험처럼 받아들여라

아시아에서 미국에(2020년 12월은 확실히 미국에 재정착하기에 가장 쉬운 시기는 아니었다) 다시 상륙해서 여전히 상대적으로 '배에서 갓 내린' 듯한 상태로, 그리고 미래의 가능성만 있는 빈 캔버스와 함께 있다. 지금 내가 이 글을 마치면서, 당신 내면 깊은 곳에서 무언가를 점화하는 미래를 다시 상상하고, 그것을 향해 용감한 발걸음을 내디딜 때 나와 함께 하기를 바란다.

그리고 내일은 또 다른 것이.

그리고 때때로 원하는 결과를 얻지 못한다면, 교훈을 배우고 계속 나아가라. 가치 있는 그 어떤 것도, 성공을 보장받고 성취된 적은 없다. 어떤 것도 그렇지 않을 것이다.

감사의 말

먼저, 빌 메리어트(Bill Marriott)와 같은 업계의 거인들부터 리처드 브랜슨(Richard Branson)과 같은 선구적인 기업가들까지 그들의 통찰력을 공유해주신, 가슴속에 용기를 품고 있는 많은 리더에게 감사의 말씀을 전합니다. 여러분이 힘들게 얻은 지혜를 직접 배울 수 있었던 것은 절대적인 특권이었습니다.

내가 《성공을 부르는 용기는 다르다》의 초판을 썼을 때, 나의 네 자녀는 9세에서 14세였습니다. 혼란스럽지는 않았지만 분주했고, 남편 앤드류의 끊임없는 격려와 가정에서의 직접적인 도움이 없이는 나는 이 책을 쓸 수 없을 것 같았습니다. 그래서 앤드류, 모든 것에 감사하지만 무엇보다도 나 자신을 더 지지하고, 나 자신을 덜 의심하고, 내가 할 수 있는 한 대담하게 내 빛을 발하도록 끊임없이 격려해줘서 고마워요.

또한 나는 4명의 용감하고, 어디로 보나 멋진 아이들- 라클란,

매디, 벤, 매튜에게 감사를 표하고 싶습니다. 이 책의 원본을 완성해야 하는 마감일이 다가와 수많은 저녁 식사를 태워 먹었을 때도 여러 번 나를 봐주었습니다. 너희들이 날개를 활짝 펼치는 모습을 지켜보면 때로 달콤쌉쌀할 수 있겠지만, 그것 또한 내 인생의 가장 위대한 특권 중 하나일 거야.

존 와일리 & 선즈의 모든 팀에게도 진심으로 감사 드립니다. 하지만 특히 루시 레이몬드에게 감사해요. 추운 겨울날, 멜버른 킬다 스트리트의 한 카페에서 루시와 함께 앉아 내가 쓰고 싶은 책에 관해 이야기하고, 실제로 나오기까지 상상했던 것을 기억합니다. 루시, 당신은 지금까지 나를 모든 면에서 많이 도와줬습니다. 고맙습니다.

마지막으로 나의 클라이니츠 대가족과, 가깝거나 먼 그리고 새롭거나 오래된 사랑하는 친구들에게 감사의 인사를 전합니다. 허락된 지면보다 나열할 이름이 더 많습니다. 당신도 그게 누구인지 알고 있으므로, 내가 시간과 거리에 상관없이 당신의 우정을 얼마나 귀중하게 여기는지 알아주시길 바랍니다. 엄마 아빠, 두 분이 목록의 꼭대기에 계시지요. 나를 얼마나 자랑스럽게 생각하는지 항상 말해 주셔서 감사합니다. 나도 두 분이 자랑스럽습니다.

지금까지의 여정을 함께 공유한 모든 분께 감사 드립니다.

모험은 계속됩니다.

마지

우리는 혼자보다는 함께 할 때 더 용감하다.

여기에서의 통찰력이 어떤 식으로든 도움이 되었다면 더 큰 확신, 자신감, 용기를 가지고 위험을 헤쳐 나갈 때 당신을 지원하고 싶습니다.

나의 리브 브레이브(Live Brave) 팟캐스트

스스로의 통찰력, 내가 이 책에서 참조한 사람들의 통찰력, 대통령 후보자들, CEO들, 연구원들과 영감을 주는 사람들을 비롯한 많은 사람과의 인터뷰가 있습니다.
www.thelivebravepodcast.com

소셜 미디어

정기적으로 소셜 채널에 비디오, 기사 및 통찰력을 게시합니다. 들어오세요!

나의 Live Bravely 뉴스레터

레터는 정기적으로 바로 전달됩니다. 전 세계 80개 이상 국가의 사람들에게 발송되는 Live Bravely 뉴스레터를 구독하세요. 또한 공개적인 Live Brave Weekends와 뉴스레터의 기타 프로그램들(스팸 메일을 보내지 않겠습니다!)을 공유합니다.
www.margiewarrell.com 에서 가입하세요.

연설 및 리더십 프로그램

사람들이 더 용감하게 살고 이끌도록 도우면서, 팀과 조직에서 두려움이 붙잡고 있는 가능성을 열어 가도록 전 세계 수천 명의 청중과 이야기를 나누었습니다.
www.margiewarrell.com/speaking 을 방문해 나의 팀에 문의해 주십시오.

미디어 및 인터뷰

www.margiewarrell.com/media를 이용하기 바랍니다.

성공을 부르는 용기는 다르다

초판인쇄   2022년 10월 19일
초판발행   2022년 10월 26일

지은이   마지 워렐
옮긴이   손미향
감수   이우용
발행인   조현수
펴낸곳   도서출판 더로드
기획   조용재
마케팅   최관호 최문섭
교정교열   강상희
디자인   호기심고양이

주소   경기도 고양시 일산동구 백석2동 1301-2
            넥스빌오피스텔 704호
전화   031-925-5366~7
팩스   031-925-5368
이메일   provence70@naver.com
등록번호   제2015-000135호
등록   2015년 06월 18일

정가 18,000원
ISBN 979-11-6338-321-5 03810